희극
악귀
사수대

희극 악귀사수대 4

김진욱 코믹 호러 판타지 소설

초판 1쇄 찍은 날 § 2004년 1월 30일
초판 1쇄 펴낸 날 § 2004년 2월 10일

지은이 § 김진욱
펴낸이 § 서경석

편집장 § 문혜영
편집 § 장상수 · 서지현
마케팅 § 정필 · 강양원 · 이선구 · 김규진 · 홍현경

펴낸곳 § 도서출판 청어람
등록번호 § 제1081-1-89호
등록일자 § 1999. 5. 31
어람번호 § 제1-0449호

주소 § 경기도 부천시 원미구 심곡1동 350-1 남성B/D 3F (우) 420-011
전화 § 032-656-4452   팩스 § 032-656-4453
http://www.chungeoram.com
E-mail § eoram99@chollian.net

값 8,000원

ISBN 89-5505-980-9 04810
ISBN 89-5505-789-X (SET)

김진욱 코믹 호러 판타지 소설

희극
악귀
사수대

④

만해의 과거

도서출판
청어람

목

차

만해의 과거

하늘은 청명하고 바람도 적당히 잔잔히 불고 있었다.

미물들도 한가로이 쉬고 있는 듯 고요하기만 했다. 멀리서 간혹 들리는 산새 소리만이 가끔 적막을 깨우고 있었다.

적막 한가운데는 거대한 집이 자리 잡고 있었다. 들판을 지나 산 밑에 자리 잡은 집 주위에는 다른 인가가 하나도 보이지 않았다. 거대한 집, 그 한 채만이 우뚝 서 있었던 것이다. 어딘지 외롭고 쓸쓸한 풍경이었다. 옆에 서 있는 커다란 고목나무는 분위기를 더욱더 을씨년스럽게 하고 있었다.

집 안에서는 어떤 인기척도 나지 않았고 잔잔히 불던 바람도 그 집의 담장을 넘어서면 스산한 바람으로 바뀌어 부는 듯 보였다.

크기는 컸으되 낡아 있었다. 나무로 만든 대문은 세월의 풍파를 몸으로 막은 듯 곳곳에 허물이 벗겨 있었고 담장도 아직 무너지지 않았으나 언제라도 무너질 것처럼 위태롭게 기울어져 있었다.

고래등같이 거대한 집이었으나……

흉가였다.

잠시 후 집 쪽으로 발자국 소리가 들리더니 저 멀리서 두 사람의 모습이 나타났다.

적막으로 가득했던 공기가 비로소 조금 풀어지는 느낌이었다.

남루한 행색의 두 사람은 집을 발견하고는 감개무량한 얼굴로 바뀌더니 그 앞에 멈춰 섰다.

노승과 만해였다.

어디서 뒤집어썼는지 온몸이 먼지투성이였으나 얼굴만은 밝아 보였다.

잠시 집을 감상하듯 올려다보던 두 사람은 서로 마주 보았다.

"저것이 너의 집이렷다?"

노승은 옆에서 숨을 고르고 있는 만해를 바라보며 물었다.

"맞는 것 같아요."

고개를 끄덕이며 만해는 회한에 젖은 눈으로 집을 바라보았다.

얼마 전에 만난 자신의 누나가 가보라고 말했던 자신의 집에 드디어 도착한 것이다.

만해가 박씨 집안의 종손이라는 말을 하며 대대로 내려온 종택이 있다고 했다. 그것은 99칸 종갓집으로 아주 커다란 집이라는 말을 남겼다. 그게 바로 저 앞에 보이는 집이었다.

누나와 같이 오고 싶었지만 그럴 수 없었다. 일시적으로 정신을 차렸던 누나는 다시 혼수상태에 빠져들었던 것이다. 정체 불명의 일본 주술사에 의해 붉은 악마에게 강제로 기(氣)를 주입한 데다가 위기에 처한 만해를 구하기 위해 남은 힘을 모아 염력을 쓰는 바람에 많이 쇠약해졌기 때문이다.

노승과 만해는 병원에서 얼마간 머물며 뒤처리를 하고 나머지는 한반장 일행에게 맡긴 채 만해의 옛날 집을 찾아 서둘러 떠나온 것이다. 그러나 서두른 목적은 각기 달랐다. 만해는 이곳에 오면 혹시 자신의 기억을 되찾을 수 있지 않을까 하는 기대를 하며 서두른 것이지만 노승은 만해의 누나가 말한 영혼의 검이 궁금해서였던 것이다.

영혼이 봉인된 검이 있다는 얘기를 악귀 포덕단에서 활약할 때 전해들은 적이 있었다.

영혼의 검은 한낱 대장장이에 의해 만들어지는 것이 아니라 자신의 영혼을 검에 가두는 자에 의해 만들어진다고 알려진 검이었다. 자신의 죽음과 맞바꾼 검! 그것은 극한 상황에 처한 인간에 의해서만 만들어질 수 있고 또 그러기 위한 주술적 능력이 있는 사람이 자각을 해야만 만들어질 수 있다고 전해져 왔다. 때문에 이 세상에 그 검이 모습을 드러낸 것은 몇 번 되지 않았다. 최근 몇백 년 사이엔 한 번도 없었다고 알려져 있었다.

또한 영혼의 검은 선택된 자의 손에서만 제 위력을 발휘한다고 했다. 따라서 영혼의 검을 쓰던 자가 죽게 되면 그 검도 같이 소멸된다고 알려져 있었다.

이런 사실로 미루어볼 때 영혼의 검은 하나가 아니라 그때마다 필요할 때 어떤 힘에 의해 생성되어서 쓰여지다가 소멸되는 것이 틀림없었다. 즉, 영혼의 검은 하나의 고정된 물건이 아니라 유기적으로 살아 움직이는 생명체 같은 것이라고 추측할 수 있었다. 악귀 포덕단의 기록 문서에는 영혼의 검을 혼월천검이라 부르고 있었다.

혼월천검이 실제로 존재한다는 것이 확인된다면 퇴마 무기의 신기원이 이루어지는 셈이었다.

노승은 만해를 바라보았다. 입을 헤벌리고 자신의 집을 바라보고 있는 만해에게 전설 속 혼월천검이 주어진다는 것이 믿기진 않았으나 만해를 처음 만나 여기까지 온 경로를 되짚어본다면 불가능하지만은 않다는 생각이 들었다.

일단 만해와의 첫 만남도 우연으로 치기엔 너무 운명적이었다. 악귀에게 쫓기는 자신을 구해주고 또 악귀에 대항해 배짱 하나로 승리하는 모습을 보여줬기 때문이다.

그 후 만해와 더불어 2인조 악귀사수대로 활동하니 혼자 악귀를 쫓아다닐 때보다 훨씬 효율적인 퇴마행을 하고 있었던 것이다.

고생은 했지만 어찌 되었든 실패한 퇴마행은 한 번도 없었던 것이다.

게다가 배고플 때 라면도 끓여주고 탁발도 같이 다니니 벌이가 훨씬 더 나았다.

때로는 악귀에게 대신 맞아주기도 하는 맷집도 가지고 있었다. 그건 보통 인연이 아니면 불가능한 일들이었다. 그런 일들로 미루어볼 때 만해가 혼월신검의 선택자일 수도 있다는 생각이 잘못된 것 같진 않았다.

노승이 이런저런 생각에 젖어 있을 때 만해는 충혈된 눈으로 집을 올려다보고 있었다.

정확히 기억나진 않지만 이 집이 한때 자신을 따뜻이 감싸주던 보금자리였을 터였다. 긴 방황 끝에 이제 돌아와 그 집 앞에 선 만해는 감개무량했다.

집 외양은 비록 곳곳이 허물어지고 담장 아래에 잡초가 무성한 것이 도저히 손을 댈 수 없을 정도로 낡았지만 기억 상실증으로 그보다 심한 동굴 안에서 홀로 면벽수행을 하며 지낸 만해에게 그건 그리 큰 문제가 아니었다.

보이는 집의 모습보다 자신의 뿌리, 즉 정체성을 찾을 수 있다는 게 더 큰 기쁨일 터였다.

이런저런 생각에 잠겨 있던 두 사람의 눈에 알록달록한 현수막이 보였다.

붉은색과 파란색의 원색으로 쓰여진 촌스러운 현수막이었다.

귀신 수시 출몰 지역! 30미터 이내 접근 금지. 무단 접근 시 거름 발포 함.

"저게 무슨 의미일까요?"

만해가 노승을 보며 물었다.

"낸들 아나?"

노승은 강한 부정의 의미로 고개까지 좌우로 흔들며 답했다.

"말 그대로지!"

아무도 없는 줄 알았던 곳에서 갑자기 들려온 커다란 사람의 소리에 노승과 만해가 고개를 돌렸다. 추레한 모습의 한 중년 사내가 두 사람 바로 뒤에 서 있었다. 만해는 깜짝 놀라 눈을 크게 떴다.

"아니, 어느 틈에?"

가는 귀 오는 귀가 먹을 때가 된 노승은 그렇다 치더라도 귀 밝기로 소문난 만해조차 전혀 눈치 채지 못한 조용한 접근이었다.

"누구시죠?"

만해가 몸을 사내 쪽으로 돌리며 물었다.

"귀신 수시 출몰……."

사내는 만해의 질문엔 대답할 생각도 없는 듯 혼자 중얼거리더니 눈을 치켜뜨며 두 사람에게 물었다.

"귀신 수시 출몰이라 함은 귀신이 자주 나타난다는 뜻이겠지?"

갑작스런 사내의 이상한 질문에 만해가 황당한 듯이 노승을 한 번 바라보고 대답했다.

"그렇겠지요."

"그렇다면 30미터 안에 접근을 하지 말아야겠지?"

"그런가요?"

만해가 사내에게 되물었다.

"당연하지. 30미터 안에 접근하면 위험하니까! 저 현수막은 장식용으로 걸어놓은 것이 아니라고!"

사내는 무서운 얼굴을 하며 말했다. 사내의 얼굴에서 귀신이 튀어나올 듯했다.

"나무아미타불… 저 집에서 정말 귀신이 나오나요?"

노승이 합장하며 물었다.

"나온다 뿐이오! 지금까지 죽어 나간 사람이 몇 명인지 알 수가 없소. 몇 년 전에는 이 집의 종손이라는 자가 가족들고 찾아와서 살다가 부부는 죽고 딸은 미쳐서 정신병원으로 끌려가고 아들은 어디론가 사라져 행방불명이 된 일도 있소. 아주 재수없는 집이오."

사내는 고개를 설레설레 저으며 답했다.

"으음……."

만해는 신음 소리를 냈다. 그것이 자신의 가족들의 이야기라는 것을 알 수 있었다.

"저거 보시오."

갑작스런 사내의 말에 만해의 정신이 퍼뜩 들었다.

사내의 손이 어딘가를 가리키고 있었다. 나비였다. 하얀색의 나비 한 마리가 담장 위를 훨훨 날며 비행하고 있었던 것이다.

"나비가 뭐 어떻다는 거지요?"

노승이 사내를 보며 물었다. 사내는 조용히 하라는 듯 손가락을 올려 입에다 대었다.

"쉿!"

"......?"

사내의 진지한 태도에 노승과 만해도 시선을 돌려 나비의 움직임을 주목했다. 나비는 집 안으로 들어갈 듯 말 듯하며 담장을 따라 춤을 추듯 날고 있었다. 그러다가 한순간에 담장 저편으로 사라졌다.

잠시 침묵이 흘렀다.

사내는 여전히 입을 다문 채 나비가 사라진 곳을 뚫어지게 바라만 보고 있었다. 그러나 다른 어떤 일도 일어나지 않았다.

답답해진 노승이 다시 사내에게 말을 건넸다.

"저게 뭐 어쨌다는 거지요?"

사내는 노승에게 고개를 돌리며 못마땅한 표정을 지었다.

"아따! 거 중이 말도 많네. 고 시간도 못 참아요? 비 오는 날은 혼자 무지 중얼거리겠네."

과격한 사내의 말에 만해는 노승의 눈치를 살폈다. 자신을 비하하는 말을 듣고 그냥 넘어갈 사부가 아니었기 때문이다. 그러나 노승은 사내를 보고 있지 않았다.

놀란 눈으로 담장을 바라보고 있었던 것이다.

노승의 시선을 따라 고개를 돌린 만해에게 뭔가가 담장을 넘어 훨훨 날아오는 것이 보였다.

"나비인가?"

만해는 고개를 갸우뚱하며 중얼거렸다. 그러나 그것은 아까 집 담장을 넘어 집 안으로 들어간 나비가 아니었다. 흰색이 아니라 우중충한 짙은 회색을 띠고 있었다.

"나방이오!"

옆에서 사내가 심각하게 말했다.

"나방요? 그래서 그게 뭐 어쨌다고요?"

만해가 어이없다는 듯이 되물었다. 시골에서 흔하디흔한 게 나방인데 그것을 심각하게 말하는 사내의 표정이 너무 진지했기 때문이다.

"아미타불… 저 집으로 나비가 들어가면 나방이 된단 말이군."

사내가 대답하기 전 노승이 눈으로 나방을 쫓으며 심각한 목소리로 중얼거렸다.

그런 노승을 보며 사내가 과장된 어조로 말했다.

"허, 이거 땡중인 줄만 알았더니 뭔가를 아는 것 같군. 저 흉가는 이상한 힘을 가지고 있어요. 보시다시피 나비가 들어가면 나방이 돼서 나오고 개가 들어가면 늑대가 돼서 나오고 사람이 들어가면……."

사내는 갑자기 말을 딱 멈추었다. 그리고 분위기를 잡으며 흉가를 음울한 눈빛으로 쳐다보았다. 나름대로 분위기를 고조시키려는 수작인 것을 알았지만 만해는 궁금증을 참지 못하고 물었다.

"사람이 들어가면?"

사내는 고개를 돌려 만해의 얼굴을 음산하게 바라다보며 답했다.

"사람이 들어가면… 시체가 되어 나오지."

"옛?"

"한마디로 생명이 있는 어떤 것도 맘대로 못 들어가는 아주 몹쓸 집이란 말이지."

"어떻게 그런 일이… 거짓말이죠?"

만해가 믿지 못하겠다는 얼굴로 자신의 집과 사내를 번갈아 바라보았다. 기껏 찾아온 자신의 집이 흉가 중에도 아주 고위급 흉가라는 사실이 믿어지지 않았다.

"정말이라니까. 보고도 모르나? 어?"

만해를 보며 핀잔을 주던 사내가 갑자기 말을 멈췄다.

"가만… 그러고 보니 얼굴이 낯이 익은 게 혹시 여기에 살던 그 까까머리 학생 아니냐?"

사내는 만해의 얼굴 이곳저곳을 보며 물었다.

"살았다고는 하지만 아직 정확한 기억은 나지 않아요."

"맞구나! 허, 가출한 덕분에 살았단 소리는 들었지만 이렇게 다시 만날 줄이야……."

"저를 기억하시나요?"

만해가 물었다. 그다지 반갑지 않은 어조로 사내가 답했다.

"기억하다마다. 말 안 듣던 너의 식구 때문에 내가 얼마나 고생했는지……."

"옛?"

"아니다. 뭐, 다 지나간 일이고 불행한 사건이었으니 더 말할 것도 없지."

사내는 말을 흐렸다.

"그런데 뉘시죠? 이 집하고 어떤 인연이 있어서 만해를 알고 또 이렇게 우리가 들어가는 것을 말리는 거요?"

노승이 사내에게 물었다.

"아, 내 소개를 안 했군. 험! 저로 말씀드릴 것 같으면 저기 산모퉁이 너머에 있는 마을의 대소사를 과장하는 이장이오, 이장! 어험."

사내는 이장이란 직책이 꽤나 자랑스러운지 여러 번 헛기침을 하며 두 사람의 반응을 살폈다. 그러나 이장이란 말에도 별반 놀라지 않는 두 사람을 보며 약간 실망한 기색을 보이며 말을 이었다.

"내 한 마을의 이장으로서 평생의 소원이 하나 있는데, 우리 마을이 범죄없는 마을이 되는 것이오. 근데 저놈의 흉가 때문에 범죄 많은 마을이란 붉은 딱지를 동네 어귀에 붙여놓고 있으니 얼마나 마음이 아픈지 아십니까?"

"흉가 때문이라뇨?"

"저 흉가에서 죽어 나가는 사람들 때문이죠! 이건 원, 죽은 원인을 알 수도 없으니……."

"음… 그랬군요."

"예. 내가 그래서 이놈의 집 때문에 노이로제에 걸리겠어서 사람들이 접근하지 못하도록 이곳을 집중 관리한답니다. 그래도 들어가서 죽는 사람들이 있으니. 쯧쯧… 그러잖아도 내가 귀신을 쫓는다는 사람들이 있다길래 불렀으니 며칠 안에 올 거요. 그러니 그때까진 들어가지 마세요."

"귀신을 쫓는다는 사람들요?"

"예. 그동안 워낙 귀신 쫓아준다는 가짜 무당들한테 속아서 고생했지만 이번에 오는 분들은 신식으로 해결한다는 사람들이니 다르겠죠. 나라가 인정해 준 전문가들이라니까. 어쨌든 자, 여기 있지 말고 마을로 갑시다. 제가 술 한잔… 아니, 그래도 행색이 스님 같으니 커피 한잔 대접해 드리겠소. 요즘 시골 커피도 맛이 좋다오."

이장이 노승의 도포를 잡아끌었다.

그러나 노승은 이장의 손길을 뿌리치고 앞으로 나가며 만해에게 말했다.

"만해야, 들어가자. 네 방이 궁금하다."

"에이, 사내놈 방이 뭐가 궁금해요?"

"사내놈 방이 볼 게 더 많은 법이지. 여기저기 잘 뒤지면 숨겨진 쓸 만한 것들을 찾아낼 수 있단다."

"쓸 만한 거라는 게 뭘 말하는 건진 모르겠지만 저도 빨리 들어가고 싶어요."

만해는 자신의 가족들에 대해 뭔가를 알고 있는 듯한 이장에게 묻고 싶은 것이 많았으나 그보단 집에 먼저 들어가고 싶은 마음이 앞섰기에 노승에게 맞장구를 치며 문을 향해 걸었다.

그때였다.

"너도 죽고 싶은 거냐? 너희 부모처럼 개죽음 당하고 싶은 거냐고!"

뒤에서 호의를 무시당한 이장의 고함 소리가 들렸다.

만해는 그 자리에 우뚝 섰다.

정신병원에 있는 만해의 누나는 부모님이 악귀에게 당해서 돌아가셨다는 말만 하고 자세한 이야기를 하지 못한 채 혼수 상태가 되었다. 그런데 이장이 자신의 부모님에 대해 알고 있는 것 같았다.

"우리 부모님이 어떻게 돌아가셨는지 아세요?"

만해는 몸을 돌려 물었다.

"어떻게 돌아가셨는진 몰라도 시체조차 찾지 못했다는 건 알고 있지. 그래서 내가 그렇게 저 집에 들어가지 말라고 말렸는데 말을 안 듣더니만!"

"시체도 찾지 못했다니?"

새로운 사실에 만해는 가슴 한구석이 아렸다. 부모님의 묘지가 어디냐고 묻는 만해에게 끝내 위치를 안 알려준 누나의 마음을 알 것 같았다. 알려줄 수 없다는 사실이 누나를 슬프게 했을 터였다.

버석거리는 마음을 품고 만해는 다시 대문으로 향했다. 더 물어보고 싶었으나 눈치를 보아하니 이장도 그 이상 알고 있는 것 같지 않았다.

만해의 기분을 아는지 노승은 아무 말 없이 그 뒤를 따랐다.

"35, 34, 33, 32……!"

갑자기 이장이 큰 소리로 숫자를 외치기 시작했다. 무슨 뜻인지 몰라 무시하고 두 사람은 계속 걷고 있었다.

좌악—

그런 두 사람의 뒤에 뭔가가 뿌려졌다.

"우욱! 이게 뭐야?"

"윽, 냄새!"

몸에 뿌려진 이상한 액체와 역한 냄새에 당황하는 노승과 만해의 눈에 저 멀리 달아나는 이장의 모습이 보였다.

"거름이다! 30미터 안에 접근했으니 받을 건 받아야지. 푸하하하! 시체 치우러 다시 오마!"

이장은 호탕하게 웃으며 저 편 숲 속에 숨겨놓았던 경운기에 올라타 달리기 시작했다.

두다다다다—

불이 나도록 경운기를 몰고 사라지는 이장의 모습을 어이없는 표정으로 보던 두 사람은 서로를 바라보았다.

졸지에 지저분한 거름을 뒤집어쓴 두 사람의 모습은 가관이었다.

"사부님, 여기서 거름이라 하면……."

"인체에서 방출된 것이겠지."

만해의 표정이 일순 일그러졌다.

"웰컴 투 유워 홈!"

노승이 그런 만해에게 쓴웃음을 지며 말했다.

"빨리 안으로 들어가서 씻자. 설마 물은 나오겠지."

노승은 계속해서 엄습하는 역한 냄새와 찜찜한 느낌에 인상을 쓰며 대문으로 다가갔다.

끼이익—

오랫동안 열린 적이 없었는지 대문에 쳐져 있던 낡은 새끼줄을 제거하고 육중한 문을 열자 커다란 소리가 울려 퍼졌다.

두 사람은 거름을 뒤집어쓴 채 조심스레 집 안으로 들어갔다.

그들이 안으로 사라지자 문 앞쪽에 있던 고목나무의 가지 하나가 바람에 흔들거렸다.

고목나무가 워낙 커서 그 나뭇가지 하나 자체도 한 그루의 나무라고 해도 될 정도로 두꺼웠다. 하지만 크기에 걸맞지 않게 바람에 흔들흔들거리던 나뭇가지는 일순간 땅으로 뚝 떨어졌다.

이상한 일이었다.

바람이 불긴 했지만 두꺼운 나뭇가지를 부러뜨릴 만큼 강한 바람은 아니었던 것이다.

의문에 답하듯이 땅에 떨어진 뒤 잠시 가만히 있던 가지는 천천히 움직이기 시작했다. 동시에 나뭇가지에서 잔가지들이 죽 뻗어 나왔다. 아래위로 순간적으로 네 개의 잔가지가 뻗어 나오더니 이내 사람의 팔과 다리 같은 형체를 갖추기 시작했다.

그리고는 벌떡 일어섰다. 더 이상 나뭇가지는 나뭇가지가 아니었다. 완벽한 사람의 모습이었다.

사람이 나무 위에 매달려 나뭇가지로 위장을 하고 있었던 것이다. 나무와 색깔과 형태까지 완전히 동화가 되어서 아주 자세히 눈여겨보지 않으면 나뭇가지인지 사람인지 모를 정도로 완벽한 위장술이었다.

게다가 갈색 옷차림에 갈색의 복면까지 하고 있어 사람인 것을 알게된 지금도 그 눈동자만 볼 수 있을 뿐 생김새가 어떠한지 알 수 없었다.

그 복면인은 노승과 만해가 사라진 대문을 날카로운 눈으로 쳐다보았다.

그 모습으로 보아 지금껏 고목나무 위에서 노승 일행과 이장의 대화와 거름세례까지 지켜본 듯했다.

그것도 잠시, 복면인의 고개가 좌우로 갸우뚱거렸다. 그리고 한 손을 들어 등 뒤로 가져가 뭔가를 더듬거리며 만졌다. 다시 손을 가져와 킁킁거리며 냄새를 맡던 복면인은 갑자기 손을 마구 털며 저편으로 달려갔다. 그리고 담벼락에 기대더니 등 뒤를 마구 비비기 시작했다.

고목나무 가지로 위장하여 있다가 떨어진 장소가 하필이면 이장이 노승과 만해에게 뿌리던 거름이 튄 장소였던 것이다.

한참을 비비적대며 거름을 없애던 복면인은 다시 진지한 자세로 돌아와 흉가를 노려보았다.

오래 매달리기의 후유증 때문에 팔이 저려오는 듯 한 손씩 번갈아가
며 팔을 주물럭거렸다.

그리고는 공중으로 날아오르더니 담벼락을 한 번 차고 안으로 사라
졌다. 놀라운 신법이었다.

의문의 복면인이 사라진 담벼락에는 등을 대고 문댄 희미한 거름 자
국만이 남아 있었다.

2

집 안으로 들어온 노승과 만해는 집 규모의 거창함에 놀랐다.

여기저기 잡초가 우거져 있었지만 집의 규모는 전혀 위축되어 보이
지 않았다. 99칸 종갓집이라는 게 바로 이런 것이라는 걸 보여주고 있
었다.

몸에 묻은 거름 탓에 계속되는 냄새와 점점 말라가는 옷의 찜찜한
느낌에 집은 천천히 탐사해 보기로 하고 일단 몸을 씻기 위해 먼저 수
도꼭지부터 찾았다. 그러나 여기저기 거미줄과 잡초만 무성할 뿐 수도
꼭지는 어디에도 없었다.

실망한 노승은 혀를 끌끌 찼다.

"허… 요즘도 수돗물이 안 나오는 집이 있다니!"

"그러게 말이에요. 집만 컸지 무척 가난한 사람들이었나 봐요."

만해가 맞장구치자 노승은 그런 만해를 물끄러미 바라보았다.

"만해야."

"예?"

"여기 너의 집이야."

"……!"

귀신이 나올까 긴장한 탓인지 한때 자신의 집이었다는 사실을 잠시 깜빡했던 만해는 머리를 긁적였다. 민망함에 노승보다 빨리 안채 뒤쪽으로 돌아간 만해의 눈에 들어온 것이 있었다.

뒤뜰 가운데 자리 잡은 우물이었다.

"사부님, 여기 우물이 있어요!"

뒤따라오던 노승에게 소리친 만해는 우물로 달려갔다.

수도가 없는 대신 우물이 있었던 것이다. 99칸 종갓집답게 우물을 통해 모든 것을 해결하는 전형적인 한국형 집이었던 것이다. 우물에는 빗물이 들어오는 것을 방지하기 위해서인지 위쪽으로 나무판자로 얼기설기 얽은 지붕도 만들어져 있었다.

"그래, 안에 물은 있느냐?"

우물이 있다는 말에 반색을 하며 다가오던 노승이 걱정스러운 목소리로 물었다.

오랫동안 사람의 발길이 닿지 않고 방치되어 있는 집이기에 우물이 메말라 있다 해도 별로 이상할 것이 없었다. 아니, 오히려 물이 있다면 더 이상할 터였다.

"잠깐만요. 확인해 볼게요."

만해는 목을 주욱 빼고 우물 안에 머리를 넣고 들여다보았다. 그러나 그 안이 어찌나 깊은지 어두컴컴할 뿐 제대로 보이지 않았다. 이 상태로는 물의 유무를 확인할 재간이 없었다.

"사부님님님, 잘 안 보이는데요오오오."

만해의 말이 우물 안에서 울려 휘휘 돌다 메아리가 되어 밖으로 나왔다.

"이걸 한번 던져 봐라."

노승이 아직도 몸을 숙인 채 안을 들여다보고 있던 만해의 엉덩이를 잡아당기며 그 손에 돌멩이를 하나 쥐어주었다.

만해는 돌을 아래로 힘껏 던졌다.

잠시 시간이 지나자 '퍽' 하는 소리와 함께 돌이 어디론가 떨어지는 소리가 들려왔다. 그리고는 아주 작게 '퐁당' 하는 물소리가 들린 것도 같았다.

만해와 노승은 서로의 얼굴을 바라보았다.

"물소리 같기도 하고 아닌 것 같기도 하고… 사부님이 듣기엔 어때요?"

"글쎄다… 처음에 들린 건 확실히 물소리가 아닌데 이어서 퐁당 하는 소리가 들린 것도 같은데… 근데 저건 뭐냐?"

노승이 손가락으로 지붕을 가리켰다.

그리 높지 않은 지붕의 천장에 두레박이 대롱대롱 매달려 있었다.

"두레박이네요."

"저거 물 퍼 올릴 때 쓰는 거 아니냐?"

"두레박의 존재 이유죠."

"그럼 진작에 저걸 던져 보면 알 수 있었겠네? 물이 있다면 퍼 올릴 수도 있었고?"

"그랬겠죠."

"근데 왜 돌멩이 던졌어?"

"우리 하는 일이 그렇죠 뭐."

"빨리 던져 봐!"

노승의 재촉에 만해는 두레박을 내렸다. 두레박은 튼튼한 동아줄로 묶여 우물 지붕의 나무 기둥과 이어져서 매듭지어져 있었다. 따라서 두레박이 우물 안에 빠질 염려는 없어 보였다. 만해는 두레박을 가차 없이 던졌다.

타탁—

풍덩덩—

단단한 뭔가에 부딪치는 소리와 함께 물소리가 요란하게 들려왔다. 단순히 두레박만 빠지는 소리가 아니라 뭔가 커다란 것이 빠지는 소리였다. 게다가 물소리가 나기 직전, 뭔가에 세게 부딪치는 소리가 난 것도 예사스럽지 않았다. 그러나 물의 존재 여부가 가장 큰 문제였던 노승과 만해의 귀에는 물소리만 들렸다.

"물이 있어요!!"

만해는 희열에 찬 목소리로 외쳤다.

"그래, 나도 들었다."

만해는 낑낑대며 두레박을 끌어 올렸다. 올라온 두레박 안에는 맑은 물이 가득 차 있었다.

오랜 세월 동안 사람의 손길이 닿지 않았는데도 물이 깨끗한 걸로 미루어보아 지하수가 흐르는 곳에 자리 잡고 있는 것으로 추측되었다.

"이런 행운이!"

물이 담긴 두레박을 다 끌어 올린 만해는 그것을 번쩍 들더니 다짜고짜 노승을 향해 뿌렸다.

좌아악—

노승의 온몸이 한순간에 흠뻑 젖었다.

"아니, 이놈이! 말도 없이 뿌리다니!"

노승이 호통 치듯 말했지만 싫지 않은 눈치였다. 무엇보다 자신의 몸에서 진동하던 냄새의 근원지가 물과 함께 씻겨 나갔기 때문이다.

만해의 손에서 두레박을 빼앗아 든 노승은 우물 안에서 다시 물을 길어 올렸다. 그리고 만해가 했듯이 만해의 몸을 향해 물을 뿌렸다.

좌아악—

"사부님, 너무하세요!"

물을 뒤집어쓴 만해가 히죽거리며 말한 뒤 다시 노승의 손에서 두레박을 빼앗았다.

좌악— 좌아악—

그렇게 두 사람은 어린아이들이 물장난을 치듯 서로의 몸에 물을 가득 가득 뿌려주고 있었다.

우물 밖에서 노승과 만해의 천진난만한 물놀이가 계속되는 동안 우물 안에서는 어처구니없는 상황이 벌어져 있었다.

물 위에 뭔가가 둥둥 떠 있었던 것이다. 사람이었다. 아니, 사람은 아니었다. 산발한 머리를 하고 퉁퉁 분 몸에 하얀 소복을 입은 걸로 봐서 전형적인 물귀신의 자태였던 것이다.

그 몸 위로 물장난을 하고 있는 노승과 만해가 물을 기르기 위해 번갈아 던지는 두레박이 쉴 새 없이 떨어져 부딪쳤다.

한 번 부딪칠 때마다 귀신의 몸에 충격이 가해져서 물에 들어갔다 나왔다를 반복하고 있었다. 하지만 귀신은 부초처럼 흔들리며 잠겼다 떴다를 반복할 뿐 정신을 차리지 못하고 있었다.

기절을 한 채 물에 둥둥 떠 있었던 것이다.

지금은 저렇게 정신을 잃고 있지만 그녀도 조금 전까지는 정신이 말

짱한 귀신이었다.

우물을 본거지 삼아 기거하는 여귀는 간만에 들려온 인기척에 놀라 물 위로 머리를 내밀었다.

그 순간 갑자기 날아온 돌멩이에 머리를 맞고 기절한 것이다. 만해가 돌멩이를 던졌을 때 바로 물에 빠지는 소리가 나지 않은 것은 다 이유가 있었던 것이다.

무심코 던진 돌 하나에 귀신 하나가 망가져 있었다.

똑같은 땅덩어리인데 시골의 해는 유난히 짧았다.

어느 틈에 칠흑 같은 어둠이 내려앉은 것이다. 네온도 가로등도 없는 밤은 유난히 어둡게 느껴지고 있었다.

하지만 한 군데에는 밝은 빛이 나는 곳이 있었다. 흉가의 마당 한가운데서 모닥불이 타고 있었던 것이다.

오랜만에 어린애처럼 물장난을 한 노승과 만해는 옷을 벗어서 말리고 있었다.

"이게 뭐죠?"

옷을 들어 말리던 만해가 옆에 널려 있는 옷에 붙어 있는 뭔가를 발견하고 손으로 집으며 물었다.

기다란 흑발의 머리카락 뭉치였다.

"그거 머리카락 아니냐? 누구 머리인지 참 길군."

노승은 대수롭지 않게 답했다.

"머리카락인 건 저도 아는데, 왜 이게 여기 붙어 있냐고요?"

"네 머리에서 빠진 거겠지."

"예? 제 머리에서요?"

만해가 자신의 머리를 어루만지며 말도 안 된다는 표정으로 반문했다.

노승은 만해의 민둥머리를 힐끔 본 뒤에 다시 답했다.

"그럼 우물에 귀신이라도 있었나 보지."

"헉! 귀신요?"

"그래. 그 유명한 우물 귀신이 숨어 있지 않겠냐? 그러니 이런 흉한 머리카락이 딸려 나왔겠지."

"정말요?"

"그래. 근데 이놈의 귀신이 탈모증이 있나? 웬 머리가 이렇게 많이 빠졌대. 쯧쯧."

노승은 만해에게서 머리카락을 건네받으며 중얼거렸다.

순간 만해가 벌떡 일어났다.

"왜?"

노승이 의아한 얼굴로 묻자 만해가 들고 있던 머리카락을 세게 쥐며 비장한 얼굴로 답했다.

"귀신 잡으러 가야죠! 이 집이 어떤 집인데!"

"휴우……."

노승은 그런 만해를 보며 한숨을 쉬더니 잡아 앉혔다.

자신의 농담에 과하게 반응하는 만해가 이젠 멍청하다 못해 안쓰러울 정도였다.

"농담이다. 무슨 귀신이 우물에 있겠냐? 더군다나 물이 그렇게 많은데."

"정말이에요?"

"그래. 머리카락은 이리 주고 앉아라. 아까 뒤집어쓴 거름에 들어 있었나 보지 뭐."

만해한테 머리카락을 받아 들고 이리저리 살피던 노승은 손을 탁탁 털며 머리카락을 버렸다.

"머릿결이 별로 안 좋네."

노승의 목소리에 묻혀 두 사람은 그 순간 우물 안에서 들려오는 곡성을 듣지 못했다.

불을 쬐면서도 연신 주위를 두리번거리는 만해를 보며 노승이 물었다.

"그래, 그건 그렇고 집 안은 좀 눈이 익은 듯 보이느냐?"

만해는 고개를 저었다.

"전혀 기억이 나지 않아요. 마치 처음 와본 곳 같은데요."

"음… 네 기억이 어떻게 없어졌는지 모르겠지만 심각하구나. 그래도 이곳에 오면 어느 정도 기억이 되살아날 줄 알았는데 말이다."

"언젠가 기억이 나겠죠."

"언젠가가 아니라 지금 기억이 나야 누나가 말한 혼월천검을 찾을 수 있을 거야. 어디에 있는지 알 수 없으니 말이다."

"걱정 마세요. 집 안이 아무리 넓다고 해도 만주 평야만 하겠어요. 내일부터 천천히 찾다 보면 나오겠지요."

"그렇다면 좋으련만……."

말꼬리를 흐리던 노승은 갑자기 날카로운 눈매를 하며 주위를 둘러보았다. 만해는 그런 노승의 시선을 따라 움직였으나 아무 이상한 점을 발견하지 못했다.

"왜 그러세요?"

"이상한 예감이 드는군. 영기(靈氣)가 도처에 깔려 있다는 것은 내

이 집에 들어오기 전부터 느끼고 있었지만, 그보다 더 심하고도 음습한 기가 느껴지고 있어. 마치…….”

“마치… 뭐요?”

“마치… 아까 우리가 맡았던 거름 냄새 같은…….”

말을 하던 노승은 갑자기 만해의 발을 번쩍 들어 올렸다.

“너, 발은 안 닦았지?”

“거름만 닦는 거 아니었어요?”

“휴… 네발거름 거름네발이라…….”

“예?”

“네 발이 곧 거름이고 거름이 곧 네 발이란 말이다! 어서 가서 닦고 와라!”

“괜찮은데…….”

만해가 툴툴거리며 자리에서 일어나 뒤쪽의 우물로 향하자 노승은 탄식을 했다.

“게으른 놈 같으니라고! 물은 이미 뿌려져 있으니 허리 한 번 숙이는 수고만 하면 발을 닦을 수 있었던 것을……. 저렇게 게을러 터진 놈이 혼월천검을 소유할 수 있을까? 휴우.”

한편 우물로 걸어가는 만해는 바짝 긴장이 되었다.

사부님은 분명 농담이라고 했지만 우물 안에 귀신이 정말 있을 것 같은 느낌이 강하게 들고 있었던 것이다. 불길한 예감에 만해는 그 자리에 우뚝 섰다.

‘귀신이 있으면 어쩌지? 수영도 못하는데 우물 안으로 끌려 들어가면 어쩌나?’

잠시 동안 발을 씻지 말고 노승이 있는 마당으로 되돌아갈까를 고민하던 만해는 노승을 믿기로 했다.

'사부님이 없다고 했으니……'

귀신은 없을 것이다! 그렇게 굳게 믿기로 하고 만해는 힘차게 한 발을 내디뎠다.

'에이, 그래도 있을 것 같은데……'

한 발자국 걸으니 생각이 또 바뀌었다.

그동안 쌓아왔던 사부님에 대한 불신감이 만해의 뇌리에서 강하게 작용하고 있었던 것이다.

그렇게 불신감과 믿음 사이에서 갈등하던 사이 어느새 만해는 우물 앞에 도착했다.

어두워지기 전에는 아무렇지도 않았던 우물가의 전경이 해가 지고 어두워져서 그 윤곽만 보이자 괴기스러운 분위기가 연출되는 것 같았다.

만해는 두레박을 내리기 전 고개를 우물 안으로 내밀고 안을 들여다보았다.

아무것도 보이지 않았다. 그도 그럴 것이 낮에도 보이지 않았던 우물 안이 이렇게 컴컴한 밤에 보일 리 만무했던 것이다.

그러나 만해는 저 우물 안에서 올라오는 뭔지 모를 전율이 온몸을 관통하는 것을 느꼈다.

이상했다. 그동안 숱한 원귀들을 보아왔고 또 싸워왔지만 이런 기분은 처음이었다.

처음엔 단순히 보이지 않는 것에 대한 공포라고 생각했으나 그런 기분은 분명히 아니었다.

"기시감인가?"

만해는 혼자 중얼거렸다. 그럴 수도 있었다. 기억이 나지 않더라도 어쨌든 만해는 이 집에서 살았던 것은 분명했고 또 그런 만큼 이 우물을 이용했을 테니 말이다.

그렇지만 그 기분보다 저 밑에서 알 수 없는 뭔가가 자신을 보고 있다는 생각이 강하게 들었다. 그러나 그것은 결코 나쁜 느낌이 아니었다.

뭔가에 대한 갈구, 그리움, 슬픔, 그런 감정들이 복합적으로 작용하고 있었던 것이다.

한참을 들여다보며 자신의 가슴속에 생성되는 감정들을 느끼던 만해는 일을 크게 벌여 소리쳤다.

"여보세요~ 거기 누구 없소?"

─거기 누구 없소소소소소⋯⋯.

그러나 메아리만 돌아올 뿐 만해의 외침에 답하는 것은 아무도 없었다.

잠시 그 자리에서 답이 돌아오기를 기다리던 만해는 아무 반응이 없자 기분 탓이라고 생각했다.

"그래, 간만에 옛날 집에 돌아와서 그런 걸 거야."

만해는 혼자 중얼거리며 위에 엎어놓은 두레박을 내렸다.

그리고 밑으로 힘껏 던졌다.

첨벙─

두레박이 물에 빠지는 소리가 났다.

만해는 두레박을 잡아 올렸다. 물이 가득 들어서인지 끌어 올리는 데 꽤 많은 힘을 필요로 했다. 물장난으로 힘이 빠졌는지 아까보다 배는 더 무겁게 느껴졌다.

'아, 발 하나 씻으려고 이 고생을 하다니······.'

만해는 투덜거리며 두레박을 열심히 끌어 올렸다.

그러나 두레박보다 먼저 올라온 것은 물에 젖어 있는 커다란 머리털 뭉치였다. 아주 많은 양이었다.

"흐악!"

잔뜩 있는 머리털을 보고 놀라 만해는 두레박 끈을 놓칠 뻔하다 겨우 중심을 잡았다.

아까 묻은 머리카락의 원인을 발견한 것이다. 이 우물 안에는 저런 머리카락이 가득 들어 있었던 것이다. 그것도 정말 사람 머리처럼 뭉쳐 있는 것이었다.

'씨! 아까 물 맛있게 먹었는데······.'

만해는 구역질이 올라왔으나 억지로 참으며 두레박을 더 올렸다. 순간 만해는 머리카락 사이에 보이는 반짝이는 눈을 보았다. 분명히 눈동자였다. 산발한 누군가의······.

깊이 생각할 것도 없이 만해는 바로 알 수 있었다. 두레박을 타고 귀신이 올라온 것임을······.

"으아아!"

경악한 만해는 절로 우러 나오는 소리를 지른 채 잡고 있던 줄을 자신도 모르게 놓으며 뒤로 물러섰다.

줄이 풀려 나가자 두레박은 힘없이 떨어지더니 '풍덩' 소리를 내며 우물 안으로 떨어졌다.

산발한 머리에 반짝이는 눈동자를 가진 뭔가도 같이 떨어져 사라졌다.

만해는 놀란 표정을 감추지 못한 채 그 자리에 언 듯이 서 있었다..

"방금 뭐였지?"

휘이이—

지나는 바람 소리가 들리며 적막만이 주위를 휘감았을 뿐 만해의 물음에 대답해 줄 사람은 아무도 없었다.

한참을 서 있는데도 조용 하자 만해는 용기를 내어 천천히 우물 앞으로 다가갔다.

두레박과 연결되었던 끈만 우물 가장자리에 걸친 채 있을 뿐 우물 안에서는 어떤 변화도 일어나지 않았다.

'내가 잘못 봤나?'

무슨 일이든 생각하기 나름이라고, 머리카락 사이로 분명히 빛나는 눈을 보았다고 느꼈는데 지금 이렇게 아무 일 없이 조용 하자 만해는 자신이 환영을 본 것이라는 쪽으로 생각이 바뀌고 있었다.

착각을 했다고 생각하자 마음이 조금 편해지는 것을 느끼며 만해는 우물로 가까이 다가갔다.

그리고 우물 안으로 고개를 디밀어 보는 순간,

그녀가 있었다!

떨어지지 않으려고 우물 가장자리를 필사적으로 양손으로 부여잡은 채 산발한 머리를 하고 사이로 빛나는 눈동자를 지닌 물에 젖은 하얀 소복을 입은 여인이 만해를 올려다보고 있었던 것이다.

귀신 특유의 음산한 눈이 아닌 빛나는 눈을 지닌 것은 이상했으나 산발을 하고 얼굴에 짙은 화장을 한 전형적인 한국 귀신의 모습이었다. 매달려 있는 작금의 상황이 힘겨운 듯 간신히 가장자리를 부여잡고 땀인지 물인지 모를 액체를 흘리던 그녀는 만해와 눈이 딱 마주쳤다.

"헉!"

예상치 못한 상황에 놀란 만해는 아래를 내려다보던 그 모습 그대로 굳어버렸다. 여귀 역시 놀란 듯 보였으나 침착하게 만해의 머리 쪽을 향해 손을 뻗었다.

"어어……."

당황한 만해가 몸을 뒤로 빼려 했으나 이미 여귀의 한 손은 만해의 머리에 닿은 뒤였다.

떨어지는 두레박 안에서 탈출해 간신히 우물가에 매달려 있던 여귀는 힘이 빠져서 추락하기 전에 '손에 잡히는 것은 무조건 잡고 보자'의 심리였던 것이다.

만해의 머리에 손이 닿자 그나마 안심이 되는 듯 여귀의 얼굴에 슬쩍 미소가 번졌다. 그러나 그것도 잠시,

스윽—

이내 손은 미끄러졌다. 만해 머리의 두피 구조상 쉽사리 잡히지 않았던 것이다.

여귀는 당황하며 다른 손을 만해를 향해 뻗었다. 그러나 몸은 이미 우물 안으로 추락하고 있었다. 순식간에 벌어진 위기의 순간을 민둥머리 덕에 넘긴 만해는 막상 떨어지는 여귀의 모습을 보자 자신도 모르게 손을 내밀었다.

탁—

만해의 손이 여귀의 팔목을 잡았다.

놀라운 반사 신경이었다. 그동안 열심히 수련한 성과가 나타난 것이다. 그러나,

"헉!"

만해의 입에선 놀란 소리가 새어 나왔다.

낭패였다. 잡지 말아야 할 것을 잡은 것이었다. 여귀는 한쪽 팔목을 만해의 손에 잡힌 채 우물 안에서 덜렁덜렁 매달려 자신을 잡아준 만해를 고개 들어 바라보았다. 산발한 머리털 사이로 보이는 여귀의 눈동자 역시 놀란 눈빛이었다.

'나도 모르게 이런 행동을 하다니…….'

만해는 자신을 자책하며 여귀를 잡은 손을 놓으려 했다.

그러나 깊은 우물 안을 생각하니 쉽사리 손을 놓을 수 없었다.

아무리 귀신이라지만 매정하게 대하는 것은 악귀사수대의 본분이 아니었던 것이다.

그리고 이 여귀가 자신들에게 해를 끼친 것은 겨우 옷에 머리카락을 붙인 것밖에 없지 않은가? 오랫동안 안 감았는지 머리털에 이끼가 끼어 있는 등 상태가 지저분한 것이 마음에 걸리긴 했지만 맨날 물속에 있었을 테니 어쩔 수 없는 일이었다. 여귀는 물속에 있었기 때문에 깨끗하다고 생각할지 모르지만 원래 물때가 더 심한 법이니 여귀의 머리카락이 지저분한 것은 당연했던 것이다. 만해가 손을 놓느냐 마느냐를 놓고 갈등하고 있는 사이 여귀는 만해의 얼굴을 처음으로 정면에서 보았다.

"허억!"

순간 여귀의 눈이 커지더니 얼굴이 파르르 떨렸다.

여귀는 떨리는 목소리로 입을 열었다.

"해, 해만이……?"

여인의 팔을 잡고 힘을 주고 있던 만해는 갑자기 들려온 자신의 옛

이름에 경악했다. 그것도 귀신임이 확실한 귀신한테 들었으니 만해의
놀라움은 형언할 수 없을 정도였다.

갑작스런 충격에 만해의 손에서 힘이 스르르 빠져나갔다.

자신을 지탱해 주던 만해의 힘이 빠져나가자 만유인력의 법칙에 따
라 여귀는 밑으로 스르르 떨어지기 시작했다.

"아, 안 돼!"

여귀는 안타까운 목소리로 외치며 만해를 향해 두 팔을 내밀었으나
만해의 머리는 점점 멀어질 뿐이었다.

풍덩—

커다란 물소리와 함께 여귀는 다시 우물 속으로 빠지고 말았다.

만해는 그 물소리를 들으며 멍청히 서 있었다.

귀신이 자신의 이름을 알고 있다니……

놀라운 일이었다. 아니, 있을 수가 없는 일이었다. 악귀사수대 일을
시작한 이후 숱한 귀신들을 만났지만 친분을 쌓을 만한 시간을 서로
갖지 못했기에 이렇게 자신의 과거 이름을 알고 있는 귀신이 있으리라
고는 정말 상상도 못했던 것이다.

귀신이 곡할 노릇이었다.

"흐흐흐흐흑—"

순간 정말 귀신의 곡소리가 들려왔다.

우물 안에서 울려오는 소리였다. 멍청히 서 있던 만해는 우물 안으
로 머리를 들이밀어 안을 보았다. 그러나 아까 낮에도 안 보였던 우물
안이 보일 리가 없었다.

"흐흐흐흐흑—"

하지만 울부짖는 소리는 분명히 들려왔다. 누구의 울음소리인지 생

각하고 자시고 할 것 없이 방금 떨어진 여귀의 울음소리가 분명했다.

귀신의 곡성(哭聲)이 분명한 만큼 소름이 끼쳐야 정상인 소리지만 이상하게 만해의 귀에는 익숙하게만 들릴 뿐 무섭게 들리지 않았다. 오히려 친근감이 느껴질 정도였다.

더 나아가 가슴이 두근거리기까지 했다.

만해는 용기를 내어 외쳤다.

"이봐요?"

아무 응답도 없었다. 단지 구슬피 우는 소리만 계속 들려올 뿐이었다.

"이봐요? 괜찮나요?"

귀신의 안부를 소리 질러 묻는 자신이 조금은 한심스러웠지만 달리 방법이 없었다.

흐느끼던 울음소리가 만해가 연달아 외칠수록 잦아져 갔다.

"흐흑… 훌쩍……."

만해는 우물 안에 대고 소리를 쳤다.

"저를 아시나요?"

소리가 우물 안의 벽에 부딪쳐 맴돌다 흩어져 갔다.

안에서는 아무런 대답도 들리지 않았다. 단지 훌쩍거리는 소리가 들려서 아직 여귀가 그 안에 있다는 것만 알 수 있었다.

만해의 마음이 급해졌다.

자신의 이름을 아는 사람, 아니, 아는 귀신이 있다는 것은 자신의 과거도 알고 있을 가능성이 크기 때문이다.

만해는 서둘러 두레박 끈을 잡았다. 그리고 아래를 보며 외쳤다.

"다시 두레박을 타세요!"

귀신을 두레박으로 끌어 올리는 것이 우습다는 생각이 잠깐 들었지만 그런 거에 신경 쓸 때가 아니었다. 잠시 후 두레박 줄을 흔들자 쉽게 움직이는 것이 아직 두레박에 탄 것 같지 않았다.

"두레박에 타요! 물어볼 말이 있어요. 다시 안 떨어뜨릴게요!"

다시 한 번 외치고 만해는 가만히 기다렸다. 잠시 후 두레박과 연결된 줄이 움찔 흔들렸다.

낚시 할 때처럼 두레박 끈을 잡은 만해의 손에 묵직한 손맛이 느껴졌다.

여귀가 올라탄 모양이었다.

만해는 있는 힘을 다해 끌어 올렸다. 아까는 물만 들어 있는 걸로 알고 끌어 올려서인지 여귀를 태우고도 무거운 줄을 몰랐는데 여귀가 두레박 안에 타고 있다는 생각이 들자 줄을 잡아 올리는 것이 힘들게 느껴졌다.

여귀의 산발머리가 드디어 보이기 시작하더니 다 올라온 두레박 안에는 과연 여귀가 다소곳이 앉아 있었다. 아까와는 다른 모습이었다.

모르는 사람이 본다면 양갓집 규수가 웬 두레박 안에 타고 있나 할 정도로 얌전한 자태였던 것이다.

"저……."

만해는 꼼짝 않고 있는 여귀를 향해 진지한 표정으로 입을 열었다. 여귀 역시 만해가 말을 하려 하자 긴장한 기색이 역력했다.

"저… 얼른 내리시죠."

땀을 뻘뻘 흘리며 끈을 잡고 있던 만해의 말에 여귀는 그제야 만해가 힘들어하고 있다는 것을 알아채고 놀라서 두레박을 박차고 날아올랐다. 두레박은 다시 밑으로 떨어졌다.

휘리릭—

동시에 화려한 공중제비가 펼쳐졌다. 물에 푹 젖은 여귀의 하얀 소복에서 흩어지는 물방울이 공중을 수놓았다. 때마침 나온 달빛이 떨어지는 물방울을 더욱 영롱하게 보이게 만들었다.

만해는 넋을 잃고 그 모습을 지켜보았다. 호족의 후손이었던 서리 이후로 가장 멋진 공중제비였다.

탁—

여귀는 만해의 뒤쪽에 있는 바위에 멋지게 착지했다.

만해는 입을 벌린 채 그 모습을 보았다. 잠시 정적이 흘렀다. 여귀의 몸에서 흘러나오는 물이 바위를 흠뻑 젖이며 흐르는 소리가 아주 작게 들릴 뿐이었다.

여귀는 산발한 머리를 뒤로 넘겼다. 머리에 가려져 있던 얼굴이 비로소 제대로 드러났다.

"헉!"

만해는 단말마의 비명을 내뱉었다.

그녀였다!

만해가 유일하게 기억하는 첫사랑의 그녀…….

여귀가 애처로운 눈길로 그런 만해를 바라보고 있었던 것이다. 너무 놀란 만해는 자신도 모르게 뒤로 물러났다. 자신이 그토록 그리워했던 첫사랑이 귀신이었다니…….

"아니야! 아니야!"

만해는 고개를 흔들며 뒤로 계속 물러났다.

탁—

만해의 다리가 우물에 걸렸다. 순간 몸의 중심을 잃고 흔들거렸다.

"어어……."

동시에 만해는 우물 안으로 추락했다. 자신의 몸이 뒤로 넘어가는 것을 느끼며 든 생각은 단 한 가지였다.

"젠장! 수영도 못하는데……."

애처로운 눈길로 만해를 바라보고 있던 여귀는 만해가 균형을 잃고 우물 안으로 뒤집어져 떨어지자 화들짝 놀라며 자신도 몸을 날려 그 뒤를 따랐다.

두 사람이 우물 안으로 떨어진 직후 주위는 정적만이 감돌았다.

잠시 후 여귀가 서 있던 곳에 있던 바위가 갑자기 꿈틀거리며 움직이기 시작했다.

바위처럼 동그랗게 말려 있던 바위 표면이 조금씩 움직이기 시작하더니 일자로 꼿꼿이 섰다.

바위가 나무처럼 일어난 것이다. 이어 그곳에서 뭔가가 나왔다. 자세히 보면 사람의 팔과 다리라는 것을 알 수 있었다. 진짜 바위 위에 바위로 변신한 사람이 있었던 것이다.

"퉤! 퉤!"

입에 여귀의 몸에서 흘러내린 물이 들어갔는지 한참을 뱉던 그는 우물을 바라보았다.

눈이 번쩍 빛났다.

주위를 살피며 우물가로 다가간 그는 우물 안을 슬며시 바라보았다.

하지만 침묵만이 우물 안을 가득 메우고 있을 뿐 아무 소리도, 아무 것도 보이지 않았다.

그는 또 어디론가 스르르 사라졌다.

3

차가운 느낌이 피부로 스며드는 것을 느끼며 만해는 정신을 차렸다. 주위가 온통 물이었다.

"어? 어억!"

당황한 만해는 손발을 휘저으며 허우적거렸다. 물에 빠져 죽는다는 것은 상상하기도 싫었다. 더군다나 우물에 빠져 죽는 일은 있을 수가 없었다.

만해는 필사적으로 팔다리를 마구 저었다.

"엥?"

그러나 발이 쉽게 땅에 닿았다. 물이 생각보다 깊지 않았던 것이다.

발이 바닥에 닿자 괜한 소동을 벌이던 만해는 머리를 긁적이며 똑바로 섰다. 가슴 바로 아래까지 물이 찰랑거렸다. 그제야 안심이 된 만해는 고개를 들어 하늘을 보았다. 우물의 작은 구멍으로 밤하늘의 별이 보였다. 시골 하늘이라서인지 별이 많았다.

빛나는 별을 보고 있자니 비로소 자신이 처한 상황이 판단된 만해는 방금 벌어진 일을 떠올렸다.

만해는 뒷걸음질치다가 균형을 잃어 우물 안으로 떨어졌었다. 그때 누군가 공중에서 자신의 몸을 붙잡는 것을 느꼈다. 순간 어려울 때 번개같이 나타나 도와주곤 했던 사부님이라는 생각을 잠시 했지만 그럴 리는 없겠다는 생각이 또 뇌리를 스쳐 지나갔었다.

평소의 모습대로라면 사부님은 이미 따뜻한 모닥불 앞에서 잠이 들었을 게 불 보듯 뻔했기 때문이다.

'음… 그럼 누구였지?'

만해의 의문에 화답을 하듯 뒤에서 누군가의 소리가 들려왔다.

"저예요. 제가 구했어요."

갑자기 들려온 소리에 만해는 고개를 돌리며 말했다.

"고마워요."

무의식적으로 말을 뱉은 만해는 고개를 돌려 자신의 뒤쪽에 있는 장본인을 보았다. 순간 머리털이 쭈빗 솟아올랐다.

우물 밖에서 보았던 산발을 한 머리가 자신의 바로 코앞에 있었기 때문이다. 물이 뚝뚝 떨어지는 머리털 사이로 여귀의 흰자위만 보이고 있었다.

만해가 공포에 질린 것을 본 여귀는 자신의 실수를 깨닫고 손으로 머리를 쓸어 올렸다.

"놀라게 할 생각은 없었는데……."

얼굴을 드러낸 여귀는 다소곳하게 말했다.

"……."

여귀의 사과성 멘트에 만해는 뭐라고 할 말이 없었다. 어쨌든 우물 안으로 떨어지는 자신을 구해준 은인이었다. 하지만 한 가지 의문이 떠올랐다. 왜 이 여귀가 자신의 첫사랑과 그렇게 닮았는지를 알고 싶었던 것이다.

'혹시 여우가 둔갑을 한 것이 아닐까?'

만해를 홀리기 위해 자신의 마음속을 투시해 가슴 깊이 간직한 첫사랑의 모습을 그대로 재현하여 나타난 것일런지도 몰랐다.

한번 그렇게 생각이 되니 정말 의심이 모락모락 피어올랐다. 게다가 호족이 실제로 존재한다는 것은 이미 서리를 통해서 겪은 뒤였다. 물론 서리가 마지막 남은 호족이라고 알고 있었으나 정보라는 것은 잘못 전달되어질 수도 있는 법이었다.

호족의 족보에는 없는 떠돌이 구미호가 우연히 자신의 집을 거처 삼아 살고 있었을 수도 있기 때문이다.

서리를 겪어보았던 탓인지 만해는 눈앞의 여귀가 구미호의 변신 모습이라고 해도 그렇게 거부감이 들지는 않았다. 단지 자신의 첫사랑 모습을 하고 있다는 것이 기분 좋지 않을 뿐이었다.

만해가 이런저런 생각을 하는 동안 여귀는 그런 만해를 가만히 보고만 있었다.

무거운 침묵만이 우물 안을 감돌았다.

"어떻게 된 거죠?"

정적을 깨고 만해가 입을 열었다.

여귀는 무슨 뜻이냐는 표정으로 만해를 보았다.

"어떻게 제 첫사랑의 모습을 알고 있는 거지요?"

만해의 말이 끝나기가 무섭게 여귀의 표정이 슬프게 변하기 시작했다.

고개를 숙이는 눈에서 눈물인지 우물물인지 모를 투명한 액체가 뚝뚝 흘러내렸다.

뜻밖의 반응에 당황한 만해는 그저 그런 여귀의 모습만 바라볼 뿐이었다.

잠시 후 고개를 든 여귀는 만해를 향해 입을 열었다.

"절 정말 기억 못하나요?"

"예……."

만해가 정말 모르는 눈치이자 여귀는 자신의 얼굴을 만해가 잘 볼 수 있도록 얼짱 각도인 45도로 숙인 뒤 다시 물었다.

"이래도 정말 기억 못하나요?"

"……?"

여전히 만해는 모르는 표정이었다.

45도로 숙이고 있던 여귀는 고개를 똑바로 든 채 만해의 얼굴 아주 가까이 자신의 얼굴을 들이대며 다시 물었다.

"저를… 저를 정말 기억 못하나요?"

만해는 고개를 저었다. 그런 만해의 반응에 여귀의 표정이 다시 애처롭게 바뀌고 있었다.

"휴우~"

안타까운 듯 여귀는 길게 한숨을 쉬었다.

그때였다. 만해의 코가 벌름거렸다. 만해는 바로 자신의 얼굴 앞에 있는 여귀를 보며 다급하게 입을 열었다.

"다시 한 번 말을 해봐요!"

"예? 무슨 말을요?"

"아무 말이나! 빨리요!"

갑작스런 만해의 반응에 잠시 당황하던 여귀는 흠흠 하며 목소리를 가다듬더니 말을 하기 시작했다.

"원숭이 엉덩이는 빨개, 빨가면 사과, 사과는 맛있어, 맛있으면 우물물, 우물물은 추워, 추우면 알래스카."

여귀의 말이 계속될수록 만해의 코는 더 분주히 벌름거려지고 있었다.

이 지독한 악취……. 익숙한 냄새였다.

사람의 후각은 동물 중에서 가장 발달되지 않은 편이라곤 하지만 한 번 맡은 냄새는 평생 안 잊어버리는 특징이 있다. 물론 냄새는 코에 있는 감각인 후각으로 맡지만 그 냄새가 어떤 형태로 남아 저장되는 것은 결국 뇌이기 때문에, 뇌 속엔 그 냄새의 정보가 구체화되어 무의식적으로 각인되어 있기 때문이다. 예를 들어 된장국 냄새를 맡으면 머리 속에서 된장국이 그려지고 생선 비린내를 맡으면 자신도 모르게 생선의 모습을 떠올리는 것과 같은 이치이다.

더군다나 만해는 오랜 면벽수행으로 남들보다 오감이 발달한 상태였으니…….

만해는 지금 자신의 코끝을 찌르고 있는 지독한 악취가 결코 낯설지 않다는 것을 느꼈다.

그것은 바로 첫사랑의 냄새였다.

첫사랑에 대해선 얼굴 외에 다른 것은 전혀 기억하지 못했지만 여귀의 입 냄새를 맡으니 이상스레 첫사랑의 모습이 떠오른 것이다.

만해는 아직도 일정한 운율에 맞춰 말을 하고 있는 여귀를 보았다.

그녀는 변신한 것이 아니었다.

구미호가 만해의 마음을 투시하여 첫사랑으로 변신해 홀리려 했다 하더라도 이 특유의 입 냄새까지 똑같을 순 없었다.

만해의 첫사랑은… 바로 이 여귀였던 것이다!!

'귀신을 사랑했다니……!'

믿을 수 없는 기막힌 현실에 만해는 넋이 나갔다.

만해가 이상하다는 것을 눈치 챘는지 여귀는 열심히 혼잣말하던 것을 멈춘 채 그를 바라보았다. 그리고 천천히 입을 열었다.

"기억나셨군요?"

만해는 고개를 끄덕였다. 그리고 여귀의 얼굴을 똑바로 바라보았다.

여귀는 그와 반대로 고개를 숙였다. 만해는 계속해서 뚫어지게 그녀의 얼굴을 바라보았다.

타닥― 탁―

다 탄 나무의 윗부분이 재로 변하는 통에 서로에게 기대어 지탱하고 있던 모닥불의 한쪽 면이 와르르 무너졌다.

참선에 들어갔다가 따뜻한 모닥불의 온기에 이내 잠으로 들어가 꾸벅꾸벅 졸던 노승은 그 소리에 문득 깨어났다.

"으음… 무슨 일이냐?"

만해에게 물었을 것이 분명한 물음인데도 아무 대답이 없었다. 눈을 게슴츠레 뜨며 노승은 다시 한 번 물었다.

"만해야, 무슨 일이냐니까?"

타닥―

원하는 대답은 없고 대신 장작이 다시 한 번 무너졌다. 어둠 속으로 나무의 불똥이 점점이 올랐다가 사라졌다. 이제 모닥불도 얼추 꺼져 가고 있었다. 제 몸을 사르던 나무도 이제 자기 몫을 다하고 사라지고 있었던 것이다.

졸린 눈을 끔뻑거리던 노승은 주위를 둘러보았다.

"어?"

만해의 모습이 어둠 속 어디에서도 보이지 않았다. 그제야 만해의 부재가 실감난 노승은 큰 소리로 만해의 이름을 부르기 시작했다.

"만해야! 만해야!"

어둠 속으로 노승의 외침이 뻗어 나갔지만 아무 대답도 들리지 않았다.

노승은 고개를 갸웃거렸다.

"어디 갔을꼬? 발 씻으러 갔다가 안 온 것은 아니겠지?"

그러기에는 시간이 너무 흘러 버렸다.

"설마……."

우물을 오다 가다 귀신을 만났을지도 모른다는 데 생각이 미쳤다.

만해가 살던 집이라고는 하지만 지금은 엄연히 공인된 흉가가 아닌가. 충분히 있을 수 있는 일이었다. 물론 잡귀 한두 귀 정도는 이제 만해도 해치울 수 있을 정도의 능력을 가졌다고 믿고 있는 노승이었다. 하지만 물가에 내논 아이 같은 불길한 기분이 드는 것은 어쩔 수 없었다.

노승은 고개를 돌려 안채를 보았다.

어둠 속에서도 위용을 잃지 않은 안채의 형체가 실루엣처럼 보였다. 낮에 보면 다 쓰러져 가는 흉가였지만 밤이 되어 실루엣만 보일 때는 전혀 흉가 같아 보이지 않았다.

"가만있어라… 혹시 저 안에……?"

만해가 방 안으로 들어가서 자고 있을지도 모른다는 생각이 퍼뜩 들었다. 다 쓰러져 가는 안채라 해도 바람을 막아주고 잘하면 이불도 있을 테니 가능할 법도 했다.

"에이, 설마?"

그 가능성을 생각하던 노승은 고개를 저었다.

만해가 저 혼자만 잘 자겠다고 저 안에 들어가서 잘 리 만무하다고 생각했다. 그러나,

"능히 그럴 만한 놈이지!"

이내 마음을 바꾼 노승은 자리에서 벌떡 일어나 옆에 널어놓은 옷을 입었다.

믿을 수 없는 현실 앞에 우물 안에 갇힌 개구리처럼 암담한 마음이 된 만해는 우물 구멍으로 보이는 별만 바라보고 있었다.

자신의 얼굴을 뚫어지게 보던 만해가 눈길을 돌려 밤하늘의 별을 바라보자 여귀는 불안한 심정이 되었는지 죄지은 귀신처럼 고개를 폭 숙이고 있었다.

'귀신과 사랑을 했다니…….'

만해의 머리 속에 드는 생각은 오직 그것뿐이었다.

자신이 가진 유일한 기억 속의 단 하나의 인물이 바로 눈앞의 여귀였다는 것이 너무 어처구니없었던 것이다.

"기다렸어요"

갑자기 들려온 가느다란 소리에 만해가 고개를 돌려 여귀를 바라보았다.

"기다렸어요… 당신이 돌아오기를……."

"예?"

무슨 뜻인지 몰라 만해는 다시 물었다.

여귀는 고개를 들며 한 자 한 자 또박또박 말을 했다.

"당신이 돌아오기만을… 당신이 돌아와 나를 찾기만을… 이 우물 안에서 기다려 왔어요."

"……."

애타는 표정으로 말하는 여귀를 보면서도 만해는 뭐라고 말할 수 없었다.

자신의 기억 속에 살아 있던 첫사랑은 결코 이런 게 아니었다. 따라서 지금 상황에 대한 정서적인 충격이 너무 컸기 때문에 여귀가 뭐라고 해도 아직 아무 생각도 들지 않았던 것이다.

"해만 씨."

갑자기 들려온 자신의 옛 이름에 만해는 정신이 번뜩 들었다.

이 여귀는 자신의 옛이야기를 알고 있을런지도 몰랐다. 누나에게 대강 들은 것은 한계가 있었다. 누나도 가족들이 죽고 만해 자신이 집을 나갔던, 그 당시의 상황을 완전히 파악하는 것 같지 않았다.

"해만 씨."

여귀가 다시 불렀다.

"만해라고 불러요. 그 이름은 왠지 익숙지 않아서……."

"예."

여귀는 순순히 대답했다. 그러나 여귀의 표정이 살짝 곤혹스러워하는 것을 만해는 알지 못했다.

"혹시 알고 있어요?"

만해가 여귀에게 물었다.

"뭘?"

"저희 가족이 왜 다 죽게 됐는지? 그리고 당신과 저의 이야기……."

"……."

그러나 여귀는 잠시 아무 말도 하지 않았다. 만해가 자신과의 일을 기억하지 못하는 것에 충격을 받은 것 같았다. 그러나 이내 평정을 찾은 듯 만해를 똑바로 바라보았다.

"어디까지 알고 있죠?"

"여기 오기 전 누나가 제게 말한 것은 혼월천검을 찾으라는 얘기밖에 없었어요."

"혼월천검요?"

여귀가 경악을 하며 되물었다. 겁에 질린 표정이었다.

"예, 혼월천검요. 누나는 그냥 영혼의 검이라고 하던데……."

만해가 말꼬리를 흐리자 여귀가 안정을 찾으며 다시 물었다.

"그럼 그 검에 대해 더 알고 있는 게 없나요?"

"제가 그 검을 찾아야 한다고 들은 것밖엔 없는데……."

"그 검을 찾으면 나에게도 쓸 건가요?"

"옛?"

갑작스런 여귀의 물음에 만해는 당황했다. 왜 자신이 그 검을 여귀에게 쓰겠는가? 그리고 여귀를 천도시키기 위해 손을 쓰려면 벌써 썼을 것이다.

"그럴 리가 있나요!"

그러나 여귀는 만해의 말을 듣고도 안심이 되지 않는 눈치였다.

"자신하지 마세요. 그 검은……."

뭔가를 말하려다가 잠시 만해의 눈을 가만히 들여다본 여귀는 한숨을 쉬었다.

"휴우… 그건 그때 가봐야 알겠네요."

여귀의 태도에서 혼월천검에 대한 뭔가가 있다는 것을 느꼈으나 더이상 물어보지 않았다. 지금 급한 것은 혼월천검에 대한 게 아니라 자신의 기억과 가족의 이야기였기 때문이다.

여귀는 만해를 보며 말을 이었다.

"그것보다 가족의 이야기를 듣고 싶은 거죠?"

"헉!"

정확히 자신의 속마음을 맞추는 여귀를 보고 만해는 깜짝 놀랐다.

'이거 진짜 구미호 아닌가?'

다시 색안경을 끼고 여귀를 바라보았으나 여귀는 크게 한숨을 내쉬며 말을 이었다.

"음… 제 이야기부터 해야겠네요. 제가 이곳에 온 것은 지금부터 20년 전이었죠. 그때는 물론 저도 이런 모습이 아니라 사람이었어요. 예쁜 옷 보면 좋아하고 화장하기 좋아했던 평범한 여자였죠. 휴우… 이 집에 오지만 않았다면 저도 결혼하고 귀여운 아기도 낳고 사람으로 잘살고 있었을지 모르는데…….."

"……?"

자신의 가족 이야기를 한다고 하더니 갑자기 이어지는 인간극장 같은 신세타령에 만해는 어리둥절했다. 그러나 만해의 반응은 아랑곳하지 않고 여귀의 한탄은 계속됐다.

"하지만 이제는 후회하지 않아요. 이렇게 된 거 이제는 어쩔 수 없을 뿐더러 당신을 알게 되었으니까요."

노골적인 여귀의 표현에 만해는 잠시 반감이 일었으나 꾹 참고 여귀의 다음 말을 기다렸다.

"그러니까 그게 어떻게 된 거냐 하면, 20년 전에…….."

20년 전 당시만 해도 지방 대학원 역사학 전공의 학생 신분이었던, 아니, 학생이기 이전에 살아 있는 사람이었다.

하지만 졸업 논문을 잘못 택한 것이 화근이었다. 역사와 선조들이 쓰던 물건에 관심이 많았던 그녀는 논문의 주제로 우리 나라 전통 우물에 대한 연구를 선택했다. 본인 스스로도 우물에 대한 관심이 있었지만 우물에 대한 연구는 그때까지 단 한 건도 없었기 때문에 여러 가지 면에서 유리할 것이라는 판단도 있었다.

우물도 각 지방마다 그 형태나 용도가 각각 달랐다.

때문에 전국 각지를 떠돌며 현재까지 산재해 있는 우물에 대한 탐사를 하던 그녀는 어느 집에 대한 묘한 소문을 들었다. 조선시대 초부터 내려온 99칸 종갓집이 지금은 흉가가 되어 있는데 그곳의 우물만은 이상하게 마르지 않고 있다는 소문이었다. 호기심이 동한 그녀는 바로 발길을 돌려 문제의 흉가로 향했다. 그것이 바로 이 집이었다.

집으로 들어가려는 그녀를 보고 놀란 젊은 이장의 적극적인 만류가 있었으나 한밤중에 몰래 들어갔다. 그게 화근이었다. 손전등 하나 들고 우물을 연구하던 그녀는 뒤에서 갑자기 밀려든 알 수 없는 힘에 의해 우물에 빠지고 말았던 것이다.

나중에서야 알았지만 이 집은 어두운 기운을 가진 영적인 존재들에 의해 장악되어 있었다. 말 그대로 흉가였던 것이다.

우물에 빠졌던 그녀는 다행히 몸에 큰 부상을 입지는 않았지만 밖으로 나갈 방법이 없었다. 소리도 쳐봤으나 허사였고 며칠 동안 그 안에서 나가기 위해 발버둥 치다가 결국 익사를 하고 말았다. 우물 벽을 오르려 시도하다가 손톱만 다 빠지고 말았을 정도였다. 지금도 우물 안 벽에는 당시에 손톱으로 긁었던 자국이 선명히 남아 있었다.

우물을 못 빠져나간 것은 그녀의 육신뿐만이 아니었다. 승천해야 할 그녀의 영혼 또한 어둠의 존재에 의해 장악되어 버린 이 집을 빠져나가지 못하고 맴돌기만 했다. 그 강력한 힘이 그녀를 집 안에 묶어버린 것이었다.

나중에 알게 된 사실이지만 그렇게 당한 것은 그녀 하나만이 아니었다. 집 안 곳곳에 그녀같이 어둠의 존재에게 당한 사람들의 혼령이 있었던 것이다. 그들 또한 집을 벗어나기 위해 무진 애를 썼지만 성공한 혼령은 하나도 없었다. 그녀 역시 시간이 흐르자 아예 모든 것을 포기하고 흉가 귀신의 일원으로 살기 시작했다. 밖에는 그녀가 감당하지 못하는 어두운 힘이 있으니 그녀는 자의 반 타의 반으로 자신이 죽은 우물 안에서 자리 잡게 되었던 것이다.

우물을 사랑하다 죽은 자신을 우.사.귀.라 이름 붙인 뒤 그녀는 사람의 피를 그리워하는 귀신의 존재로 전락했던 것이다.

"잠깐만요."

만해가 갑자기 여귀의 말을 끊었다.

"어둠의 존재라는 게 뭐죠?"

"그건 저도 정확히 몰라요. 이 집 어딘가에 도사리고 있는 힘이죠. 그리고 그것에 의해 당신의 가족들이……."

"……?"

"…죽었죠."

쿵!

만해의 가슴이 내려앉았다. 자신의 가족들이 누구에게, 어떻게 죽임을 당했는지 처음으로 단서를 찾은 것이다.

"어떻게 된 건지 자세히 얘기해 봐요!"

만해는 여귀에게 재촉했다.

그러나 여귀는 고개를 저으며 답했다.

"저도 그 이상은 잘 몰라요. 당신은 무슨 일인지 저에게 말도 하지 않고 집을 뛰쳐나갔고, 전 당신을 만나기 전과 같이 이 우물 안에서 지내야 했으니까요."

만해는 가슴이 답답해졌다. 여귀가 하는 이야기가 하나도 기억이 나지 않았다. 첫사랑의 애틋한 추억인 줄만 알았던 그녀가 귀신이었다는 점부터 마음에 걸리더니 자신이 왜 집을 뛰쳐나갔는지도 모르겠고, 또 그 이후에 무슨 일이 있었길래 자신의 기억이 모두 다 사라져 버린 것인지 전혀 기억나지 않았다.

만해는 정체성에 혼란을 느꼈다. 자신의 존재 자체가 부인되고 있는 기분이었다.

차라리 노승과 악귀나 퇴치하러 다닐 때가 더 행복했던 것 같았다. 그때는 눈앞에 있는 악귀만 퇴치하면 됐는데… 이제 와서 자신의 과거를 안다는 것이 자신에게 어떤 의미가 있을까 하는 부정적인 생각마저 들었다. 더군다나 그런다고 돌아가신 부모님이 살아오시는 것도 아닐 텐데…….

하지만 만해는 마음을 다 잡았다. 그것이 자신이 살아온 시간들이라면, 설사 그것이 잃어버린 기억일지라도 온전히 자신의 것이기에 반드시 알아야 할 필요가 있다는 생각이 들었다.

만해는 자신을 바라보고 있는 여귀에게 말했다.

"당신이 아는 대로 말해 주세요."

여귀는 다소곳하게 고개를 끄덕였다. 마치 부끄러움에 떨고 있는 새 색시 같았다. 귀신만 아니라면 당장 데이트를 신청하고픈 충동이 일 정도였다.

"그러니까… 그렇게 제가 우물 안에 있을 때 당신의 가족들이 이곳으로 이사를 왔어요. 원래 이 집이 당신들의 조상들 것이었는데……."

우물 밖으로 만해에게 말하는 여귀의 가냘픈 목소리가 새어 나가고 있었다.

4

발 씻으러 갔다가 돌아오지 않는 만해를 찾으러 안채의 방 안으로 들어가던 노승은 입을 딱 벌린 채 방문 앞에 멈춰 서 있었다. 다 떨어져 가는 낡은 문을 열고 손전등 대용으로 들고 간 불붙은 나무로 방 안을 비춰보자 전혀 상상하지 못했던 광경이 펼쳐져 있었기 때문이다.

우선 방 안이 무척 깔끔하게 정리가 되어 있었다.

방 밖에서는 흉가였지만 안은 아늑하게 정돈이 잘된 방이었던 것이다.

게다가 방 안에 이불이 펼쳐져 있었다. 예쁜 꽃무늬가 수놓아진 흉가에 걸맞지 않을 정도로 깨끗한 이불이었다.

방 안의 전경을 확인한 노승은 자신이 온 목적을 잊은 채 이불 안에 손을 넣어보았다.

따뜻했다. 이왕 손을 넣은 김에 몸도 슬쩍 넣어봤다. 이불의 효과는 생각보다 컸다. 포근한 기분이 노승을 꽤나 기분 좋게 만들었던 것이다. 노승은 내침 김에 한 손에 들고 있던 불붙은 나무를 껐다. 순식간에 방 안은 다시 어두워졌다.

노승은 더듬거리며 이불 안으로 아예 들어갔다. 잠시 이불을 둘둘 말고 있으니 모닥불 앞에서 떨며 졸던 몸이 안정을 찾아갔다.

자연스럽게 노승의 눈이 슬슬 감기기 시작했다. 만해를 찾으러 왔다는 생각은 까마득히 잊은 뒤였다.

그렇게 얼마를 잤을까.

"서방님, 서방님……."

어디선가 사람의 목소리가 들렸다.

그러나 깊은 잠이 들었는지 서방님 소리가 수십 번 연발되어서야 노승은 잠에서 깨어났다.

노승은 졸린 눈을 비비며 이불을 두른 채 벽에 기대앉으며 물었다.

"만해냐?"

사람이 있지 않은 곳에서 사람의 목소리가 들렸으니 당연히 만해라고 생각하며 물은 것이었다. 만해냐는 물음에 당황했는지 방 안엔 잠시 정적이 흘렀다. 그러나 정적은 아주 잠시였다.

"서방님."

다시 들려온 소리를 정확히 들은 노승은 고개를 갸웃거렸다.

"서방니임? 아니, 이놈이 미쳤나?"

그러면서도 목소리가 만해의 것과는 다르다는 걸 느꼈는지 노승은 게슴츠레하던 눈을 번쩍 떴다. 들고 들어온 장작불이 꺼진 뒤 어둡기만 하던 방 안은 어느새 붉은색으로 가득 차 있었다. 마치 누군가 일부러 붉은 조명을 잔뜩 켜놓은 것 같았다.

잠깐 눈 붙인 사이에 정육점 분위기, 아니, 으스스한 공포 분위기로 변한 방 안을 보며 어리둥절해하는 노승 앞에 뭔가가 스윽 나타났다.

흰 소복을 입은 창백한 얼굴을 지닌 두 명의 여자였다.

"앗!"

놀란 노승은 자신도 모르게 외마디 비명을 질렀다.

노승이 놀라는 것은 아랑곳 않고 두 명의 여자는 동시에 입을 열었다.

"서방니임."

"……?"

"서방니임……."

"보기엔 이래도 나 아직 총각인데."

"서방니임."

서방님이라는 호칭을 극구부인하는 노승의 대답에도 두 여자는 계속해서 서방님만 찾았다.

"서방니임."

"아니라니까!"

"서방니임."

"고집이 세군. 그래, 나는 서방님이라 치고 너희들은 누구냐? 의상이나 회칠한 얼굴 분위기로 보아하니 원혼이 분명하렷다?"

노승의 예리한 지적에 두 여귀는 고개를 끄덕이며 답했다.

"예. 저희는 억울하게 이승과 하직한 장하와 봉련이옵니다."

"장하와 봉련?"

"예."

"흠, 장화와 홍련과는 무슨 관계이지?"

"장화와 홍련이라니요?"

두 여귀 중 조금 키가 더 큰 여귀가 의아한 얼굴로 되물었다.

노승은 손을 들어 방금 말을 한 키 큰 여귀와 작은 여귀를 손가락으로 차례로 가리켰다.

"큰 아이 이름은 장화, 작은 아이 이름은 홍련, 아니냐?"

"큰 아이 이름은 장하, 작은 아이 이름은 봉련이옵니다."

자신을 장하라고 소개한 여귀가 부정의 표시로 고개까지 저으며 답했다. 흑단 같은 긴 머리가 찰랑찰랑 흔들렸다. 귀신이 아니라고 생각하며 본다면 꽤나 고혹적인 모습일 터였다.

노승은 그런 여귀들을 보며 입을 열었다.

"음. 내가 착각을 했나보군. 그래, 계속 말을 해보거라. 너희들은 무엇이 문제이냐?"

자신들을 보고도 의외로 담담한 노승의 태도에 놀랐는지 여귀들은 서로 마주 보며 잠시 망설였다. 잠시 후 결심한 듯 자신을 장하라 소개한 여귀가 입을 열었다.

"저희들이 원귀인 것을 알았는데 놀라지 않으셨습니까?"

"너무 두꺼운 화장발 때문에 놀랐지, 귀신이기 때문에 놀라진 않았다."

"아… 예, 그동안 저희를 보기만 해도 지레 죽는 분들이 많아서……."

안 놀랐다는 노승의 말에 당황한 기색이 역력하던 여귀는 말꼬리를 흐렸다.

"지레 안 죽게 하려면 이 정육점 분위기의 붉은 조명을 없애고 떡칠한 듯한 얼굴의 화장을 줄이도록 해라. 그리고 가능하면 흰 소복도 다른 컬러로 바꾸고. 딱 보기에도 귀신같이 느껴지는 너무 전형적인 스타일로 나타나니까 사람들 마음속에 잠재되어 있던 공포심이 발동해 놀라 죽는 것이니라. 빠르게 변화하는 21세기의 귀신은 뭔가 다른 게 있어야지."

"예, 참고하겠습니다."

노승의 잔소리에 여귀들은 고분고분 답했다.

"그래, 근데 무슨 일로 내 앞에 나타났느냐?"

"서방님, 억울하옵니다! 저희의 한을 풀어주시옵소서!"

"음… 그것도 어디서 많이 듣던 대사인데… 무엇에 그리도 한이 맺혔느냐?"

"저희는 억울한 죽임을 당했습니다."

"내 그럴 줄 알았어! 계속해 보게."

"예… 저희는 화목한 가정에서 태어나……."

"잠깐!"

장하가 설명하려는 찰나 노승이 말을 막았다. 노승은 장하와 봉련을 올려다보며 씩 미소를 지었다.

"다음 말은 안 들어도 알 수 있지. 너희는 화목한 가정에서 태어나 잘살고 있었는데 어느 날 자상하던 엄마가 죽고 새엄마, 즉 계모가 들어오더니 너희들을 괴롭혔지?"

"헉!"

장하는 놀라며 옆에 있는 봉련을 바라보았다. 봉련 역시 노승의 갑작스런 말에 당황하는 눈치였다. 그들의 그런 반응엔 별 신경 쓰지 않은 채 노승은 말을 이었다.

"그러다 계모가 장하에게 낙태를 한 부정한 여자라는 억울한 누명을 씌워 연못에 빠뜨려 죽게 했지? 낙태한 증거 자료로 보여준 것은 커다란 쥐였고 말이야. 맞지?"

"……."

정확히 맞았다. 장하와 봉련은 아무 대답도 못한 채 그저 암묵적인 긍정의 뜻으로 고개만 끄덕였다.

이상한 일이었다. 자신들의 억울한 하소연을 제대로 말도 안 했는데 이상한 복장의 이 노인은 이미 많은 것을 알고 있으니 말이다. 노승은 의아한 눈으로 자신을 바라보고 있는 장하와 봉련을 보며 말을 이었다.

"그리고 동생 봉련이는 장하가 억울하게 죽은 것을 알고 자신도 그 연못에 뛰어들어 스스로 목숨을 끊었지? 그치?"

"헉!"

"헉!!"

장하와 봉련은 동시에 단말음을 내뱉었다.

노승은 그들이 놀란 틈을 타서 결정적인 한마디를 던졌다.

"그리고 너희는 그 원한을 풀어달라고 원귀가 되어 나타나는 거지?"

"허억?!"

장하와 봉련은 다시 한 번 소스라치게 놀랐다.

"어, 어떻게 그걸 다 알고 있나요?"

장하의 물음에 노승은 한심하다는 투로 답했다.

"어떻게 알긴? 니들이 바로 장화와 홍련이라니까!"

"아니라니까요. 우린 장하와 봉련이에요! 장화와 홍련이 누군지 모른다니까요."

장하가 짜증스러운 목소리로 말했다. 그러나 노승은 여귀의 반응은 아랑곳 않고 이야기를 시작했다.

"장화홍련전! 유명한 이야기이지. 우리 나라 사람들 중에 모르는 사람 거의 없을걸? 장화와 홍련에 얽힌 복수담. 아주 무섭고 짜릿하면서도 슬픈 이야기이지! 그건 복수담의 시초이면서도……."

노승이 설명하는 동안 다소곳하던 두 여귀는 묘한 시선을 주고받았다.

이어 눈동자가 점점 붉어지기 시작했다.

"최근에는 장화홍련이라는 영화까지 나오기에 이르렀지. 물론 장화와 홍련에서 모티브만 따왔을 뿐 그렇게 연관이 있는 이야기는 아니야."

노승의 이야기가 진행될수록 여귀의 몸은 점점 더 변하고 있었다.

그러나 노승은 허공을 바라보며 이야기하는 데 전념하느라 그런 변화를 전혀 눈치 채지 못하고 있었다.

"원래 전설처럼 내려오는 이야기라도 분명히 그것은 현실에서 기반을 두고 있는 경우가 대부분이야. 지금 너희들의 모습을 보아하니 딱 장화와 홍련과 같은 컨셉이더군. 둘이 같이 나타나는 것이나 그 전형적인 의상까지 말이야. 그래서 너희들이 나타났을 때 장화와 홍련의 원래 주인공들 같은 느낌을 받았지. 너희들은 장하와 봉련이라고 말하지만 구전되는 와중에 너희들 이름은 장화와 홍련으로 잘못 전달되었을 것이 분명할 거야. 그리고……"

"카악~"

노승의 말이 채 끝나기도 전에 장하와 봉련의 입에서 괴성이 터졌다.

고개를 들어 여귀의 모습을 본 노승의 눈이 경악으로 커졌다.

어느새 두 여귀의 아까와는 다르게 변해 있었기 때문이다. 흑단머리는 하늘로 치켜 올라가고 눈꼬리도 따라 올라가 있었다. 눈동자는 완전한 붉은색으로 변해 있었다.

"으헉!"

노승은 기겁하며 뒤로 껑충 물러났다.

"우리의 레퍼토리를 알다니 절대 살려둘 수 없지!"

장하가 쇳소리가 섞인 듯한 목소리로 말했다.

촤악—

동시에 장하와 홍련의 손톱이 길게 늘어났다. 슬쩍 봐도 무척 날카로워 보이는 손톱이었다.

저런 손톱에 찔린다면 즉사 혹은 치명적인 상처를 입을 것이 분명해 보였다.

"죽어랏!"

손톱이 길게 나오자마자 두 여귀는 노승을 향해 달려들었다. 날카로운 손톱을 앞으로 뻗으며 방심하고 있던 노승의 가슴을 향해 찔러갔다.

휘리릭―

순간 노승은 허공질주를 하듯 도포 자락을 휘날리며 여귀들의 머리 위로 날아올랐다.

"내가 그렇게 쉽게 당할 줄 알았더냐… 으헉!"

공중에서 발을 박차며 여귀의 머리를 넘어가며 고성을 내뱉던 노승은 말을 끝마치지도 못한 채 외마디 비명을 질렀다. 손톱을 피해 여귀의 머리 위로 날아올랐는데 그곳에는 삐쭉 솟은 여귀의 머리카락이 기다리고 있었던 것이다.

쿵!

살아 움직이는 듯한 머리카락에 발목이 잡혀 노승은 바닥에 내동댕이쳐졌다.

"으으……."

등짝에서부터 밀려오는 통증에 신음 소리가 절로 났다.

그런 노승에게 두 여귀는 천천히 다가왔다. 발을 움직이지도 않는데 한번에 스윽 다가오는 모습이었다. 두 여귀는 바닥에 누워 있는 노승을 싸늘한 눈으로 내려다보았다.

노승도 마주 올려다보았다. 산발된 머리가 아래로 처지고 붉은 눈을 가진 그들을 아래에서 올려다보니 더욱 괴이한 모습이었다.

"왜, 왜 이러는 거지? 장화와 홍련, 아니, 장하와 봉련! 너희들 한을 내가 풀어줄 수 있단 말이야!"

노승이 고통을 참으며 소리쳤다. 두 여귀는 서로 마주 보더니 기괴한 웃음을 터뜨렸다.

한참을 웃던 그들은 갑자기 뚝 웃음을 멈추더니 음산한 목소리로 말했다.

"우린 장하와 봉련이 아니야."

"뭐?"

"우린 장하와 봉련이 아니라고!"

"그럼… 너희들이 장화와 홍련이 맞는 거지? 그런 거지? 그렇다면 내가 너희들의 한을 풀어준다니까. 불쌍하게 그 많은 세월이 지나도록 한을 풀지 못해 이렇게 구천을 헤매고 있었다니. 쯧쯧."

노승의 말에 두 여귀는 다시 한 번 서로를 바라보았다.

"깔깔깔깔~"

다시 한 번 웃음을 터뜨린 그들은 쓰러진 채 멍청히 그들을 올려다보고 있던 노승을 향해 입을 열었다. 소리는 장하의 입에서 터져 나왔다.

"우린 짝퉁 장화와 홍련이지. 이름도 그래서 그렇게 작명한 것이고!"

"짝퉁이라니?"

"오… 그것까지는 알 것 없지. 우리가 알려줄 의무도 없고 말이야. 너는 이제 얌전히 누워서 영혼만 내놓으면 돼."

"영혼을?"

"그래. 넌 우리가 만난 놈들 중에 유일하게 이렇게 긴 시간 동안 살아남은 놈이지. 보통 인간들은 우리의 모습을 보자마자 죽거나 그나마 간신히 버티던 놈들도 장하와 봉련이라는 이름만 대면 모두 경기를 일으키거나 심장이 마비되는 통에 쉽게 영혼을 취할 수 있었는데……."

"그래서 장화와 홍련 흉내를 낸 건가? 귀신이라는 연상 작용을 일으켜 겁에 질린 인간들을 죽이려고?"

"그렇지. 머리가 빨리 돌아가는군. 뭐, 굳이 장화와 홍련이의 짝퉁 흉내를 내지 않더라도 인간들을 놀라게 해서 영혼을 취하는 것은 그리 어려운 일이 아니지만 말이야."

"그렇다면 굳이 장하와 봉련이라는 이름을 쓸 필요가 뭐가 있나? 장화와 홍련이라는 이름을 그대로 쓰면 될 것이지."

"그런 걸 우리가 모르는 것은 아니지. 하지만 우리는 짝퉁이 될 수밖에 없는 운명이라서. 왜냐하면……."

"언니!!"

장하가 무슨 말을 하려 하자 봉련이가 소리쳐 제지했다.

"아차!"

장하는 뭔가를 실언할 뻔했는지 입을 닫았다.

봉련이가 그런 언니를 째려보며 말했다.

"우리의 치부를 드러내지 말라고 했지. 언니는 창피하지도 않아?"

"기집애, 창피하기는. 이미 죽은 마당에 창피하고 말고 할 게 또 뭐 있냐? 그리고 이 인간도 곧 죽을 텐데 우리의 치부를 알면 또 어때?"

"그래도 난 싫어! 창피하단 말이야."

노승은 가만히 누워 두 여귀가 다투는 모습을 지켜보았다. 무슨 사연이 있는 듯했지만 이제 그것은 노승의 관심 밖이었다. 이들이 장화와 홍련이든, 장하와 봉련이든 맺힌 한이 있으면 풀어주려 했건만 그것이 사람을 해치기 위한 쇼였다고 생각하니 화가 치밀어 올랐다.

당장 이들의 영혼을 소멸시키고 싶었다. 그동안 만났던 다른 원귀들과 같이 어쩔 수 없거나 몰라서가 아니라 이런 식으로 일부러 사람들을 홀리는 것은 노승이 가장 싫어하는 짓이었다.

'이 집이 흉가가 된 것이 이 여귀들 때문인 모양이군.'

이들이 이 집을 차지하고 이곳으로 오는 사람들을 홀려 영혼을 취한 것으로 판단되었다.

노승은 여귀들이 아직도 말다툼하는 틈을 이용하여 품에 몰래 손을 넣어서 가위를 만지작거렸다. 얼마 전 날을 바짝 세워놓고 주술을 불어넣어 업그레이드시킨 가위였다.

'요것들을 어떻게 공격하지? 음… 가위를 꺼내 일단 두 여귀의 발등을 찍은 뒤 놀라는 틈을 이용해 소멸시킬 주술이 담긴 부적을 꺼내 보내 버려야겠군.'

두 여귀의 악랄함에 노승은 개과천선의 기회도 주지 않기로 마음먹었다. 무엇보다 자신이 그렇게 어이없게 속은 것에 대한 분노도 있었다. 노승의 손이 움직였다. 그때,

'가만!'

품에서 가위를 꺼내려던 노승은 일순간 떠오른 생각에 손을 멈췄다.

'그렇다면 이 귀신들이 혼월천검의 위치를 알지도 모르겠구나.'

이 여귀들이 이곳에 자리 잡은 뒤 오래되었고 또 만해의 가족들과 연관성이 있다면 필시 혼월천검의 위치도 알 터였다.

거기에 생각이 미치자 노승은 품속에 있는 가위를 잡았던 손을 슬며시 놓았다.

'그나저나 이 녀석은 어디에 있는 거야?'

잠시 잊고 있었던 만해 생각이 난 것이다.

이런 소동이 벌어졌는데도 코빼기도 안 보이는 걸로 보아 어딘가에

서 편안한 잠자리를 구해 잠들었을 것이라는 생각이 들었다.

'아니면 먹을 거를 구해서 혼자 먹고 있던지. 쩝!'

노승은 또 하나의 가능성을 생각하며 입맛을 다셨다.

퍽!

방심할 탓일까. 어디선가 발이 날아와 노승의 안면을 강타했다.

"언니, 진정해요. 왜 발길질을 하고 그래요, 그냥 잡아두면 되지."

"아니, 이 상황에서 입맛을 다시고 있는 게 안 보여! 이 자식 이거 우리 보면서 이상한 생각을 한 게 틀림없어! 남자 놈들은 늙으나 젊으나 다 똑같다니까!"

"무, 무슨 소리요?"

졸지에 안면을 강타당한 고통을 참으며 노승은 더듬더듬 물었다.

"무슨 소리긴! 밑에서 가만 올려다보니까 우리가 너무 섹시해서 너 음흉한 생각한 거 아니야? 우리 보면서 입맛 다시고 있었던 거 아니냐고, 엉?"

"그, 그게 아닌데……."

노승이 더듬거리며 변명하려 하자 그 말을 잘라 버리며 장하의 말이 계속 이어졌다.

"비록 우리가 앙그레김의 소복을 입고 있어서 섹시하긴 할 테지만 그럼 안 되지. 안 그래?"

"앙그레김이라면?"

"그 선생님을 모른단 말이야? 하긴 이승의 인간들이 알 수 없겠지! 앙그레김 선생님은 저승세계의 유명한 디자이너지. 특히 수세기 동안 흰색으로만 디자인해 오신 것으로도 아주 유명하지. 이 레이스 좀 봐! 다른 디자이너들이 했으면 촌스러울 레이스지만 얼마나 팔랑거려? 꼭

나비 같지 않아?'

무자비하게 때릴 땐 언제고 난데없는 소복 자랑에 노승은 어리벙벙해졌다.

그러면서 드는 생각은 단 한 가지였다.

'음… 저 유명 소복을 자랑하려고 괜한 핑계를 대가며 나를 때린 거였군.'

여기까지 생각이 미치자 앞에 있는 여귀들에 대해서 더욱더 혐오감이 솟아올랐다.

혼월천검의 행방을 물은 뒤에 바로 소멸시키기로 굳게 마음먹었다.

"우리가 섹시하긴 하지?"

장하가 얼굴에 홍조를 띤 채 물었다.

노승은 울컥 치밀어 오르는 혐오감에 눈을 꼭 감았다. 그러나 언제까지나 외면할 수는 없었다.

'그래! 이왕 이렇게 된 거 원하는 대로 해주지.'

노승은 눈을 번쩍 뜨며 감탄사를 연발하며 말했다.

"섹시하십니다! 그런 소복을 소화하시다니 놀라운 체형을 지니셨군요!"

"깔깔깔깔! 보는 눈이 있군. 그래, 섹시한 여자 보는 게 무슨 잘못이냐, 맘껏 보도록 해라!"

장하는 기분이 좋은 듯 마구 웃으며 그 자리에서 패션쇼를 하듯 돌았다.

그런 장하를 보며 봉련은 입을 열었다.

"언니도 참… 다 늙은 할아범한테 그런 말 들은 걸로 기분 좋아하기는."

그러나 그렇게 말하는 봉련도 그런 말을 들은 것에 대해 그리 싫어하지 않는 눈치였다.

"저, 그건 그렇고……."

노승이 입을 열자 소복을 탁탁 털며 자랑스런 얼굴로 상기되어 있던 두 여귀는 노승을 쳐다보았다.

"혹시 이곳에 산 지 오래되셨으면 혼월천검이라고 아시는지……?"

"혼월천검? 그게 뭔데? 가방 메이커야? 중국제 메이커면 우린 모르지. 우린 블란서나 이태리제 명품이 아니면 상대 안 하거든."

"저 메이커 이름이 아니라 검 이름인데……."

"검이라니?"

장하는 무슨 말인지 잘 모르겠다는 얼굴로 봉련을 돌아보았다. 그러나 봉련도 모르겠다는 듯 어깨를 으쓱했다.

'무식한 것들! 명품에만 빠삭해 가지고……. 살아 있을 때 어떻게 지냈는지 알 만하다.'

그러나 노승은 내색하지 않고 친절하게 설명을 했다.

"더 쉽게 말하면 칼이죠."

"아, 칼? 그럼 칼이라고 하지 어렵게 말하기는. 그거 저기 부엌에 가봐."

장하는 손가락으로 바깥을 가리키며 말했다.

"부엌에?"

되물으며 노승은 자리에서 벌떡 일어났다.

"그래, 부엌에 있다니까. 가보려면 가봐, 저기 광 옆이 부엌이니까."

장하와 봉련은 어느새 노승에 대한 경계심은 없어진 모양이었다.

별다른 저항 없이 노승이 무너지고 쥐어터지니 약한 자로 판단, 언제든 영혼을 취할 수 있다고 생각하고 있는 것 같았다.

"이런 횡재가!"

노승은 어쩌면 쉽게 혼월천검을 찾을 수 있을지 모른다는 희망이 보이자 밖으로 뛰쳐나갔다.

"이 녀석은 도대체 어디 간 거야?"

장하가 알려준 대로 부엌에서 혼월천검을 찾는다 해도 만해가 없으면 무용지물일 터였다.

노승의 마음이 급해졌다. 일단 검의 존재를 확인한 후에 바로 만해를 찾아내야 했다.

그런 생각을 하는 사이 부엌에 도착했다. 비록 낡은 문짝이었지만 문고리가 채워진 채 꼭 닫혀 있었다.

쾅!

급한 마음에 노승은 생각하고 자시고 할 것 없이 발길로 후려 찼다.

'우리 집도 아닌데 뭐.'

자기 집도 아니니 부숴도 된다는 반사회적인 생각을 가지고 강하게 찬 탓인지 문짝은 힘없이 부서져 나갔다. 그럼으로써 만해의 집은 더욱더 흉가의 외양을 갖추게 되었다.

퀴퀴한 냄새가 먼저 코를 찔렀다. 갑작스런 인기척에 쥐 몇 마리가 쪼르르 사라지는 소리가 들렸다. 노승은 잽싸게 안으로 들어선 뒤 이리저리 고개를 돌렸다. 그러나 눈에 들어오는 것은 부엌의 모습이 아니었다.

"음… 광이군."

혼자 중얼거린 노승은 죄없는 광의 문짝을 부순 데 대해 양심의 가책을 조금 느끼며 나온 뒤 옆에 붙어 있는 부엌으로 향했다.

쾅!

역시 부엌문을 박차고 들어선 노승은 때마침 구름 사이로 나온 달빛으로 부엌 안을 살폈다.

커다란 검은 솥이 아궁이 위에 걸려 있었고 각종 식기들이 곳곳에 지저분하게 널려 있었다.

옛날식 부엌의 모습이었지 도저히 혼월천검이 있을 만한 곳은 아니었다.

하지만 그 검이 어디 정해진 곳에 있으라는 법은 없었다.

무협영화 속에서 기연을 얻는 것처럼 폭포 안이나 동굴 안에 있으면 더 멋은 나겠지만 현실에서도 그러리란 법은 없었다. 기연은 부엌에도 있을 수 있었다.

그런 생각으로 부엌을 샅샅이 살피던 노승의 얼굴에 점점 실망감이 드리우기 시작했다.

아무것도 발견할 수 없었던 것이다. 기껏해야 발에 거린 녹슨 부엌칼이 그 안에 있는 칼의 전부였다.

노승은 부엌칼을 주워 들며 중얼거렸다.

"명품이나 좋아하는 그런 썩어빠진 정신을 가진 원귀의 말을 들은 내가 잘못이지."

그때였다.

스르륵.

아무 기척도 없이 열린 부엌문 문간에 뭔가가 나타났다.

귀신은 언제나 스윽 나타난다는 원칙을 지킨 장하와 봉련이었다.

"잘 나타났군!"

부엌칼을 살피던 노승은 장하를 보며 투덜거렸다.

"여기에 혼월천검이 어딨다는 거냐?"

장하는 그런 노승을 보며 어이없다는 듯 답했다.

"네 손에 들고 있는 건 칼이 아니고 뭐냐?"

"뭐?"

노승은 자신의 손에 들려 있는 부엌칼을 보았다. 그제야 장하가 단순히 칼을 말한 것이라는 것을 깨달았다. 장하에게는 부엌칼이든 혼월천검이든 칼이면 다 같은 칼이었던 것이다.

"저런 머리 빈 귀신들을 믿은 내가 잘못이지."

"뭐라?"

노승이 혼잣말처럼 중얼거린 말을 들었는지 봉련이 앙칼지게 물었다.

장하보다 얌전할 줄 알았는데 봉련 역시 성질이 장난이 아니었다. 자신을 무시하는 노승의 말에 발끈한 것이다.

촤악—

머리카락이 쭉 뻗치며 예의 그 날카로운 손톱이 솟아올랐다.

"이번엔 가만두지 않겠다!"

"우리를 무시하다니…… 죽어랏!"

악에 받친 말을 내뱉은 두 여귀는 양손을 붕붕 돌리며 노승을 향해 거세게 덤벼왔다. 노승은 잔뜩 독이 오른 듯한 손톱 공격을 피해 허공으로 날아오르려다가 멈췄다. 좀 전에 머리카락에 발목이 걸렸던 암울한 기억이 떠오른 것이다. 노승은 대신 몸을 옆으로 살짝 돌려 피했다.

휙! 휙!

장하와 홍련의 손톱이 허공을 갈랐다.

"눈 뜨고 두 번 당할 줄 아느냐?"

한 손으로 녹슨 칼을 만지작거리며 노승은 장하와 봉련을 보며 말했다.

장하와 봉련은 노승의 말에 대꾸도 하지 않고 재차 공격을 개시했다. 사나운 바람이 휙휙 불었다.

그러나 요리조리 피하는 재빠른 몸놀림에 막혀 노승의 터럭 하나도 건드릴 수 없었다.

두 여귀를 약 올리듯 이리저리 피하던 노승은 부엌칼을 바닥에 던지더니 품에서 가위를 꺼냈다.

꺼내진 가위를 들고 가위 다리는 벌렸다 오므렸다 하여 쫙쫙 소리를 내며 중얼거렸다.

"간만에 본래의 용도로 쓸 수 있겠군!"

노승의 말이 끝나기 무섭게 장하의 손톱이 노승의 얼굴을 노리며 들어왔다.

"어딜!"

턱—

노승은 잽싸게 피하며 한 손으로 자신에게 내밀어지던 장하의 팔목을 잡았다. 동시에 가위를 든 손을 들어 장하의 손톱으로 향했다.

뚝—

기다란 손톱 하나가 잘려져 힘없이 부엌 바닥으로 떨어졌다.

"허! 밤에 손톱 깎으면 복 달아난다는데… 어쩔 수 없지!"

노승은 근엄하게 한마디 하며 다른 손톱으로 가위를 옮겨갔다.

뚝—

또 하나의 손톱 조각이 땅으로 떨어졌다.

뚝, 뚝, 뚝—

전광석회 같은 가위 놀림이었다. 팔목이 잡힌 장하는 순식간에 한쪽 손의 손톱이 다 잘라져 떨어지는 것을 멍청히 보고 있을 수밖에 없었다.

"까아악! 수십 년을 길러온 내 어여쁜 손톱을!!"

장하는 몸부림치며 노승의 손아귀에서 팔목을 빼내려 했지만 접착제로 붙인 것처럼 노승의 손은 딱 달라붙어 장하가 팔을 빼내도록 내버려 두지 않았다.

다른 손으로 발버둥 치다가 오히려 그쪽 손마저 잡히고 말았다.

뚝, 뚝, 뚝, 뚝, 뚝—

이번에도 정확히 다섯 번의 손톱 잘라지는 소리가 난 뒤에야 노승은 장하의 팔목을 놓아주었다.

장하는 자신의 손톱이 아주 짧게 다듬어져 있는 것을 확인하고 경악의 외침을 질렀다. 게다가 오른손의 중지 손톱 끝에서는 피가 흐르고 있었다. 살까지 물린 것이었다.

"끄어억! 게다가 살점까지?!"

"아, 그건 미안하게 됐네. 내 좀 서두르다 보니 본의 아니게 그렇게 됐네."

장하는 옆에 서 있는 봉련에게 세차게 고개를 돌리며 외쳤다.

"넌 뭐 하고 있어? 빨리 공격해!"

그러나 봉련은 노승에게 달려들지 않았다.

살아생전에도 장하보다 훨씬 이성적이었던 봉련은 노승의 기세가 심상치 않다는 것을 비로소 눈치 챈 것이다.

"언니… 저 사람은 혼자 힘으로 감당될 수 없을 것 같아."

"그럼?"

"그 방법을 써야지."

"뭐?"

봉련의 제의에 손끝을 잡고 고통스러워하던 장하의 눈이 커졌다. 그러나 곧 이어 입을 굳게 다물고 고개를 끄덕였다.

노승은 두 여귀가 무슨 꿍꿍이를 꾸미든 관심없는 듯한 무심한 태도로 가위를 들고 이리저리 살피고 있었다.

그때였다.

"장하! 봉련! 크로스!"

난데없는 외침 소리에 놀란 노승이 쳐다보자 장하와 봉련은 서로의 한 손을 교차시키고 있었다.

"저건… 변신……?"

노승은 자기도 모르게 두려운 목소리로 중얼거렸다.

두 개의 귀신이 모여 하나로 변신한 괴물의 이야기는 익히 들은 바 있다. 변신을 통한 합체를 한 뒤 각자의 몸에 운신하던 힘이 두 배를 뛰어넘어 열 배 이상의 힘을 발휘한다는 것이다. 합체한 그들을 마주친 자는 살아남은 자가 없을 정도로 아주 무서운 존재들로 알려져 있었다.

"이들이 설마 그 괴물들?"

노승이 순간 당황하는 사이 여귀들은 교차시키던 자신들의 손을 접은 뒤 동생 봉련이 점프를 하며 공중으로 날아올랐다.

탁—

공중에서 한 바퀴를 돈 봉련은 장하의 목에 올라탔다. 흰 소복을 입은 여귀 위에 흰 소복을 입은 또 다른 여귀가 올라탄 것이다. 한마디로 목마 탄 자세와 똑같은 모습이었다.

"엥?"

노승은 뜻밖의 장면에 놀라 자신도 모르게 묘한 소리를 냈다.

"그게… 합체한 거야?"

그런 노승의 질문에는 아랑곳 않고 나름대로 한 몸이 된 장하와 봉련은 양팔을 무섭게 휘두르기 시작했다. 합체 효과 때문인지 혼자 휘두르던 조금 전보다 배는 빨라진 속도였다.

게다가 아래위에서 양팔을 휘두르니 노승이 빠져나갈 틈이 없었다.

처음엔 합체된 그녀들의 모습이 너무 어이없어 지켜보고만 있던 노승은 그 강력한 공격에 슬슬 뒷걸음치기 시작했다.

그러나 좁은 부엌에서 물러날 곳은 그리 많지 않았다. 노승의 몸은 이내 벽에 부딪쳤다.

그 모습을 본 합체 여귀들은 음침한 미소를 흘리며 더욱 가속도 낸 팔을 돌리며 다가왔다.

노승은 품 안에 손을 넣어 문방사우 중 하나인 청테이프를 꺼냈다.

"간만에 써보겠군!"

찌이익—

노승은 청테이프를 죽 잡아 풀었다.

동시에 풀린 청테이프 끝을 잡고 다가오는 두 여귀를 향해 테이프를 감싸고 있는 본체를 날렸다.

청테이프를 풀어 양손에 잡고 돌리며 싸우던 이전과는 다른 모습이었다.

공중으로 날아가는 청테이프 본체는 노승이 끝을 잡고 있는 탓에 날아가며 주욱 풀리기 시작했다.

그리고 장하의 머리 위에서 붕붕 돌리고 있는 봉련의 팔에 걸리더니 마구 회전을 하며 청테이프는 봉련의 팔을 감싸기 시작했다.

"어어어……."

봉련의 입에서 당황한 신음 소리가 새어 나왔다.

청테이프를 떼기 위해 팔을 움직일수록 청테이프가 팔을 더욱 죄어 왔기 때문이었다.

합체 구조상 고개를 쳐들지 못하고 밑에서 눈알만 위로 움직이며 상황을 대충 눈치 챈 장하는 봉련의 팔을 조이고 있는 청테이프를 잡아주기 위해 팔을 위로 치켜올렸다.

그러나 그것은 악수(惡手) 중의 악수였다.

장하의 팔마저 청테이프의 끈끈함에 걸린 것이다. 봉련의 팔을 얼추 다 감은 청테이프가 장하의 팔에 달라붙어 돌기 시작한 것이다.

청테이프는 마치 살아 있는 생물처럼 장하의 팔을 감아갔다. 장하는 졸지에 손을 들고 벌서는 아이처럼 팔을 위로 올린 채 청테이프가 자신의 팔을 감아가는 것을 속수무책으로 당할 수밖에 없었다.

그 앞에서는 노승이 만족스러운 웃음을 지으며 청테이프의 끝을 잡고 이리저리 조종하고 있었다. 청테이프가 계속 풀리며 돌돌돌 말아갔다.

장하와 봉련의 팔을 다 감은 노승은 그제야 청테이프를 놓았다.

두 여귀는 몸부림치며 청테이프를 풀려고 했으나 끈끈한 접착력때문에 쉽게 풀어지지 않았다. 장하는 팔을 올린 채 묶여 있었고 봉련은 앞으로 내민 채 묶여 있는 모습은 코믹하게 보였다.

"이거 어서 풀지 못하냐!"

몸부림치던 장하가 노기 띤 음성으로 노승에게 외쳤다.

"먼저 공격할 때는 언제고 이제는 풀어달라고 하는 거냐?"

노승이 호통 치자 장하의 눈에서 불길이 솟아올랐다. 아까보다 더한 불길이었다.

"내 이놈! 내 너를 갈기갈기 찢어 죽이리라!"

눈에서 타오르는 불을 담고 장하는 앞으로 전진했다.

"언니, 눈에서 불 좀 내뿜지 마! 앙그레김 선생님 소복 다 타겠어!"

위에 있던 봉련이 툴툴거렸다.

장하의 눈에서 나오는 불길이 머리 위에 있는 봉련의 소복 앞에까지 넘실거리고 있었던 것이다.

"어, 그래! 옷이 타면 안 되지."

불을 뿜던 장하는 언제 그랬냐는 듯 평소의 눈으로 돌아왔다. 아무리 화가 나도 명품은 태우지 말자는 주의인 것이다.

"쯧쯧쯧……."

노승은 혀를 차며 어느새 바로 앞까지 다가온 장하의 몸을 슬쩍 밀었다.

목마를 태우고 있으니 외부의 작은 충격에도 흔들리는 것은 당연했다. 게다가 중심을 잡아야 할 팔이 위로 올려져 묶여 있었으니…….

"어어어."

장하는 균형을 잃은 채 뒤로 두세 걸음 뒷걸음질치다가 넘어가기 시작했다.

봉련이는 그 모든 상황을 보면서도 어쩔 수 없었다. 위에서 어떻게 할 도리가 없었던 것이다. 게다가 혼자라도 살기 위해선 장하의 목에서 뛰어내려야 하는데 둘둘 말린 팔이 장하의 팔과도 같이 묶여 한 몸이 되어 있으니 어쩔 수 없이 장하가 넘어지는 대로 같이 넘어갈 수밖에 없었던 것이다.

쿵!

두 여귀는 부엌 바닥에 길게 뻗었다. 장하는 그런대로 괜찮았으나 봉련의 상태가 아주 심각했다. 옛날 집의 부엌 구조상 그 내부가 좁기도 하고 여기저기 돌출되어 있는 곳이 의외로 많았는데 길게 뻗은 봉련이의 머리가 부엌 끝에 있던 맷돌에 부딪친 것이다.

게다가 누워서도 청테이프에 말린 손을 앞으로 하고 있었고, 여전히 팔을 위로 하고 있는 장하와 연결이 되어 있었다.

노승은 일자로 길게 뻗어 있는 여귀들에게 다가갔다.

"못된 것들! 네놈들의 죄는 네놈들이 알렷다!!"

장하는 간신히 눈을 뜨며 중얼거렸다.

"무슨 죄……?"

"아직도 반성을 못하는군! 첫째, 인간을 홀려서 영혼을 탐한 죄! 둘째, 장화와 홍련을 멋대로 표절한 죄! 요즘 표절하면 얼마나 지탄을 받는지 아느냐? 셋째, 소복조차 입지 못해서 떨고 있는 불쌍한 여귀들이 있는데 명품 소복을 탐한 죄! 넷째, 인간을 멋대로 공격한 죄! 한두 개가 아니니 열거하기도 힘들군."

"그게 왜 죄지?"

그대로 누운 채 장하가 눈을 치켜뜨며 물었다.

"아직도 자신의 잘못을 모르는군."

노승은 한심스럽다는 듯 혼잣말을 한 뒤 품 안에서 멸(滅) 자가 새겨진 부적을 꺼냈다.

그리고 쓰러져 있는 장하와 봉련을 보며 말했다.

"내키지는 않지만 반성의 빛이 조금도 없으니 너희들은 바로 소멸시켜야겠다."

소멸시킨다는 말에 장하와 봉련의 안색이 흙빛으로 변했다.

아무리 머리가 비었어도 소멸된다는 말뜻은 알아듣는 것 같았다.

먼저 통곡이 터져 나온 것은 장하였다.

"서방님! 억울하옵니다!"

"어허! 난 네 서방님이 아니라니까!"

"도련님! 억울하옵니다!"

"어허! 난 도련님이 아니라니까! 이 나이에 도련님이라니!"

"할아범! 억울하옵니다!"

"지금 나랑 말장난하자는 게냐? 못된 것들, 당장 소멸시켜 주마!"

노승이 들고 있는 부적에서 번쩍 빛이 났다. 이런 식으로 사정을 봐주지 않고 퇴마를 한 적이 없었기에 노승의 가슴 한구석이 아려왔다. 하지만 애써 참으며 노승은 부적을 던지기 위해 팔을 들었다.

"흑흑흑……."

어디선가 울음소리가 났다. 노승은 던지려던 팔을 잠시 멈추고 두리번거렸다.

그것은 봉련의 울음소리였다. 봉련이 흐느끼고 있는 것을 확인하자 노승은 팔을 다시 들었다.

"머리가 부딪쳐 아픈 모양이구나. 좀만 참아라, 아픔 없는 곳으로 영원히 보내줄 테니."

그런 노승은 아랑곳 않고 장하가 입을 열었다.

"봉련아, 울지 마. 이제 우리 그놈이 없는 곳으로 갈 수 있다잖아. 차라리 그게 더 나을 거야."

"언니… 무서워."

"그래, 나도 무서워. 하지만 이 생활을 이제 그만둘 수 있으니 언니는 하나도 안 무서울 수 있어."

노승은 자신은 아랑곳 않고 자기들끼리 뭐라 말하는 소리에 집중했다.

"그놈이라니?"

노승이 팔을 내리고 묻자 장하가 결연한 목소리로 외쳤다.

"알 것 없어요! 빨리 그 부적이나 던져 우리를 소멸시키세요!"

이제 죽음도 겁나지 않는 듯한 태도로 장하가 소리쳤다.

그러나 노승의 호기심은 더욱 커져만 갔다.

"말하지 않으면 던지지도 않을 테니 어서 말해 보거라!"

"싫어요! 말 안 하고 소멸될 거예요."

"어허! 말해 보라니까!"

"말 안 한다니까요!"

장하와 노승은 서로의 의도가 뒤바뀐 채 티격태격하고 있을 때 봉련이 입을 열었다.

"언니와 난……."

"봉련아!"

장하가 봉련을 부르며 제지했으나 봉련은 개의치 않고 말을 계속했다.

"저희는 친자매예요. 언니와 난… 소위 명품족이었어요. 쥐뿔도 가진 돈도 없으면서 비싼 메이커만 사 모으는 가난한 명품족."

노승은 갑자기 조용해진 장하를 힐끔 보았다. 어느새 장하는 풀이 죽어 있었다. 그렇다고 말을 꺼낸 봉련을 말릴 생각도 이젠 없어 보였다. 노승은 그 자리에 털썩 주저앉아 이야기를 편하게 듣기 위한 자세를 갖췄다.

"…별다르게 잘하는 것도 없는 우리가 할인점 계산원으로 일하며 버는 돈은 고작 입에 풀칠할 정도밖에 되지 않았어요. 그런 상황에서 가난한 우리가 명품으로 치장하기 위해서 할 것은 단 한 가지뿐이었어요. 그것은… 그것은… 흑… 명품에 눈이 멀지 않았더라면 그러지도 않았을 텐데……."

뭔가를 말하려던 봉련은 슬픔이 복받쳐 오르는지 말을 잇지 못하고 흐느끼기 시작했다.

"매춘을 했어요."

담담하게 장하가 말을 받았다.

"뭐라고?"

노승이 놀라며 되물었다.

"소위 조건 만남이라는 것을 했죠. 대상을 구하긴 쉬웠어요. 인터넷이나 휴대폰에 단서를 달아놓기만 하면 남자들이 개 떼처럼 몰려왔으니까요. 그중에 돈 많은 사람만 잘 선택하면 되는 일이었죠. 우리가 하는 일이 얼마나 나쁜 일인지도 모르고……."

"아무리 명품이 좋다고 하더라도 고작 그런 이유로 그런 일을 하다니……."

노승이 중얼거리자 장하가 말을 했다.

"그래요. 이해가 되지 않겠죠. 하지만 한번 눈이 멀면 판단력이 흐려지나 봐요. 저희는 별다른 죄책감 없이 그 일을 했으니까요. 그러다가 어느 날 한 남자를 만났는데 그는 우리에게 최고의 대우를 약속했어요."

"최고의 대우라니?"

"자신이 원하는 곳에서 하루 밤을 같이 자면 천만 원을 준다는 거였죠. 왠지 분위기가 어둡고 차가워 보이는 사람이었지만 우린 바로 승낙했죠. 천만 원이면 그렇게 갖고 싶었던 오르비스 가방을 살 수 있었으니까요."

"가방 하나가 천만 원이라고?!"

노승이 경악하며 묻자 장하는 아무렇지도 않게 답했다.

"삼천만 원짜리 가방도 있는걸요."

"허… 미친 세상이군."

노승이 혀를 끌끌거리며 고개를 저었다. 시장통에서 만 원짜리 가방을 사서 들고 다니는 수많은 아주머니들이 떠올랐다. 그녀들과 삼천만 원짜리 가방을 들고 다니는 여자와의 인간적 차이는 어디서 오는 것인가? 아무리 생각해도 알 수 없었다.

노승이 생각하는 사이 장하의 말은 계속됐다.

"아무튼 그가 우리를 데려온 곳이 바로 이곳이었죠. 처음엔 흉가라는 사실에 겁이 났으나 가방을 생각하자 금방 사라졌죠. 잠시 몸을 내주고 있으면 거액의 돈이 들어오고, 그럼 오르비스 가방도 우리 것이 될 수 있으니까요."

"너희들이 왔을 때도 흉가였었나, 이곳이?"

노승이 예리한 눈으로 묻자 장하는 당연하다는 듯이 대답했다.

"예, 이미 흉가였죠. 그리고 우리가 이곳에 온 것은 몇 년 되지 않았어요."

"음……."

그 말에 노승은 흉가로써 이곳이 인정받는 데 이들이 일조를 했을 뿐 처음에 이들을 보고 생각했을 때와 같이 이들이 흉가의 직접적인 원인은 아니었던 것이라는 결론에 도달했다.

"아무튼 그는 우리를 데리고 저 낡아 빠진 방으로 들어갔어요. 이상한 생각이 들었지만 매춘을 위해 남자들을 만나다 보면 변태 같은 사람이 워낙 많아서 별 신경을 쓰지 않았죠. 이 사람은 단지 이런 곳에서 하는 것을 좋아하나 보다라고만 생각했어요. 그런데 일이 벌어진 것은 정말 순간이었죠."

그때 생각이 나는지 장하는 잠시 말을 멈췄다. 봉련은 눈을 감았다.

"그가 옷을 벗자 봉련과 저는 비명을 지를 수밖에 없었어요. 몸에 돌기 같은 것이 잔뜩 돋아 있었거든요. 그리고 비늘 같은 것으로 덮여 있었어요."

"비늘?"

노승이 다급하게 물었다.

"예, 아주 끔찍한 비늘이었어요. 한마디로 인간과는 다른 괴물의 모습이었어요. 얼굴은 인간의 얼굴이었지만. 우린 놀라서 도망치려 했지만 그는 엄청난 힘을 지니고 있어서 그만… 곧 그에게 잡혀서 목이 졸려서 죽임을 당했어요."

장하는 무의식적으로 자신의 목을 만졌다. 어두워서 잘 보이지 않았지만 장하의 목에는 아직도 그놈의 손자국이 남아 있었다.

"음… 그렇게 죽은 것이었군!"

"예. 하지만 그것이 끝이 아니었어요. 육신을 떠난 우리의 영혼이 그 괴물은 필요했던 것이었어요. 누구에게 바쳐야 한다고요. 그러다가 우리의 반반한 얼굴을 보더니 지금 바치는 것보다 이곳에서 사람들을 홀려 더 많은 영혼을 수집하는 것이 더 나을 것 같다고 했어요. 그때부터 우리의 짝퉁 귀생(鬼生)이 시작된 것이죠."

"음. 그런 일이 있었군. 근데 왜 집 밖으로 도망치지 않았지? 그가 지키고 있나?"

"아니요. 특별히 우리를 감시하진 않았어요. 하지만 집 밖으로 나가기 위해 몇 번 시도를 해봤는데 이곳엔 뭔가로 막혀 있는 듯 도저히 나갈 수가 없었어요. 그나마 마당도 벗어날 수 없어요."

"음… 눈에 보이지 않는 결계가 쳐져 있나보군. 그렇다면 그놈은 지금 어디 있지?"

"저, 그것보다 이걸 먼저 풀어주면 안 되나요?"

누운 채 말을 하던 장하가 노승에게 팔을 움직여 보이며 말했다. 그러고 보니 아직도 장하와 봉련은 부엌 바닥에 뻗어 있었다.

"그러지."

노승은 목마를 탄 채 길게 쓰러져 있는 장하와 봉련에게 다가가 청테이프를 풀어주었다.

봉련은 손이 풀리자 장하 목을 감았던 다리를 풀고 자리에서 일어났다.

장하 역시 자리에서 일어나 앉았다. 아까까지 살기등등하게 덤비던 모습은 이미 온데간데없었다.

"그래, 이제 말을 해보게. 그 괴물은 어디 있지?"

"몰라요. 그는 여기에 살지 않아요. 아주 가끔씩만 나타나서 우리가 잡아놓은 영혼을 어디론가 가져가곤 했어요."

"어디로?"

"모르겠어요. 이 집 안 어디인 것 같긴 한데……."

"집 안이라고?"

"예."

"이 집 안은 너희들이 속속들이 다 알지 않나?"

"아니요. 아까도 말했다시피 우리는 이 집의 안채와 이곳까지밖에 못 다녀요."

노승은 생각에 잠겼다.

진정한 원흉은 따로 있었다. 이들은 그 괴물에게 이용당했을 뿐이었다.

다시 장하와 봉련을 보며 노승은 혀를 끌끌 찼다.

단지 명품을 탐했다는 이유로 이곳까지 와서 죽임을 당한 장하와 봉련이 불쌍하긴 했지만 이미 원귀가 된 이상 다시 살릴 수는 없는 노릇이었다. 지금 노승이 해줄 수 있는 일은 저들을 옥죄고 있는 이곳의 결계를 깨고 저들을 귀천시키는 일밖에 없었다.

그때였다.

열린 문 사이로 누군가 달빛을 가리며 나타났다.

"허억!!"

노승보다 먼저 그를 본 장하와 봉련의 눈이 크게 떠졌다.

문을 등지고 앉아 있던 노승은 그들의 시선을 따라 고개를 돌렸다.

5

벽에 붙어 있던 물방울이 우물 안에 떨어지며 쪼르르 퍼져 나갔다.

우사귀의 이야기가 계속 이어질수록 만해는 경악으로 물들어가고 있었다. 놀라운 이야기가 계속되고 있었던 것이다.

우물에 빠진 지 얼마의 시간이 흘러갔는지조차 알 수 없었다. 다만 확실한 것은 아직 날이 밝지 않았다는 것이다. 우물 밑에서 본 구멍에는 아직 어둠이 깔려 있었다.

"…그렇게 된 거예요. 제가 아는 것은 여기까지예요."

드디어 길었던 우사귀의 말이 끝났다.

만해는 한숨을 쉬었다. 너무 엄청난 이야기였던 것이다.

실타래처럼 복잡해진 만해의 머리 속에는 엉뚱하게도 노승에 대한 생각이 떠올랐다.

"사부님은 지금 뭐 하고 계시려나… 따뜻한 불 옆에서 잠자고 계시겠지."

이런 엄청난 이야기를 들은 상황에서 맨 처음 사부님 생각이 나는 것은 아무리 티격태격하며 지내는 사이라 해도 그동안 자신도 모르게 노승에게 의지하는 마음이 커서일 것이다.

사부님이 옆에 있었다면 명확하게 대책을 마련했을지도 몰랐다.

만해와 사귀어서인지 우사귀는 만해가 이 집에 온 것부터 그 이후의 일까지 세세한 것까지 다 알고 있었다. 물론 중요한 부분은 잘 모르는 것도 있었지만 이렇게까지 잘 알고 있는 사람은, 아니, 귀신은 없을 정도였다.

만해는 방금 우사귀가 한 긴 이야기를 다시 한 번 떠올렸다.

만해의 가족들은 서울에서 평범하게 살고 있던 사람들이었다.

할아버지, 아버지, 어머니, 그리고 누나, 그렇게 네 식구가 만해의 가족들이었다.

전세를 살고 있던 만해의 집은 부자는 아니었지만 나름대로 열심히 생활하며 하루하루를 살고 있는 집안이었다. 그렇게 평범하게 살아가고 있던 만해의 가족에게 어느 날 믿기지 않는 일이 생겼다.

한 변호사가 뜻밖의 소식을 가지고 방문한 것이다.

뿌리 없는 무연고인 줄 알았던 할아버지가 박씨 한 일가의 종손이었던 것이고 시골에 대대로 내려오던, 이제는 할아버지 소유인 종갓집이 있다는 것이었다.

알고 보니 그 종갓집은 지금은 아무도 살지 않는 집이고 근방에는 흉가라는 소문이 자자한 곳이었다.

하지만 그 종갓집을 본 한 일본인이 한국인의 전통 가옥을 주제로 테마파크를 짓는다는 계획을 가지고 변호사를 고용하여 집주인을 수소문한 끝에 만해의 서울 집까지 찾아온 것이었다.

비록 흉가라고는 하지만 팔아버리면 돈이 되는 이 뜻하지 않은 횡재에 만해의 아버지와 가족 전체는 환호했으나 할아버지의 표정만은 왠지 좋지 않았다.

만해의 가족들은 재빨리 고향으로 내려가 집을 찾아갔으나 뜻밖의 장애물에 부딪쳤다.

종손은 만해의 할아버지가 맞았으나 박씨 일가의 다른 어르신들이 이들이 내려왔다는 소식을 듣고 찾아온 것이다. 그리고 아무리 흉가지만 집안 대대로 내려온 종갓집을 팔 수 없다는 경고를 했다.

그것에 대해 어쩐 일인지 할아버지는 이번에도 아무 말을 하지 않았다.

그러나 만해의 아버지와 어머니는 적극적이었다.

친척 어르신들 몰래 가족들을 모아놓고 비밀리에 계획을 짰다.

어차피 흉가로 소문나서 사람이 살지도 못하고 팔지도 못하는 집 가지고 있으면 뭐 하냐는 거였다.

아버지의 주도 하에 일단 서울에 있는 집을 정리하고 이곳으로 이사를 했다. 근방의 동네 사람들은 이삿짐을 싣고 오는 만해의 가족들을 보며 수군거리기 시작했다.

그중에서도 동네 이장의 반대는 결사적이었다. 그러나 누구도 만해 가족들의 의지를 꺾을 순 없었다.

만해의 아버지가 흉가라는 것을 무시하고 이곳으로 이사를 온 것은 다 나름대로 복안이 있어서였다.

"일단 저 집이 우리의 소유인만큼 들어가서 살자. 그리고 흉가라는 명칭에 걸맞게 가족들이 한 명씩 죽는 것이다. 우리 가족이 하나씩 죽어 나오면 자기들이 무슨 말을 하겠냐? 우리 가족이 죽었다는데. 그때 살아 있는 내가 나서서 저 재수없는 집을 팔자고 하는 것이지!"

물론 죽어 나간다는 것은 계획된 가짜 죽음이었다. 가족이 죽어 나가는데 끝까지 집을 팔지 말자고 할 집안 어르신은 없을 것이라는 계산이 깔려 있었다.

"복권보다 쉽다!"

아버지의 모토는 딱 그것이었다. 귀신이 나온다는 흉가라는 것은 전혀 염두에 두지 않았고 믿지도 않았다.

그러나……

"절대 저 집에 들어가선 안 돼!"

할아버지는 끝까지 반대했다.

하지만 이미 돈에 눈이 멀어버린 만해의 아버지를 말릴 순 없었다.

게다가 할아버지는 안 된다는 말만 반복할 뿐 정확한 이유를 대지 못했다.

아버지는 할아버지의 의견을 철저히 무시했다. 급기야 돈을 써서 영화에서 특수 효과를 담당하는 사람도 사서 몰래 대기시켰다. 일단 누군가 죽은 모습을 보여줘야 하기 때문이다. 어설프면 안 됐다. 누가 보아도 진짜 죽은 것처럼 일을 꾸며야 했다. 하지만 그런 걱정은 흉가에서 하룻밤을 지내면서 사라졌다.

아침에 일어나 보니 누군가가 고목나무에 목을 매고 숨져 있었던 것이다.

트릭이 아닌 실제 상황이었다.

그리고 사건은 그때부터 시작되었다.

이상하게 집 안으로 몰래 들어와 죽는 사람들이 생겨났던 것이다. 만해의 가족들이 들어와 사는 한 달 동안 죽은 사람이 무려 일곱 명이나 되었다.

죽는 뚜렷한 이유도 없었고 또 이 근처에 연고를 가진 사람들도 아니었다.

동네 사람들은 흉가가 사람들을 끌어들이고 있다고 웅성거렸다. 이장은 날마다 와서 집 앞에 소금을 뿌리고 저주의 말을 내뱉고 돌아갔다. 그러나 만해의 아버지는 집을 떠날 생각을 조금도 하지 않았다. 그도 그럴 것이 그곳에 사는 동안 가족에게 어떤 이상한 일도, 귀신도 마주치지 않았던 것이다.

그러나 만해만은 예외였다.

그사이 만해는 지금 앞에 있는 우물 속 여귀를 만나게 되었다. 귀신이라는 생각에 처음엔 공포에 질렸으나 우사귀의 순수함에 곧 친구가 되었다.

처음엔 그저 편한 누나 같은 감정으로 여귀와 만나던 만해는 이내 사랑이라는 감정으로 발전하게 되었다. 귀신과의 사랑. 믿을 수 없었지만 당시엔 가능했다. 더욱이 이것저것 따지지 않는 첫사랑이기에 더 가능했던 것이리라. 그런 사실은 둘 이외엔 아무도 알지 못했다.

만해의 우사귀에 대한 사랑의 감정이 점점 깊어갈 무렵 만해의 아버지는 발견하면 안 되는 것을 발견했다.

집 안 깊숙한 곳에 숨겨져 있던 비밀 지하실을 발견한 것이다.

그 지하실은 감옥 형태로 되어 있었는데, 그 안에는 각종 고문 기구가 널려 있었다. 가장 경악스러운 것은 바로 일장기, 즉 일본 국기가 지하실의 가운데 벽에 떡하니 걸려 있었다는 것이다.

아버지를 뒤따라온 만해는 놀라 눈이 커졌다.

이곳은 일제 시대 때 조선인을 가두어 고문할 때 쓰인 곳이었던 것이다!

만해는 순간적으로 혼란스러워지는 마음을 가눌 수가 없었다.

'친일파……?'

아직 어린 나이였지만 옳고 그름을 인지하고 있던 만해는 자신의 집안이 친일파 집안이라는 사실에 충격을 받았다. 어쩌면 어린 나이였기에 더욱더 충격으로 다가올 수 있었다.

만해의 아버지 또한 당황하는 기색이 역력했다.

일제 때 고문실의 모습이 그대로 보존된 이곳은 누가 보아도 독립운동가를 고문하던 곳이 분명했기 때문이다.

만해는 뒷걸음질쳐 밖으로 나갔다.

'이럴 수는 없다! 내 피에 친일의 피가 흐르다니……!'

만해가 격정을 이기지 못하고 뛰쳐나간 뒤 지하실에서는 이상한 소리가 들리기 시작했다.

만해 아버지의 눈이 순간적으로 커졌다.

우사귀에게 들은 것은 거기까지였다. 만해 자신이 집을 뛰쳐나가서 무슨 일이 있었고, 또 집에서 구체적으로 무슨 일이 있었는지는 알 수 없었다.

하지만 그날 밤 끔찍한 살육전이 전개되었다는 것과 그 결과 만해의 가족들이 누나만 남고 다 죽었다는 것만은 사실이었다.

집을 나가서 자신에게 무슨 일이 있었고 왜 기억 상실에 걸렸는지는 알 수 없었으나 만해는 집을 뛰쳐나간 덕분에 살 수 있었을런지도 몰랐다.

우사귀의 말을 들은 만해는 혼란스러웠다. 그 어떤 것도 기억이 나지 않았던 것이다.

만해는 우사귀에게 물었다.

"그 지하실이 어디에 있는지 알아요?"

"몰라요. 저도 가출하기 전 당신에게 듣기만 했을 뿐. 그리고 이 집 안에서조차 우리는 마음대로 움직일 수 없어요."

만해의 의문은 더욱 커져만 갔다. 결국 부모님이 죽임을 당한 날은 자신과 아버지가 지하실을 발견한 날이었던 것이다.

그곳에 무슨 비밀이 숨겨져 있었던 것이 아닌가?

그때였다.

쿵!

바깥에서 뭔가를 강하게 걷어차는 소리가 들렸다.

만해는 우사귀를 바라보았다.

"저게 무슨 소리죠?"

"글쎄요, 문짝을 부수는 소리 같은데……."

집 안에 아무도 없다면 저 소리는 필시 노승이 내는 소리일 것이다.

'사부님도 참… 잠은 안 자고 왜 문짝을 부수고 다녀. 그것도 우리

집 문짝을. 나중에 다 변상 받아야지!'

만해가 툴툴거리는 사이 잠시 정적이 흘렀다.

쿵!

그러나 다시 같은 소리가 났다.

심상치가 않았다. 아무리 사부님이 제정신이 아니라 하더라도 한밤에 저렇게 한가로이 문짝을 부수고 있을 리는 없었기 때문이다.

사부님에게 무슨 일이 벌어지고 있다는 생각이 퍼뜩 머리를 스쳤다.

다급해진 만해는 우사귀를 보며 물었다.

"위로 올라갈 수 있는 방법이 없나요?"

그러나 우사귀는 고개를 흔들었다.

"없어요. 유일하게 올라갈 수 있는 방법은 제 온몸의 기를 모아 점프를 하는 건데 그건 아까 한번 써먹어서 내일까지 쓸 수 없어요. 그 외에 가장 쉬운 방법은 두레박을 타고 올라가는 것인데 위에서 잡아줄 사람이 없으니……."

"밖에 무슨 일이 벌어지고 있는 것 같은데… 어쩌죠?"

"분명 장하와 봉련이가 나타났을 거예요."

"장하와 봉련?"

"예, 나쁜 계집귀들이죠. 명품을 가지고 있다고 했지만 짝퉁만 가지고 있는 멍청이들!"

무슨 이유에서인지 장하와 봉련의 이야기를 하며 우사귀는 이를 북북 갈았다.

"그들도 원혼들인가요?"

"예. 몇 년 전에 괴물에게 속아 이곳에 와서 죽임을 당한 자매죠. 그 뒤로 남자들 영혼이나 취하는 저 짓을 하고 있고."

"괴물이라니요?"

만해가 묻자 갑자기 우사귀의 얼굴이 창백해졌다.

공포에 질리는 모습이었다.

"아, 아니에요!"

우사귀는 괴물 이야기를 만해가 캐묻자 답하기를 꺼려하는 눈치가 역력했다.

이상한 느낌이 들었으나 만해는 더 이상 묻지 않았다. 여자에게는 숨기고 싶은 비밀이 있는 법이라는 얘기를 어디서 들은 것 같아서였다. 그러나 우사귀는 여자이기 이전에 귀신이어서인지 비밀을 별로 오래 숨기지 않았다.

"그 괴물은……."

가만히 만해를 보던 우사귀가 설명하기 시작한 것이다.

"어느 순간 이곳에 나타났어요. 이 집과 터는 음기가 세서 저 말고도 곳곳에 귀신과 영혼들이 살고 있었거든요. 다 자기 위치에서 나름대로의 질서를 지키며 살아갔지 특별히 서로의 영역을 침범하거나 하지 않았어요. 저는 이 우물이 제 영역이었고요. 그런데 그 괴물이 나타나고부터 그 질서는 깨지기 시작했어요. 그 괴물은 우리들을 귀신같이 찾아내, 귀신인 제가 이 말을 쓰니 좀 웃기네요. 아무튼 우리를 찾아내 수치스럽게 굴복시켰어요. 그놈을 이길 수 있는 원귀는 아무도 없었죠. 그리고 이곳에 뭔가를 쳐놓았어요. 그 짓을 해놓은 뒤로는 이 안에 있던 원귀들은 집 밖으로 나갈 수 없게 되었죠. 제 발로 이곳을 찾아온 우리는 이제 제 발로 못 나가게 된 셈이죠."

"그런 일이… 그 괴물이 원귀(怨鬼)였나요?"

"아니요. 숨을 쉬며 살아 있는 생명체였어요. 우리 같은 영적인 존재들이 아니었어요."

"그런데 원귀들이 대항을 못했나요?"

"그 괴물은 물리적인 힘과 영적인 힘을 다 가지고 있었어요. 우리는 상대가 되지도 않을 정도예요."

만해는 생각에 잠겼다. 괴물의 정체가 궁금해진 것이다. 살아 있는 생명체로서 원귀들을 차례로 굴복시킬 수 있다는 것은 퇴마를 할 수 있는 사람일 가능성이 컸다. 하지만 우사귀는 분명 사람이 아니라 괴물이라는 표현을 썼다.

"혹시 늑대 인간?"

만해는 전에 만나 싸움을 벌였던 늑대 인간을 생각했다. 당시 한국에 들어왔던 놈들 중 혹시 살아남은 놈이 있다면 그놈의 소행일런지도 몰랐다.

그러나 만해는 고개를 흔들었다. 괴물이라는 단서 하나로 늑대 인간만을 떠올리는 것은 너무나 억측이었기 때문이다.

그리고 지금까지 퇴마행을 하면서 괴물과 악마를 다 만나본 경험으로 미루어볼 때 지금껏 알지 못한 새로운 괴물일 가능성이 더 크다는 느낌이 들었다.

'그나저나 여기에서 빨리 나가야지.'

물속에 오래 있다 보니 축축한 느낌이 계속되다 못해 온몸이 떨리기 시작한 것이다.

만해의 그런 기분을 눈치 챘는지 우사귀가 안타까운 표정을 지으며 말했다.

"춥죠?"

만해는 대답없이 고개를 끄덕였다.

우사귀는 아무 말 없이 다가오더니 만해를 꼭 안았다. 만해는 흠칫 놀랐다.

싸늘한 기운이 온몸을 관통해 지나갔다. 우사귀의 몸에서 나오는 얼음장 같은 기운에 온몸이 사시나무처럼 떨렸다. 그냥 혼자 있는 것이 더 나은 것 같았다.

그러나 만해는 그런 우사귀로부터 자신을 지켜주고자 하는 따뜻한 느낌을 받았다. 그것을 생각하자 만해의 떨림도 조금씩 가라앉았다.

"올라가고 싶어요?"

우사귀가 만해의 귀에 대고 속삭였다.

만해는 순간 갈등했다. 올라가고 싶다고 말하자니 자신의 첫사랑임이 확실한 이 우사귀를 배신하는 것 같고 안 올라가자니 여러 가지가 걸렸다. 비록 작은 소리로 들리고 있지만 밖에서 소란스럽게 들리는 소리도 궁금했고 체온도 점점 떨어져 이 안에서 얼마나 더 버틸 수 있을지도 의문이었다.

"어차피 올라갈 방법도 없다면서요."

만해가 물었다.

"사실은 하나 있었어요. 근데 조금 더 당신과 같이 있고 싶어서……."

우사귀가 갑자기 닭살스러운 대사를 연발하며 옆에 있는 두레박을 내밀었다.

"이걸로 뭐 하라고요? 이것도 위에서 끌어 올려주는 사람이 있어야 된다고 했잖아요."

만해의 툴툴거림에 우사귀는 당황하는 눈치였다.

"정말 몰라서 그래요?"

"그럼요!"

우사귀는 만해를 안고 있던 팔을 푼 뒤 두레박을 잡고 있는 줄을 두 손으로 잡았다.

"이렇게 하면 되잖아요. 자!"

말을 마치더니 우사귀는 마치 등반을 하듯이 줄을 잡은 상태로 한 발자국씩 위로 올라가기 시작했다.

만해는 멍하니 그 모습을 바라보고 있었다.

바보가 된 기분이었다. 줄이 있었으니 그걸 잡고 암벽 타듯이 올라 갈 수 있는 저렇게 쉬운 방법이 있었는데 이 안에서 무엇을 하고 있었 는지…….

1미터 정도를 올라가던 우사귀는 만해가 올라가는 방법을 깨우친 것 같자 다시 내려왔다.

내려온 우사귀가 물에 풍 들어오자 물결이 옆으로 뻗어 나갔다. 만 해는 출렁이는 밧줄을 잡았다. 그리고 애처로운 얼굴로 우사귀를 바라 보았다.

이제 이별할 시간이었다.

떠날 때 떠나더라도 이미지 관리에도 신경을 쓰는 게 좋을 것 같아 서 만해는 입을 열었다.

"우리… 다시 만날 수 있는 건가요?"

갑작스런 만해의 진지한 말에 우사귀가 당황하며 답했다.

"저도 같이 올라갈 건데요?"

"아, 예~"

만해는 시선을 돌려 줄을 당겨보았다. 다 썩어 문드러지고 있긴 해 도 올라가는 데는 문제가 없어 보였다.

"따라서 올라오세요."

만해는 우사귀에게 말하며 줄에 매달려 올라가기 시작했다.

턱—

뭔가가 등에 착 붙는 느낌이 나며 팔에 힘이 꽉 들어갔다.

차가운 기운이 얼굴 바로 옆에서 느껴졌다. 불길한 예감에 만해는 고개를 살짝 돌렸다.

자신의 얼굴 바로 뒤쪽에 여귀의 차가운 얼굴이 자리 잡고 있었다. 우사귀가 자신의 등 뒤에 고목나무에 매미 매달리듯 업혀 있는 것이었다.

"지금 뭐 하는 거죠?"

만해가 차분한 음성으로 물었다.

"아까 힘을 많이 썼더니… 힘이 없어서 올라가기 힘들어서요. 게다가 만해 씨 등에 오랜만에 업혀보고도 싶고."

애절한 음성으로 우사귀가 중얼거렸다.

'오랜만에 업혀봐?'

힘이 없어서가 아니라 그게 진짜 이유 같았다. 만해 등에 오랜만에 업히려는 것 말이다.

자신이 이 우사귀를 등에 업고 놀았다는 데 생각이 미치자 만해의 등에 소름이 쫙 돋았다. 그러고 보니 이 우사귀와 어디까지 진도가 나갔는지 궁금했다.

"설마……?"

이상한 데까지 생각이 미치자 만해는 부정적으로 고개를 저었다. 자신은 당시 중학생이었다. 중학생인 자신이 설마 그런 일을 벌이지는 않았을 터였다.

"하지만……?"

하지만 지금 우사귀의 천연덕스러운 행동으로 봐선 그런 일도 안 일어났으리란 보장도 없었다. 귀신도 모르는 게 남녀 사이라고, 분위기에 따라서 무슨 일도 일어날 수 있지 않은가.

게다가 여자 쪽에서 적극적이었다면…….

만해의 몸에서 땀인지 물인지 모를 액체가 주르르 떨어졌다.

우사귀는 만해의 귀에 대고 속삭였다.

"안 올라가나요?"

"……."

혼자 올라갈 수도 없고 같이 올라갈 수도 없고… 만해는 잠시 갈등했다. 순간,

"크아악!"

그때 어디선가 괴성이 들려왔다.

동시에 만해의 몸에 엄청난 무게가 가해졌다. 등짝에서부터 온 힘이었다.

그 무게를 이기지 못하고 만해는 밑으로 주르륵 떨어졌다.

풍덩.

다시 우물 안으로 빠졌다.

허우적거리던 만해는 중심을 되찾고 자신에게 힘을 가해서 떨어뜨린 우사귀에게 따지기 시작했다.

"아니, 왜 그래요? 막 올라가려고 했는데!"

"괴물이에요!"

우사귀는 상기된 얼굴로 말했다.

"괴물이라니요?"

"제가 말한 그 괴물요. 그놈이 돌아왔어요."

우물 안에서는 아무리 떠들어도 밖으로 소리가 새어 나갈 염려가 없는데도 우사귀는 목소리마저 죽이며 말했다. 엄청 두려움에 떠는 듯했다.

만해는 개의치 않고 다시 밧줄을 잡았다.

우사귀는 그런 만해를 뒤에서 붙잡았다.

"가지 마세요! 저놈이 아주 흉측한 놈이에요. 귀신이든 사람이든 저놈 손에 걸리면 남아나질 못했어요!"

만해는 우사귀의 손을 뿌리치며 외쳤다.

"그래서 가야 해요! 저 위에는 우리 사부님이 계세요!"

"……."

만해의 외침에 옷을 부여잡던 우사귀의 손이 힘없이 스르르 떨어졌다.

"저는요? 또다시 절 떠날 건가요?"

"……."

우사귀의 갑작스런 말에 당장이라도 올라갈 듯하던 만해의 행동이 멈췄다.

사실 우사귀가 어떻게 되든 상관이 없었다. 자신의 첫사랑이라고는 하지만 얼굴과 입 냄새 외에는 아무 기억도 안 나는 것이 사실이고 따라서 우사귀가 왜 이렇게까지 집착을 하는 건지 이해가 되지 않았던 것이다.

게다가 연상이었다. 죽은 후의 세월은 그렇다고 치더라도 죽기 전에도 이미 만해보다 훨씬 연상이었다. 더군다나 만해가 중학교 때 사랑을 한 것이었다면 원조교제의 우려도 있었다.

하지만 역시 가장 큰 문제는 상대가 귀신이라는 점이었다.

그러나 만해는 쉽사리 다시 두레박 줄을 잡지 못했다. 그것은 자신의 감정 때문이었다.

지금은 기억 상실로 기억이 나지 않는다고 하지만 이 여귀와 사랑을 속삭일 때는 자신이 무슨 말을 했을지는 모르는 일이었다.

죽을 때까지 사랑한다고… 아니, 죽고 나서도 사랑한다고 말했을 수도 있었다.

이제 와서 그런 맹세들을 저버린다면 무책임한 남자가 되는 것이었다.

자신의 말에 책임을 지지 않는 시대! 만해는 자신의 말에 책임을 지는 사람이 되고 싶었다.

거기까지 생각한 만해는 우사귀의 머리를 가만히 쓸어주었다.

고개를 숙인 우사귀의 어깨가 들썩거렸다. 울고 있을지도 몰랐다.

만해는 우사귀의 귀에 대고 가만히 말했다.

"같이 갑시다."

방법은 있었다. 두고 떠나지 않고 사부도 중요하다면 같이 올라가는 것이다!

만해가 내놓은 해법에 우사귀는 반박하지 못했다. 올라가는 건 두렵지만 자신을 배려해 준 만해의 따뜻한 마음씨에는 감동을 받은 듯했다.

우사귀의 얼굴에 결연한 기운이 떠올랐다.

"예, 가요! 당신과 함께라면 저따위 괴물딱지쯤 무섭지 않아요!"

감상에 사로잡혀 있던 만해는 오버하는 여귀를 보며 반가움에 앞서 식은땀이 주르르 났다.

'저거 뭐야? 정말 사랑하는 사이에나 할 수 있는 낯뜨거운 말이잖아!'

자신과 우사귀와의 관계가 정말 의심되었다.

그리고 앞으로 이 우사귀와의 관계가 걱정되기 시작했다. 여자 귀신과의 사랑은…… 생각하고 싶지 않았다.

어쨌든 만해가 다시 줄을 잡고 올라가려는 채비를 할 찰나 우사귀는 만해를 끌어내렸다.

그리고 미소를 지으며 고개를 설레설레 저었다.

"그렇게 올라갈 필요가 없어요."

"그럼 어떻게 올라가요?"

만해의 말이 끝나기가 무섭게 우사귀는 만해의 몸을 부여잡더니 점프를 하기 시작했다.

부웅—

한 덩어리가 된 우사귀와 만해의 몸이 공중으로 날아올랐다.

착!

순식간에 우물을 빠져나와 우물 가장자리 위에 착지했다.

너무 급작스레 일어난 일에 만해는 정신이 하나도 없었다.

"아니, 힘이 빠져서 못 올라간다고 했잖아요?"

만해의 질문에 우사귀는 웃으며 답했다.

"여자는 사랑을 받으면 무슨 일이든 할 수 있는 법이죠."

사랑을 받아서가 아니라 원래 할 수 있는데 안 하고 있었다는 데 더 심증이 갔지만 만해는 그냥 모른 척 넘어가기로 했다. 증거도 없이 따지는 것도 우습고 어쨌든 힘 안 빼고 쉽게 올라온 것은 반길 만한 일이기 때문이다.

게다가 차분히 앉아서 그런 것을 생각할 시간도 없었다.

"크르릉."

순간 괴성이 다시 들려오고 또다시 뭔가가 부서지는 소리가 난 것이다.

"제길, 우리 살림 다 부서지겠네."

만해는 중얼거리며 소리가 나는 곳으로 뛰어가기 시작했다. 그 뒤로 우사귀가 줄줄 물을 흘리며 뒤따르고 있었다.

노승은 이상한 괴물을 맞아 고전하고 있었다.

장하와 봉련이가 말한 괴물이 정말 나타난 것이다. 맨 처음 문가에 나타났을 때는 사람인 줄만 알았다. 하지만 다짜고짜 덤벼들어 싸움이 시작되면서 옷을 찢어 던진 그놈의 몸을 보면 결코 사람이 아니었다.

얼굴만 사람이었을 뿐 몸은 이상한 비늘로 덮이고 그 사이에 털이 수북이 나 있었던 것이다. 비위 약한 사람이 대낮에 그걸 본다면 금방 토악질을 할 정도로 흉악한 외모였던 것이다. 게다가 엄청난 힘을 가지고 있었다.

부엌 안은 두 사람의 대결로 여기저기 다 부서져 난장판이 되어 있었다.

좀 전엔 노승이 무쇠로 만든 솥뚜껑을 던졌지만 그것조차 주먹 한 방으로 박살을 내버렸다.

괴물은 흉측한 외모와 더불어 그 외모에 걸맞는 엄청난 힘마저 지니고 있었던 것이다.

다행히 움직임이 둔해서 그럭저럭 큰 위기 없이 피할 수 있었다.

노승은 그 괴물이 휘두르는 주먹에 맞지 않기 위해 요리조리 피하고 있었지만 언제까지 피할 수 있을지는 몰랐다. 이유는 간단했다.

'젠장! 체력이 달리잖아.'

이제 노승도 마냥 젊었을 때를 생각해서는 되는 나이가 아니었다. 하지만 그런 노승과는 달리 괴물은 싸우면 싸울수록 더 힘이 나는 것 같았다.

장하와 봉련은 이미 어디로 피했는지 보이지 않았다. 밖으로 나가는 것을 보지도 못했는데 사라진 걸로 봐선 이 안 어딘가에 숨어 있을지도 몰랐다.

이리저리 노승이 피해 다니자 갑자기 괴물이 우뚝 섰다. 잠시 온몸에 힘을 주는 듯 부르르 떨던 괴물의 몸이 붉게 변하기 시작했다.

노승은 넋을 잃고 그 모습을 바라보았다. 붉은 형광색처럼 변해가던 괴물은 갑자기 활이 화살을 튕기듯 엄청난 속도로 노승에게 쏘아졌다. 방금 전까지 미련하게 움직이던 모습과는 다른 엄청나게 빠른 속도였다.

쿵!

노승의 몸에 괴물이 정확히 부딪쳤다. 가슴을 압박하는 엄청난 힘에 노승은 부엌 벽까지 밀려갔다.

콰쾅!

등짝에 엄청난 고통이 밀려오더니 부엌 벽마저 뚫고 옆에 위치한 광으로 밀려가 넘어졌다.

촤르륵.

뭔가가 노승의 머리 위에 쏟아졌다. 쌀이었다. 썩은 쌀이 그대로 광에 있었던 것이다.

다행히 쌀가마니에 부딪쳐 치명상은 면한 것이다. 쌀가마니가 터지며 안에 있던 쌀들이 쿠션 역할을 해준 것이다. 다리에 가마니가 하나

깔려 있었으나 크게 아픔이 느껴지지 않는 걸로 보아 괜찮을 것 같았다.

'흡… 대, 대단하군.'

정신을 차린 노승은 괴물부터 찾았다.

분명 자신의 가슴에 부딪쳐 같이 밀려왔는데 어디에도 보이지 않았던 것이다. 두리번거리던 노승의 얼굴 위로 천장에서 먼지가 우르르 떨어져 내렸다.

서늘한 기분에 노승은 고개를 들어 천장을 보았다. 99칸 종갓집답게 광 또한 넓고도 높았다.

그 높은 광의 천장 서까래에 괴물이 매달려 있었다. 괴물은 자신을 발견한 노승에게 미소를 지어 보였다. 그 미소 사이로 드라큘라 같은 뾰족한 이빨이 보였다. 썩은 미소란 바로 저런 것을 두고 말하는 것이리라.

그런 생각이 노승의 머리를 스치는 찰나 괴물의 낙하가 시작되었다. 저 낙하 거리를 추가한 괴물의 무게에 노승이 깔린다면 즉사를 면하기 어려울 것이다.

노승은 피하기 위해 일어나려 했으나 일어나지지 않았다. 쌀가마니 하나가 아직까지 자신의 다리에 걸쳐져 있었던 것이다.

"제기랄! 일단 치우고 보는 건데!"

그러나 이미 후회하기엔 늦었다.

주위를 두리번거린 노승은 옆에 있던 쌀가마니들이 무너지지 않게 지지하기 위한 용도로 쓰인 듯한 나무토막을 하나 집었다.

그리고 두 손으로 꽉 잡은 채 자신을 향해 내려오는 괴물의 엉덩이를 향해 나무토막을 쭉 뻗어 내밀었다.

손끝에 뭔가가 물컹하게 부딪치는 느낌이 났다. 그 짜릿함에 대어를 낚은 낚시꾼의 손맛을 생생히 느낄 수 있었다.

'아미타불…… 부디 이 죄를 용서하소서…….'

노승은 몸을 부르르 떨며 눈을 꼭 감았다.

"꿰에에엑—"

엄청난 괴성과 함께 괴물은 노승에게 떨어지지도 못하고 다시 공중으로 튀어 올랐다.

놀라운 반사 신경이었다. 만약 그대로 낙하했다면 나무토막에 똥꼬부터 꿰인 구운 통돼지 같은 신세를 못 면할 터였다.

짜릿한 손맛을 느끼며 노승은 눈을 번쩍 떴다.

괴물의 모습이 또다시 보이지 않았다. 하지만 이번에 찾는 것은 그다지 어렵지 않았다.

고통을 이기지 못한 신음 소리가 쌀가마니 뒤편에서 들려왔기 때문이다.

'저놈은 무엇이지?

노승은 근본적인 의문이 들었다.

원귀도 아니었고 늑대 인간이나 구미호같이 잘 알려진 괴물도 아니었다.

"그렇다면……."

노승은 주변을 둘러보았다. 광 안에는 그 오랜 세월을 버텨온 쌀들이 그득 쌓여 있었다. 부자는 망해도 삼대는 간다고 하더니 바로 그 짝이었다. 게다가 흉가라는 소문 탓에 아무도 쌀을 가져가지 않은 듯했다.

그렇게 생각하다 보니 이런 부잣집에는 예부터 내려오는 전설 속의 괴물이 있다는 데 생각이 미쳤다.

그랬다. 놈은 바로……

"도깨비!"

바로 도깨비였다. 게다가 저 엄청난 힘을 보면 더욱 확실한 심증이 들었다. 도깨비라 확신한 노승의 뇌리에 놈을 물리칠 방법도 동시에 떠올랐다.

"어기야 둥둥 나네. 어기야 둥둥 나네."

노승은 갑자기 노래를 부르기 시작했다.

갑작스런 노승의 노래에 당황했는지 괴물은 고통스러워하던 신음 소리마저 멈췄다.

그 뒤로도 한참을 계속되던 노승의 노래가 멈췄다. 잠시 어색한 침묵이 흘렀다.

먼저 입을 연 것은 노승이었다.

"이보게. 내 노래 사고 싶지 않나?"

"……."

아무 대답이 없었다.

노승은 굴하지 않고 다시 제의했다.

"내 노래 주머니 사고 싶지 않냐고? 내 싸게 줄 테니 흥정해 보세."

"그걸 누가 사겠어요, 별로 잘 부르지도 못하면서."

"……?"

어디선가 들려온 소리에 노승은 뒤를 돌아보았다. 깨진 벽 사이로 만해의 모습이 보였다.

반가움에 노승은 눈물이 왈칵 솟아오르는 것을 느꼈다.

이런 소란스러움에도 코빼기도 보이지 않으니 내심 만해에게 무슨

"혹부리 영감은 혹에서 노래가 나온다고 사기를 쳐서 도깨비를 속여 먹잖아요. 혹도 떼고 금은보화도 얻고. 혹부리 영감은 봉이 김선달과 더불어 우리 나라 전래동화의 최고의 사기꾼 캐릭터라고 할 수 있죠."

"그랬던가?"

전래동화를 어설프게 알고 있던 노승은 만해의 해박한 지식이 충격적이었다. 혹 주머니가 없던 노승은 만해가 아니었으면 저 괴물이, 아니, 저 도깨비가 노래를 산다고 하더라도 못 팔아먹을 뻔했다는 데 생각이 미쳤다.

두 사람이 한가로이 전래동화에 대한 이야기를 나누고 있을 때 만해의 등을 뭔가가 톡톡 쳤다.

만해가 뒤돌아보자 우사귀가 공포에 질린 눈으로 어딘가를 가리키고 있었다.

만해는 고개를 돌려 앞을 보았다.

그 앞에는 엉덩이를 양 손으로 감싸고 붉게 상기된 얼굴을 한 괴물이 있었다. 비늘로 둘러싸인 몸이 무척 인상적이었다. 괴물은 활활 타오르는 눈길로 노승과 만해를 바라보고 있었다.

당장이라도 달려와 찢어 죽일 듯한 눈초리였다.

"저게 그 괴물?"

만해는 우사귀에게 물었다. 우사귀는 말없이 고개를 끄덕였다.

순간 우사귀의 몸을 만해는 자신 쪽으로 당겼다.

"어맛!"

우사귀는 만해에게 안길 듯한 포즈로 다가왔다.

"지금은 이럴 때가 아닌데… 장소도 그렇고……."

우사귀는 당황하면서도 부끄러운지 고개를 숙였다. 그러나 만해의 시선은 다른 곳을 보고 있었다. 바로 여귀가 서 있던 뒤쪽이었다.

뒤쪽에서는 흰 소복을 입은 두 여귀가 스르륵 나타났던 것이다.

잠시 붉어진 얼굴로 만해에게 안겨 있던 우사귀는 만해의 시선을 따라 뒤를 보았다.

"장하와 봉련?"

장하와 봉련이 다시 나타난 것이다.

장하는 자신들을 보며 표정이 창백하게 변하는 우사귀를 보며 입을 열었다.

"너, 우물 안에서 나오지 말라고 했지!"

"……."

우사귀는 두려운 듯 만해의 뒤쪽으로 숨어들었다. 만해는 우사귀를 숨겨주며 두 여귀를 향해 방어할 자세를 잡았다. 그러나 둘 사이의 대립은 갑자기 들려온 한마디에 모두 풀려 버렸다.

"어이~ 어디 있었어?"

노승은 반갑다는 듯 두 여귀를 향해 아는 척을 한 것이다.

우사귀를 노려보던 장하는 노승을 향해서는 미소를 지으며 다소곳하게 말을 했다.

"아궁이에 숨어 있었사옵니다."

"잘했군. 그러잖아도 자네들이 다치지 않았을까 걱정했는데."

만해는 의아한 듯 노승과 두 여귀를 번갈아 바라보았다.

"어떻게 된 거죠?"

그런 만해에게 노승은 한마디 던졌다.

"나도 그럴 일이 좀 있었다."

007 제임스본드도 아니고 잠시 떨어져 있는 사이 각각의 걸들―귀신

이라는 흠은 좀 있지만—을 데리고 온 만해와 노승은 의심스러운 눈으로 서로를 바라보았다.

그때였다.

자신을 보고도 딴 짓만 하는 만해와 노승이 내내 신경에 거슬렸는지 괴물은 괴성을 지르기 시작했다.

"크아아악!"

동시에 몸이 붉게 변하기 시작했다. 아까와 같은 폭주가 시작되려는 것 같았다.

"저놈 저거! 저거!"

한번 호되게 당한 노승이 당황하며 손짓을 했다. 만해가 보니 뭔가 위급한 상황을 알리려는 것 같았는데 노승은 말은 제대로 하지 않고 다급하게 손짓만 했다.

그러더니 몸을 날려 쌀가마니 뒤로 숨었다.

그런 노승을 만해는 멍청히 바라보고만 있었다. 그리고 다시 앞을 보았을 때 불덩어리 하나가 엄청난 속도로 돌진해 오는 것이 보였다. 만해는 본능적으로 몸을 비틀었다.

쿵!

만해의 몸이 그 불덩이에 튕겨서 공중으로 날아올랐다. 피한다고 피했지만 완벽히 피할 수는 없었던 것이다. 나무와 짚으로 엮어놓은 천장을 뚫고 만해는 날아올랐다.

순간 지붕 위에 있던 뭔가가 만해와 같이 날아올랐다.

쿵! 소리와 함께 만해가 땅에 떨어졌다. 그리고 지붕 위에 있던 그것은 만해보다 더 멀리 날아가 떨어졌다. 그러나 이내 벌떡 일어나더니 어디론가 스윽 사라졌다.

워낙 찰나의 순간이었고 모두들 만해가 날아가는 것에만 정신이 팔려서 그 모습을 본 사람은 아무도 없었다.

모두의 시선이 만해에게 쏠렸다. 노승은 자신만 피한 것을 자책하며 밖으로 뛰쳐나갔다.

그러나 만해는 멀쩡히 서 있었다.

"아니, 만해야! 너 어떻게 된 거냐?"

노승이 반가우면서도 놀라 외쳤다.

만해는 어깨를 으쓱하더니 뒤를 보았다. 만해의 뒤에 우사귀가 매달려 있었다.

만해가 떨어지려는 찰나 우사귀가 점프해 만해를 공중에서 낚아채어 떨어진 것이다.

워낙 높은 곳에서 떨어졌으니 착지하는 소리가 클 수밖에 없었던 것이다.

"놀랐잖아, 이놈아!"

노승은 반갑게 외쳤으나 만해는 입술을 삐죽 내밀었다.

"사부님, 아직도 사부님만 살겠다고 저를 버리시다니… 미워요!"

"아니, 그게 아니라 경고를 하려고 했는데……."

노승이 변명할 틈도 없이 어디선가 세찬 바람이 몰아쳤다.

그 괴물이 서 있는 곳에서 일어나는 돌풍이었다. 놈은 손을 교차시키며 돌풍을 일으키고 있었다.

"저 괴물은 도대체 뭔가요?"

만해가 다급하게 물었다. 노승에 대한 원망은 금방 잊은 듯했다.

"도깨비 아니더냐!"

"예?"

만해가 어이없다는 얼굴로 노승을 보았다.

"저게 무슨 도깨비예요? 이마에 뿔도 없는데!"

"이마에 뿔이 있는 것은 일본 도깨비란다. 일본 놈들이 우리 나라를 강점했을 때 자신들의 도깨비 이미지를 심어놓은 거야."

학문적으로 뒷받침된 노승의 말에 만해는 고개를 갸우뚱하면서도 반박할 수 없었다.

"도깨비는 아니에요."

두 사람의 뒤에서 우사귀가 조용히 말했다.

갑작스럽게 우사귀가 끼어들자 노승과 만해가 뒤를 보았다.

"아차! 귀신이 되기 전에 고고미술사학과 학생이었다고 했죠. 그럼 잘 알겠네요."

"잘 알지는 못해도 우리 나라의 도깨비도 저렇게 생기지 않았어요. 여기 노인 분의 말씀도 일리가 있지만 그렇다고 저게 도깨비라고는 말할 수 없어요."

"음… 그럼 도대체 저놈은 뭐지?"

노승이 물었다. 그러나 한가로이 대화만 하고 있도록 내버려 둘 괴물이 아니었다.

"크악!"

괴성을 지르며 놈은 좀 전부터 팔을 교차시키며 준비했던 돌풍을 동반해 일행을 덮쳐 왔다.

휘이이잉―

강한 바람 소리와 함께 주변에 있는 돌과 나무들이 돌풍에 휩쓸려 같이 날아올랐다.

"피해!"

이번엔 이미 괴물이 공격하는 것을 다 알고 있었으니 하나마나한 고함을 외치며 노승은 줄행랑을 쳤다.

만해 역시 노승과 반대 편으로 잽싸게 도망쳤다.

만해의 등 쪽으로 강한 바람이 스쳐 지나가며 몰아쳐 만해는 또다시 공중으로 날아올랐다. 스치는 것만으로도 인간에게 타격을 줄 정도의 괴력이었다.

"이대로 당할 수만은 없지!"

공중으로 날아가던 만해는 품 안에서 줄을 꺼내 괴물을 향해 날리려 했다.

그러나 팔이 자연스럽게 뒤로 돌아가지 못했다. 이상하게 생각한 만해는 뒤를 힐끔 보았다. 어느새 우사귀가 또 만해의 등에 매달려 있었다.

"젠장!"

만해는 투덜거리며 줄을 던지려던 계획을 취소하고 땅에 착지했다. 순간적인 망설임으로 어차피 공격을 할 수 있는 기회는 사라진 것이다.

그러나 노승은 달랐다. 이번에는 단지 피하기만 한 것이 아니라 피하면서 가위를 꺼내 괴물에게 던진 것이다.

쉬이익―

가위는 양쪽 날을 세운 채 기세 좋게 날아갔다.

그러나 돌풍을 동반한 괴물의 몸에 가위가 다가가기는 무리였다. 가까이 다가가기 무섭게 가위는 돌풍에 쓸려 날아간 것이다.

"제기랄!"

노승은 투덜거리면서도 바로 품속에서 찰흙을 꺼내 뭉쳤다. 그리고 놈의 공격이 지나가기만을 기다리며 뭉친 찰흙에 기를 불어넣었다. 찰흙도 놈의 몸처럼 붉게 달아올랐다.

놈도 계속해서 돌풍을 내고 있는 것은 힘이 드는지 잠시 후 원래의 모습으로 돌아왔다. 노승이 노린 것은 바로 그때였다.

노승은 괴물을 향해 달아오른 찰흙을 던졌다.

쉬익—

한 개가 아니었다.

쉬익, 쉬익, 쉭—

여러 개를 한꺼번에 던진 것이다. 마치 암기를 던지듯이 순서대로 착착 던진 찰흙은 열화토(熱火土)의 기운을 담은 채 괴물을 향해 똑바로 날아가고 있었다.

퍽!

맨 처음 날아간 찰흙은 돌아서는 괴물의 가슴에 정통으로 작렬했다. 이어 날아간 찰흙들도 괴물의 가슴에 차례대로 맞았다.

"성공이군!"

간만에 문방사우의 위력을 보여준 노승은 흡족한 미소를 띠었다. 그러나 그것도 잠깐,

괴물의 몸을 뚫고 지나가야 할 찰흙이 괴물의 몸에서 본래의 진흙 성분만 남긴 채 힘없이 미끄러져 내려오고 있었다.

"아니?"

노승은 놀라 멍청히 그 광경을 보았다. 만해도 우사귀를 업은 채 그것을 바라보았다.

열화토의 기운을 가진 찰흙은 늑대 인간들에게도 직방으로 통했던 비장의 무기였다. 그러나 저 괴물에게는 아무런 영향도 끼치지 못했다.

괴물은 미끄러지며 떨어지는 찰흙을 탁탁 털더니 노승을 바라보았다.

몸은 괴물이었지만 얼굴은 사람 얼굴을 한 괴물이 바라보자 묘한 기분이 들었다.

검은 눈동자가 흰자위보다 더 많아서 괴기한 느낌을 배가시켰다.

만해는 그 모습을 보며 엉뚱하게도 요즘 유행하는 검은 동자가 더 커 보이는 콘택트렌즈 생각에 사로잡혔다.

'검은 동자가 눈동자를 꽉 채운다면 정말 저 괴물처럼 안 어울릴 텐데 왜들 인위적으로 검은 동자를 크게 하려는지 원······.'

한참 동안 노승을 보던 괴물은 엉뚱한 생각을 하고 있는 만해에게 시선을 돌렸다.

잠시 침묵이 흘렀다. 그 침묵을 깬 것은 뜻밖에도 괴물이었다.

"내 몸은 섭씨 1,000도의 불덩어리가 오더라도 어떻게 할 수 없다!"

"헉!"

노승과 만해는 동시에 외마디 괴성을 질렀다.

단순히 괴물로 생각했을 뿐 인간의 말을 할 수 있을 거라는 생각을 해보지 않았기 때문에 놀람의 강도는 생각보다 컸던 것이다.

"넌 누구냐?"

정신을 차린 노승이 외쳤다.

"도깨비라며?"

괴물이 놀리듯 말했다.

"아까까지 나한테 노래를 들려주지 않았던가? 참기 무척 힘들었지. 당장 찢어 죽이고 싶을 정도였어. 적을 도발시키는 데는 그 이상의 무기가 없겠다는 생각이 들더군."

막상 입을 여니 괴물은 청산유수처럼 말을 잘했다.

"넌 도대체 뭐냐? 괴물이냐?"

만해가 나서며 소리치자 사내의 얼굴이 실룩거렸다.

"그래, 난 괴물이지. 인간도 야수도 아닌 변종 괴물."

"……?"

의외로 사내가 쉽사리 자신을 괴물이라고 인정하자 도리어 질문한 만해가 머쓱해졌다.

"변종 괴물이라니? 너는 인간과 귀신의 중간 단계에 있는가? 아니면 너도 인간 세계에 온 악마?"

붉은 악마를 떠올리며 노승이 물었다.

아무리 기억을 되살려도 저런 변종 악마가 있다는 소리를 듣지 못했던 것이다.

'악귀 포덕단에서 안다면 기절할 일이군.'

이 세상에 존재하는, 아니, 최소한 국내에 존재하는 모든 귀신과 악마, 그리고 괴물의 종류들을 다 파악하고 있다는 악귀 포덕단에서도 아직 파악하지 못한 괴물일 터였기 때문이다.

"악마라니? 홋, 재밌군! 내가 악마라는 소리를 듣다니. 진짜 악마가 뭔지 모르니 그런 소리가 나오는 게지. 하긴 진짜 악마가 나오기 전에 어차피 내 손에 죽을 테니 안됐군."

"진짜 악마?"

"그래, 진짜 악마! 물론 내게는 악마가 아닌 주군이시지만."

"그게 뭐지?"

"홋홋… 궁금하다고 다 가르쳐 주면 재미없지."

괴물이 웃으며 답했다.

노승은 초조해졌다. 대화가 진행될수록 점점 괴물의 페이스에 말려들어가는 기분이었다.

괴물이든 악마든 어쨌든 일단 잡아놓고 추궁하기로 결심했다. 만해와 합동으로 공격한다면 생포도 그렇게 힘들 것 같지 않았다. 그런 자신의 마음을 담아 만해를 힐끔 보았다.

그러나 만해는 등에 업은 우사귀와 뭔가를 이야기하느라 바빴다.

'아니, 저놈이! 이렇게 심각한 상황에 수작질을 하고 있어?'

틈만 나면 업히는 우사귀를 어쩌지 못해 나름대로 고생하고 있는 만해의 고충도 모르고 노승은 투덜거렸다.

그 시각 우사귀는 만해의 귀에 대고 중얼거리고 있었다.

"이상해요, 저 괴물. 지금까진 단순한 괴물로만 봤는데… 그게 아닌가 봐요."

"그럼 뭐지요?"

"주군이라고 하잖아요. 사실 이곳엔 봉인된 악마가 있다는 소문이 귀신들 사이에 끊이지 않고 돌고 있어요. 그리고 저 괴물이 그 하수인이라는 소문도요. 그게 다 조작된 이야기인 줄 알았는데 지금 말하는 것을 보니까 어쩌면 사실일 수도 있겠다는 생각이 들어요."

"봉인된 악마?"

"예. 이 집이 흉가가 된 것은 그 악마가 이곳에 봉인된 후라는 말도 있어요."

"그 악마가 그럼 무슨 악마지요?"

"그건 저도 잘 모르죠. 그저 귀신들 사이에 전설로만 내려오는 이야기인 줄 알았으니까요. 아, 이럴 때 저와 친한 천장 귀신이 있으면 좋을 텐데……."

잘 나가다가 웬 뜬금없는 천장 귀신이 나오는지는 모르지만 저 괴물이 이곳에 출몰하고 장하와 봉련이 포주 역할을 한 것은 다 이유가 있어서인 것이 틀림없는 것 같았다.

만해는 괴물이 한 이야기와 우사귀가 한 이야기를 토대로 머리를 짜내며 아귀를 맞추려 했으나 아무리 해도 답이 나오지 않았다.

꼬끼오!

멀리서 희미하게 닭 우는 소리가 들려왔다.

그 소리에 놀란 것은 귀신들이 아니라 노승과 만해였다. 사건의 실마리를 잡게 되었는데 이제 귀신들 모두가 사라질 시간이 된 것이기 때문이다.

노승의 염려대로 괴물은 여명이 밝아오는 동천을 힐끔 보며 말했다.

"운이 좋군, 하루를 더 살 수 있다니. 이곳을 떠나더라도 난 너희를 끝까지 찾아내서 죽이고 말겠다!"

"떠날 생각은 없으니 염려 붙들어매시지!"

노승이 지지 않고 말했다.

"날이 밝는다고 떠나는 이 비겁한 놈아! 너, 귀신 아니라며? 귀신이 아니면 날이 밝아도 있어야 정상 아니냐?"

노승의 예리한 지적에 괴물은 잠시 풀이 죽은 표정이 되었다. 얼굴에 잠시 고독의 그림자도 스치는 것 같았다.

"너희들의 죽음에 임박해서 말을 해주지. 그럼!"

괴물은 공중으로 점프를 하더니 집 담장을 넘어 산 쪽으로 사라졌다. 순식간이었다.

그 위로 태양의 빛이 점점 다가오기 시작했다.

빛이 다가오기 직전 만해의 등에 업혀 있던 우사귀도 몸을 날려 우물 안으로 뛰어들어 갔다.

"저를 보고 싶으면 우물에 다시 빠지세요~"

만해에게 의미심장한 한마디를 남기고.

장하와 봉련 역시 처음 등장했을 때와 같이 다소곳하게 인사를 한 뒤 스르르 사라져 갔다.

그들도 노승에게 한마디 남기는 것을 잊지 않았다.

"아, 그리고 가실 때 가더라도 저 괴물의 문제는 해결해 주고 가세요. 아니면 저희는 영혼조차 소멸될 거예요."

동쪽의 산 너머에서 해가 조금씩 머리를 내밀고 있었다.

이제 어둠의 기운은 완전히 사라지고 주위는 완전히 밝아졌다.

노승과 만해는 서로를 바라보았다. 암담하고 피곤한 얼굴이었다. 밤새 한잠도 자지 못하고 싸운 탓에 온몸이 버석거리고 얼굴은 부어 있었다. 더군다나 만해는 차가운 물속에 오래 있어서인지 오한이 밀려오는 것을 느꼈다.

그들이 원하는 것은 단 한 가지였다.

바로 따뜻한 불이 그리웠던 것이다.

둘은 약속이나 한 듯이 마당에 피워놓았던 모닥불로 달려갔다. 모닥불은 꺼졌겠지만 다시 피우면 금세 따뜻해질 것이다.

6

이제 산꼭대기를 훨씬 넘을 정도로 태양이 높게 올라온 정오를 지나고 있었다.

만해와 노승은 다시 꺼져 가는 불 옆에서 세상모르게 자고 있었다.

다다다다다……

어디선가 경운기 소리가 울려 퍼졌다. 처음에는 희미하게 들리던 소리가 이내 지축을 뒤흔들 정도로 크게 울려 퍼졌다.

논두렁길을 따라서 경운기 몇 대가 보무도 당당하게 달려오고 있었다.

옆에 있는 논에는 신경도 쓰지 않은 채 경운기는 앞만 보고 달리고 있었다. 경운기가 목표로 하는 곳은 분명했다. 만해의 집! 바로 흉가였다.

맨 앞의 경운기에는 어제 노승 일행에게 거름을 뿌리고 달아난 이장이 타고 있었다.

경운기 운전을 하며 이장은 뒤를 돌아보며 자신을 뒤따르는 경운기를 향해 손을 들어 외쳤다. 오늘 하루 동안 몇 번째 하는 말인지 몰랐다.

"가자, 시체 치우러!"

"가자! 가자!"

뒤에 따라오는 동네 청년들이 화답했다.

자신을 따르는 동네 청년들을 보며 이장은 미소를 띠었다.

이제는 너무나 일상화된 풍경이었다. 저놈의 흉가에서 한 달에 한두 건은 꼭 사고가 났다. 자신이 철저히 감시를 하는데도 몰래 들어가 죽는 인간이 있는가 하면 죽어라고 말리는데도 꼭 들어가 본다는 인간도 있었다. 어제 그 인간들처럼 말이다.

그러나 그들 중에 저 흉가에서 살아남은 사람은 단 한 명도 없었다.

"다 지들 복이지."

이장은 중얼거리며 다시 고개를 돌렸다.

경운기 행렬의 맨 뒤에 자가용 한 대가 뒤따르고 있었다.

이장은 저 안에 탄 사람들이 이 마을의 숙원이었던 흉가의 원인을 제거할 수 있을 것이라는 기대감에 부풀었다.

흉가 앞에 도착한 이장은 손을 들어 뒤에 따라오던 경운기들을 멈추게 했다.

경운기들은 차례대로 섰다.

사실 시체 두 구를 싣는 데 이렇게 많은 경운기가 필요하지는 않았지만 이장은 뒤에 따라오는 자동차 안의 사람들에게 동네의 스케일을 보여주고 싶었던 것이다.

이장은 방금 차에서 내려 흉가를 쳐다보고 있는 사내들에게 다가갔다.

사내는 모두 셋이었다. 그리고 앞에 있는 사내는 바바리코트를 입고 있었다.

한 반장이었다.

얼마 전에 의뢰가 들어온 흉가 사건을 해결하기 위해 오늘 아침 이곳에 도착한 심령 수사대는 한 반장 일행이었던 것이다. 정부에서 비밀리에 운영하는 비공식적인 기관이긴 했지만 이제 당당히 심령 관련 사건 의뢰도 받을 만큼의 위치를 확보한 것이다.

든든한 조력자인 노승과 만해가 없다는 게 마음에 걸리긴 했지만 이제 독자적으로 움직일 때도 있어야 할 것이다. 언제까지고 노승과 만해에게 의지할 순 없었다.

"형사님, 어떻습니까?"

이장이 다가와 조심스레 물었다.

"음… 흉가가 분명하군."

한 반장은 단정 짓듯 답했다.

사실 만해 집의 외양은 지나가는 개가 보더라도 흉가라고 할 정도로 낡고 서늘해 보였기 때문에 한 반장의 저런 멘트는 불필요한 것이라고 해도 무방했다. 그러나 이장은 한 반장이 그런 분석을 했다는 것 자체가 황송한 듯 말했다.

"그렇죠? 흉가 맞죠?"

"저희 심령 수사대의 분석에 의하면 흉가가 거의 90% 확실합니다. 물론 저 안에 영적인 존재들이 있는지는 조사를 해봐야 알겠지만요."

"아이고, 어련하시겠습니까!"

요즘 도시 사람들은 공권력을 우습게 여기는 경향이 있지만 시골에는 아직 경찰이나 선생님이라 하면 껌뻑 죽는 전통이 남아 있어서인지 이장의 과잉 친절은 눈에 거슬릴 정도였다.

"저… 그럼 저희들이 먼저 들어가 시체를 끌고 나오겠습니다."

"예, 그러시죠. 근데 검시를 안 하고 그냥 끌고 나와도 됩니까?"

한 반장의 질문에 이장은 당연하다는 듯 답했다.

"이곳에서 워낙 흔한 일이라 이제 지서에서도 신경을 안 쓰네요. 그냥 저희들이 처리하고 나중에 따로 연락을 드리면 됩니다."

"옛?"

한 반장은 깜짝 놀랐다. 아무리 흔한 일이라도 그런 식으로 허술하게 사건이 처리된다는 게 믿기지 않았다.

'나중에 정식으로 문제 삼아야겠군!'

한 반장이 생각에 잠긴 사이 동네 사람들은 이장의 지휘 하에 조심스레 흉가 안으로 들어가기 시작했다. 쌀가마니로 만든 거적때기를 지닌 채였다.

"어떤 것 같아요?"

박 형사가 한 반장의 옆에 와서 물었다.

"낸들 아나. 사람이 죽어 나간다니 일단 조사는 해봐야지. 귀신의 소행이라고 믿는 것 같으니 말이야."

"근데 저 사람들이 진짜 시체를 끌고 나올까요?"

마 형사가 믿기지 않는다는 표정으로 물었다.

"정 궁금하면 마 형사도 한번 들어가 보지 그래?"

그러나 마 형사는 손사래를 치며 말했다.

"에구, 밖에서 보기에도 저렇게 기분 나쁜데 내가 왜 저길 들어갑니까!"

"후, 정말 시체가 있겠나? 시체가 있다면 당연히 우리가 들어가 살펴봐야지. 그냥 자기들 상상 속에서 저러는 거겠지. 근데 저 이장 뭔가 이상하지 않아?"

"예, 평범하진 않은 것 같네요."

형사들이 이야기하는 동안 집 안에서 소란스러운 소리가 났다.

"무슨 일이지?"

박 형사가 궁금해하며 대문 쪽으로 걸어가는 순간 안에서 동네 사람 하나가 튀어나오더니 형사들에게 소리쳤다.

"두 사람이 다 죽어 있어요!"

"뭐야? 정말?"

한 반장은 놀라며 마 형사 등과 함께 대문 쪽으로 뛰어갔다. 하지만 그들보다 먼저 안에서 이장을 선두로 동네 사람들이 우르르 나왔다.

정말 그들 사이에는 거적때기가 두 개 들려 있었다.

앞장서 나오던 이장은 문 앞에 서서 그들을 보고 있는 한 반장 일행을 보더니 다가오며 말했다.

"두 명 모두 죽어 있더라고요. 내가 그렇게 들어가지 말라고 말렸건만. 쯧쯧."

한 반장은 마 형사와 박 형사를 쳐다보았다.

귀신이 나온다는 이들의 말이 사실인 것인가?

박 형사는 믿기지 않는다는 듯 고개를 흔들며 입을 열었다.

"시체를 확인해 봐야겠군요."

"뒈진 시체를 확인하면 뭐 한데요? 기분만 더러워지지!"

이장은 내키지 않는 투로 말했다.

"그래도 대강의 사인을 확인해요. 살해당한 것일 수도 있잖아요."

"아, 귀신한테 죽은 거라니게요."

이장의 마음을 돌리는 것은 불가능하다는 것을 안 한 반장 일행은 시체를 둘둘 말은 거적때기를 경운기에 싣고 있는 곳으로 다가갔다.

마 형사는 코를 막고 옆에 섰다. 한 반장은 마 형사에게 물었다.

"뭐 하는 건가?"

"에휴, 시체 냄새 끔찍하잖아요."

"죽은 지 얼마 안 돼서 아직 냄새가 나지 않으니 그 손수건 내리게. 동네 사람들이 보고 있잖나."

마 형사에게 잔소리를 한 한 반장은 거적때기를 들치기 위해 손을 뻗었다. 그때였다.

"드르렁! 드렁!"

거적때기 안에서 코 고는 소리가 들려왔다.

"⋯⋯?"

자신이 잘못 들은 것이라 생각한 한 반장은 옆에 있는 마 형사와 박 형사를 바라보았다.

그러나 두 사람 역시 황당한 표정을 하고 있었다.

"뭔 소리래요?"

마 형사의 말이 끝나기도 전에 한 반장은 재빨리 거적을 벗겼다.

먼저 보인 것은 햇빛에 반사되어 빛나는 머리였다.

그 머리의 소유자가 코를 골고 있었던 것이다. 얼굴을 확인한 한 반장의 눈은 놀람으로 커졌다. 만해였던 것이다.

"아니!"

뒤에서 보고 있던 박 형사와 마 형사도 놀라 외마디 비명을 질렀다.

"그렇다면?"

한 반장은 서둘러 옆에 있는 거적을 벗겼다. 그 거적에서 나온 것은 예상대로 노승이었다.

황급히 두 사람의 가슴에 귀를 대어봤으나 예상대로 심장은 뛰고 있었다. 하긴 살아 있으니까 코를 골았을 터였다.

"이게 어떻게 된 일이죠?"

박 형사가 한 반장을 보며 물었다.

"낸들 아나."

한 반장은 어깨를 으쓱 하며 답했다. 그리고 이장을 불렀다. 경운기에서 시동을 걸고 있던 이장은 눈이 동그래져서 달려왔다.

"사람이 죽었는지 살았는지 확인하지도 않고 무작정 둘둘 말아오면 어떡해요. 이 사람들 멀쩡히 살아 있잖아요."

"예? 살아 있다니요? 안 죽었어요?"

"이거 보세요. 코까지 골면서 자고 있는 사람이 죽은 겁니까?"

한 반장의 말이 끝남과 동시에 만해의 우렁찬 코 고는 소리가 들려왔다.

"이럴 수가!"

이장의 얼굴이 잿빛으로 변했다.

"지금까지 저 집에 들어가 밤을 지낸 사람 중에 살아 나온 사람이 없었는데……."

"이들은 다릅니다."

"예? 이들이 다르다니요? 어제 보니 오히려 덜 떨어져 보이던데."

"어허! 내가 보기엔 당신이 더 덜 떨어져 보여요!"

한 반장은 이장에게 일침을 가한 뒤 잠들어 있는 노승과 만해를 흔들어 깨웠다. 그러나 두 사람은 정말 깊이 잠이 든 듯 꼼짝도 하지 않았다.

먼 길 오느라 고생한 데다가 만해는 우물 안에서 시간을 보내고 나이 든 노승은 밤새 잠도 못 자고 정체 불명의 괴물과 난투극을 벌였으니 두 사람이 피곤에 지쳐 잠 삼매경에 빠진 것도 당연한 일이었다.

그런 사실을 알지 못했으나 한 반장은 두 사람을 최대한 배려해 주는 차원에서 편한 잠자리를 제공하기로 마음먹었다. 게다가 이 흉가에서 잠든 것은 필시 무슨 까닭이 있어서일 것이라고 생각했다. 한 반장은 박 형사와 마 형사를 시켜 두 사람을 다시 집 안으로 들고 들어가도록 했다.

"안 돼요! 안 돼!"

이장은 두 사람을 다시 집 안으로 들여보내는 것에 완강히 반대했으나 한 반장은 들은 척도 하지 않았다.

마 형사와 박 형사는 각각 한 명씩 짊어지고 집 안으로 들어가 방문이 부서진 방 안에 눕혔다. 몸을 말고 있던 거적때기는 치울까 하다가 뭐라도 덮고 있는 게 나을 것 같아 그냥 두었다.

노승과 만해는 잠든 사이 번쩍 들리고 메지고 해서 이리저리 옮겨 다녔으나 아직도 세상모르게 자고 있었다.

한 형사는 그들을 잠시 바라본 뒤 주변을 살폈다.

말 그대로 흉가였다.

낮인데도 귀신이 나올 것처럼 분위기가 으스스했다.

"이거 영 기분이 이상한데요."

마 형사가 한 반장에게 다가와 말을 건넸다. 한 반장은 고개를 끄덕이며 동조의 뜻을 나타내곤 마당으로 나갔다.

마당에는 불씨만 남은 모닥불이 가느다란 연기를 내뿜고 있었다.

문간에서 초조하게 손을 비비고 있던 이장은 한 반장이 방 안에서 나오는 것을 보더니 쪼르르 달려와 입을 열었다.

"아니, 반장님! 저들을 다시 이곳으로 데리고 오면 어떻게 합니까? 여긴 귀신이 나온다니까요! 저희 집으로라도 데려가서 재우도록 합시다."

한 반장은 그런 이장을 힐끔 본 뒤 모닥불의 불씨를 뒤적거리며 답했다.

"저분들이 이곳에서 밤을 새우고 잠을 잔 건 분명 무슨 까닭이 있을 테니 이곳을 떠나지 못합니다."

"아이고, 답답하네! 여기 있으면 죽는다니게요. 여긴 귀신 소굴이에요. 지금은 낮이라 그나마 괜찮은데 이따 밤이 되면 여긴 이상한 것으로 득실거린다니까요!"

"그렇다면 먼저 가시죠. 우린 여기 남겠습니다. 어차피 우리에게 이 흉가의 비밀을 풀어달라 의뢰하신 것 아닙니까?"

"그렇긴 한데… 저 사람들은 뭔가 이상해서……."

이장은 말꼬리를 흐리며 노승과 만해가 자고 있는 안채 쪽을 보았다.

"아, 괜찮다니까요. 저분들이 바로 악귀만 전문적으로 물리치는 분들이라니까요."

옆에서 보고 있던 마 형사가 답답함을 참지 못해 나섰다.

"걱정 마세요. 얼마 후면 이 흉가의 문제가 말끔히 해결되어 있을 테니까요!"

박 형사도 나서서 거들었다.

형사들이 적극적으로 두 사람을 옹호하자 이장은 입맛만 쩝쩝 다시다 한 반장의 손을 잡았다.

"내 죽기 전에 우리 마을을 범죄 없는 마을로 만드는 게 소원이라니게요. 근데 이놈의 흉가 땜시……."

애처롭게 말하는 이장을 보며 한 반장은 그 마음을 조금은 이해할 수 있었다.

마을로 들어오는 어귀에 붉은색으로 '범죄 많은 마을' 이라는 표지판이 떡하니 걸려 있었던 것이다.

자신이 나고 자란 마을의 이장으로서 그런 표지판을 보며 마음이 편할 순 없을 것이다.

그러니 저렇게 적극적으로 이 흉가의 일에 개입하고 있을 터였다.

뒤돌아 가는 이장의 뒷모습을 보며 한 반장은 마음이 착잡했다.

처음 의뢰를 받고 생각했을 때보다 흉가의 규모는 컸고 상태는 심각했다.

하지만 이곳에서 죽은 사람의 수가 지난 수십 년 동안 백여 명에 이른다는 사실을 알았을 땐 더욱 경악했다.

그런 집을 태워 없애든지 하지 그냥 가지고 있는 것 자체도 이상했다. 하지만 박씨 문중에서 집을 없애는 것은 절대 반대를 외치고 있었고 마을 사람들이 몰래 들어가 불을 지르려 해도 불을 붙일 수가 없었다라고만 증언되고 있었다.

이 흉가에서 사람이 죽어 나가는 원인을 밝히면 된다는 가벼운 마음으로 왔지만 그것도 쉽지 않아 보였다. 하지만 한 반장은 희망이 생겼다.

어떻게 된 일인지 모르지만 노승과 만해가 바로 이곳에 있었던 것이다.

그게 유일하게 한 반장에게 안도감을 주었다.

저녁 노을이 어스름하게 지고 있었다.

한 반장과 형사들은 대청마루에 앉아 지는 해를 바라보고 있었다. 조금 전에 뜨거운 밥을 준비해 온 이장이 손수 와서 차려주고 갔다. 집안 이곳저곳을 탐사한 것 외엔 별다르게 한 일이 없이 하루 해가 지고 있었다.

"아함~"

어디선가 하품하는 소리가 들려왔다.

한 반장은 눈을 반짝이며 방 안을 들여다보았다.

만해가 자리에서 일어나 기지개를 켜고 있었다. 노승도 조금씩 꿈틀거리는 것이 머지않아 잠에서 깰 것으로 보였다.

"어?"

만해는 방문 앞에서 자신을 뻔히 쳐다보고 있는 세 쌍의 눈동자를 보았다.

"한 반장님 아니세요? 박 형사님! 마 형사님!"

한 반장은 미소를 띠며 고개를 끄덕였다.

"여긴 어쩐 일이세요?"

"그러는 자네는 여기 웬일인가?"

"여기 우리 집이잖아요."

아무렇지도 않게 말하는 만해를 보며 한 반장은 깜짝 놀랐다.

"그럼 지난번에 고향집에 다녀온다고 한 것이……?"

만해는 고개를 끄덕였다.

"그 집이 여기더라고요."

"정말?"

"예. 근데 한 반장님이야말로 무슨 일로 오셨어요?"

만해가 재차 물으며 한 반장의 양손을 살폈다.

"에이, 남의 집에 방문하면서 아무것도 안 사 가지고 오시다니 섭섭해요."

"어, 저, 그게 사실 그거는 모르고… 그게 어떻게 된 거냐 하면……."

갑작스런 만해의 질문에 한 반장이 대답하려는 순간 노승이 졸린 눈을 비비며 자리에서 천천히 일어나며 말했다.

"뭐? 누가 뭐 사 가지고 왔다고?"

노승의 말에 한 반장은 더욱 움츠러들었다. 한 반장은 옆에 있는 마 형사를 툭 치며 말했다.

"가서 먹을 것 좀 사 오지."

"이 근처에 가게도 없는 것 같던데요."

"차 있잖아! 차 타고 가서 빨리 사 와!"

"우이 씨."

마 형사가 툴툴거리며 사라지자 노승은 비로소 정신이 드는 듯 한 반장을 보며 깜짝 놀라는 시늉을 했다.

"앗! 여기 어인 일로?"

"에… 그렇게 됐습니다."

아무래도 자신과 만해의 대화를 다 듣고 있었다는 심증이 갔지만 한 반장은 공손히 대답했다.

이런저런 덕담들을 나누던 일행은 어두컴컴해진 뒤에야 돌아온 마 형사가 사 온 음식들을 나누어 먹었다.

"이건 뭐죠?"

껄껄거리며 마 형사가 사 온 봉투를 뒤적이던 만해가 뭔가를 들어 올리며 물었다.

"아, 그거 세제야. 집들이에는 세제가 제일이라니까."

"누가 여기서 빨래한대요? 물도 안 나오는데. 아, 그 돈 있으면 먹을 거나 더 사 오지."

만해가 툴툴거리며 말하자 마 형사가 뒤쪽을 가리키며 말했다.

"왜? 저 뒤에 보니까 우물 하나 있던데. 그곳에서 빨면 되지. 영화 같은 데서 보니까 우물가에서 빨래하는 모습이 참 운치있던데."

"아차! 우물!"

갑자기 생각이 난 만해는 뒤뜰의 우물로 달려갔다.

다른 일행은 만해가 왜 갑자기 서두르는지 알 수 없어 가만히 지켜 보기만 했다.

안채 뒤로 사라지는 만해를 보며 노승이 뒤에서 한마디 던졌다.

"이번엔 빨리 와라."

한 반장은 무슨 뜻인지 몰라 눈만 끔뻑거렸다.

그런 한 반장에게 노승은 호탕한 웃음을 지으며 말했다.

"저놈이 요즘 연애를 하는 것 같소. 껄껄껄!"

"연애요?"

한 반장은 더 의아한 얼굴이 되었다. 이런 흉가에 연애할 대상이 어디 있단 말인가?

졸지에 연애꾼이 된 만해는 우물가에 가 우물을 덮을 뚜껑을 찾았다.

이제 다시 괴물을 상대해야 할 텐데 우사귀가 나와서 어제처럼 자신의 등에 업히면 곤란해질 것이기 때문이다. 아예 애초부터 나오지 못하게 우물을 덮어놓는 것이 마음이 편할 것이라는 데 문득 생각이 미친 것이다.

그러나 우물 뚜껑은 존재하지 않았다. 하긴 위에 비를 막을 수 있는 간이 지붕이 만들어져 있는데 굳이 따로 뚜껑이 필요하진 않을 터였다.

만해는 다른 것으로 대용할 것을 찾아 두리번거렸다. 마침 저편 담벼락에 네모난 공사용 판자가 눈에 띄었다. 희색을 띤 만해는 그곳으로 다가가 판자를 들어 올렸다.

"끼잉!"

무거웠다. 우물을 덮고도 남을 만큼 큰 것이었다. 힘을 잔뜩 준 만해는 그것을 들고 한 발 한 발 우물로 다가갔다.

헥헥거리며 우물로 다가간 만해는 우물 가장자리에 판자를 대놓고 주욱 밀기 시작했다.

그때 만해의 귓가에 누군가의 소리가 들렸다.

"지금 뭐 하는데?"

"우물 막으려고."

"왜?"

"이 안에 있는 귀신 못 나오게 하려고."

"벌써 나왔는데?"

"어? 안 되는데! 헉!!"

만해는 판자를 덮어가던 손을 멈추고 천천히 뒤를 돌아보았다.

어느새 자신의 등 뒤에 우사귀가 업혀 있었다.

만해는 짜증이 치밀어 올랐다.

"내려와 봐! 내려와 봐!"

내내 존댓말을 쓰던 만해의 짜증 섞인 반말 투에 심상치 않은 느낌을 받았는지 우사귀는 만해의 등 뒤에서 스르르 내려왔다.

기가 죽어 고개를 숙인 우사귀를 보니 측은한 생각이 들었지만 자꾸 봐주다 보면 더 큰일에 방해가 된다는 생각에 만해는 마음을 굳게 다잡았다.

"도대체 내 등에 자꾸 올라타는 이유가 뭐야?"

"……."

"내 등이 심심하면 올라타라고 있는 줄 알아?"

"……."

"두 번 다시 내 등에 올라타지 마! 그리고 싸움이 벌어지면 그냥 우물에 숨어 있어. 어제 같이 내 등 뒤로 올라타지 말고!"

"……."

말을 마친 만해는 우물을 덮어가던 나무 판자를 옆으로 치우고 안채 쪽으로 걸어갔다.

"예전에……."

그런 만해의 등 뒤에서 우사귀가 입을 열었다.

"예전에 당신은 저를 매일 업어주었어요."

"……?"

"만났던 시간은 비록 짧았지만, 난 당신의 등에 업힐 때가 가장 행복했는데. 흑."

우사귀는 손으로 입을 가리고 흐느끼기 시작했다.

"흑… 이곳에 있던 수십 년 동안 그때가 가장 행복한 순간이었어요. 그리고 당신이 사라진 그날부터 지금까지 눈물로 살아왔는데……. 저 안에 있는 우물물은 전부 제 눈물이 모여 만들어진 거예요. 흑흑."

"……?"

만해는 경악했다.

우사귀가 자신의 등에 자꾸 타는 게 그런 이유가 있어서였고 또 자신들이 맛있게 먹었던 우물물이 사실은 우사귀의 눈물이었다는 사실에 놀라서였다.

구역질이 나려고 했지만 우사귀가 자신의 사랑 고백에 토악질을 하는 걸로 오해할까 봐 꾹 눌러 참은 만해는 뒤돌아 섰다.

"저는 기억이 나지 않아요. 기억이 나지 않는 사랑이 무슨 의미가 있을까요?"

만해가 생각하기에 사랑은 기억의 결정체였다. 그 사람과의 추억이 모여모여 하나의 사랑을 이루는 것이다.

따라서 현실의 사랑보다 기억 속의 사랑이 더 오래 남는 법이라고 생각했다.

만해에게 첫 사랑의 기억은 얼굴이었고 입 냄새였다.

그 두 가지만 기억하고 있는 만해에게 우사귀의 눈물 섞인 고백은 아무 의미도 없었던 것이다.

"그 안에서 나오지 말아요, 오늘 밤은 어제보다 더 시끄러울 테니."

그 말을 남기고 만해는 냉정함을 유지한 채 안채를 향해 걷기 시작했다.

뒤에서는 격정을 이기지 못한 우사귀의 어깨가 들썩거리고 있었다.

"왜? 그만 헤어지자고 하더냐?"

심각한 얼굴을 한 만해가 도착하자마자 노승이 싱글거리며 물었다.

그러나 만해는 아무 말 없이 대청마루에 앉았다. 사태가 심각하다는 것을 눈치 챈 노승은 한 반장과 시선을 교환하더니 만해의 곁에 가서 어깨에 손을 얹었다.

"잘 헤어졌다. 귀신과의 사랑은 이루어질 수 없는 법이야. 그건 마치 로미오와 줄리엣의 사랑과 마찬가지라고 할 수 있지."

"……?"

뜬금없는 노승의 말에 만해는 짜증이 확 치밀어 올랐다.

"장하와 봉련이나 찾아서 고민 상담해요. 괜히 남의 일에 고민 상담해 주려 하지 말고!"

"아니, 이놈이 왜 사부한테 신경질이야!"

노승은 투덜거리며 품 안에 있는 문방사우를 꺼내 하나하나 매만졌다.

오늘 밤에 있을지 모를 결전에 대비하는 것 같았다.

그 모습을 보니 문득 한 가지에 생각이 미친 만해가 노승에게 물었다.

"참! 우리 혼월천검은 언제 찾죠?"

만해가 물었다. 그 질문에 노승은 깜짝 놀라더니 중얼거렸다.

"그러고 보니 아까 낮에 수색을 했어야 하는데 잠만 잤으니……."

"휴우……."

머리를 긁적이며 말하는 노승을 보며 만해는 한숨을 내쉬었다. 도대체 아무 계획 없이 일이 진행되고 있었다. 괴물이 나타나면 싸우고… 졸리면 자고… 배고프면 먹고… 악귀사수대의 장도에 오른 지 몇 년이 지났지만 발전된 것은 거의 없었다.

그렇다고 자신의 능력 치가 그리 향상된 것 같지도 않았다. 기껏해야 손에 들려 있는 것은 줄넘기 줄 하나뿐이었다. 물론 눈에 보이지 않는 능력들은 더욱 향상되긴 했다.

맷집과 배짱, 그리고 어떤 상황에서도 유연히 대처할 수 있는 뻔뻔함.

그러나 그것들보다 이제 악귀들을 확실히 요리할 수 있는 뭔가가 필요할 때였다. 더군다나 세상을 혼란스럽게 한다는 붉은 악마도 아직 살아 있는 걸로 밝혀지지 않았던가.

"휴우……."

만해는 다시 한숨을 쉬었다.

"집 다 무너지겠다, 이놈아! 괴물이 오늘 밤에 또 올 테니 너도 줄이나 잘 관리해 놔, 엉키지 않게."

권태기여서인가… 노승의 잔소리마저 듣기 싫었다.

차라리 우사귀와 얘기를 하고 싶었다. 만해는 거기에 생각이 미친 자신을 발견하곤 흠칫 놀랐다.

'그녀가 그립다니……?'

있어서는 안 될 감정이었다. 만해는 고개를 저으며 정신을 찾으려 했다.

만해가 내면의 자신과 갈등하는 사이 노승이 갑자기 자리를 털고 일어났다.

"어디 가시게요?"

옆에서 하릴없이 졸고 있던 한 반장이 같이 일어나며 물었다.

"그 괴물이 다시 올 때까지 하염없이 기다리고 있을 수만은 없잖소. 시간있을 때 혼월천검이나 슬슬 찾아봐야지."

노승은 만해를 보며 말했다. 만해는 노승의 왜 그러는지 알 것 같았다. 노승은 자신의 마음속에서 일어나는 갈등을 읽고 있었던 것이다.

무기도 없이 툴툴거리는 자신에게 전설 속의 무기인 영혼의 검, 혼월천검을 한시라도 빨리 찾아주고 싶어하는 것이리라.

'진작에 찾으러 갈 것이지…….'

그래도 여전히 툴툴거리며 만해는 자리에서 일어났다.

7

다시 돌아보는 집은 정말 넓고도 컸다.

안채 말고도 옛날에 하인들과 길손들이 묵었을 법한 사랑채가 따로 있었다. 그 사이로 대문이 또 있었고 그 사이에는 정원 길이 있어 바깥의 별채와 연결을 해주고 있었다.

그리고 그 정원 길에는 커다란 바위 하나가 놓여 있었다.

광은 별채에도 있었다. 비록 안채에 있는 것보다는 작은 크기였지만 한 집에 광이 몇 개씩 있다는 것은 정말 부의 상징과도 같은 것이었다.

일행은 고목나무 앞에 멈춰 섰다.

한 반장은 노승과 만해를 보며 말했다.

"이장님이 그러는데 저 고목나무에서 정말 많은 사람들이 목을 매달아 죽었다고 하더군요."

"나무아미타불."

그 말을 듣자 노승은 가만히 앉아 죽은 사람들의 천도를 비는 합장을 했다.

만해는 노승의 합장이 끝나기를 기다려 한 반장에게 물었다.

"그럼 베어버리지 왜 진작 안 베었대요? 보아하니 저주받은 나무 같은데."

"왜 안 그랬겠나? 동네 사람들이 그때마다 와서 베어버리려고 했는데 도끼로 찍거나 톱으로 나무 밑동을 대기만 하면 붉은 피가 나왔다고 하더군. 나무에서 피가 나오는 장면을 생각해 봐. 동네 사람들이 얼마나 공포에 질렸겠나? 게다가 그 나무에 손을 댔던 사람들은 모두 해를 넘기지 못하고 원인 모를 병에 걸려 시름시름 앓다가 죽었다더군. 그 이후로는 누구도 저 나무를 건드리지 못한다고 하더군."

그때였다.

갑자기 마 형사가 나무 위를 가리키며 소릴 질렀다.

"저기 이상한 게 있어요!"

일행은 마 형사가 손끝으로 가리키는 곳을 보았으나 아무것도 보이지 않았다.

마 형사는 일행이 아무것도 보지 못하자 답답한 듯 말했다.

"저기 저 나뭇가지가 이상하지 않아요? 꼭 사람이 길게 매달려 있는 것 같잖아요!"

그러나 일행은 마 형사가 가리키는 나뭇가지가 무엇인지 알아보지도 못했다.

"어딘데? 어디? 안 보이는데?"

일행이 버벅거리자 답답한 듯 마 형사는 고목나무에 매달려 오르기 시작했다.

"아미타불… 마 형사가 왜 저러는 겁니까?"

노승이 한 반장에게 물었다.

그러자 한 반장은 고개를 저으며 답했다.

"모르겠습니다. 저 친구가 특이하게 밤눈이 무척 밝은 것은 알고 있었는데 저 위에 있는 것까지 볼 정도로 밝은 줄은 몰랐네요."

일행은 한가로이 대화를 나누면서 마 형사가 하는 짓을 지켜보았다.

설마 나무 위에 정말 무엇이 있으리라고는 생각도 하지 못했다. 마 형사는 나무의 중간쯤 올라가더니 굵은 나뭇가지 하나를 손으로 건드렸다.

"어이! 어이!"

무슨 사람에게 하듯 나뭇가지를 건드리는 마 형사의 모습이 진지하다 못해 우스꽝스러워 보였다.

"더 이상 못 봐주겠군."

중얼거리며 한 반장은 위에 대고 소리쳤다.

"이봐! 마 형사, 그만 내려와! 그게 무슨 짓이야!"

쿵—

순간 뭔가가 땅에 떨어졌다.

"헉!"

일행은 마 형사가 떨어진 것으로 생각해 깜짝 놀라며 뒤로 물러섰다.

그러나 떨어진 것은 마 형사가 아니었다. 마 형사는 위에서 밑을 내려다보고 있었던 것이다.

떨어진 것은 나뭇가지였다. 좀 굵다 뿐이지 다른 나뭇가지와 별다를 게 없어 보였다.

"그놈 잡아요!"

마 형사가 위에서 외쳤다.

그러나 일행은 멀뚱한 눈길로 그런 마 형사를 바라보았다.

"나뭇가지를 뭐 하러 잡으려는 거……."

한 반장이 말을 하는 사이 나뭇가지가 갑자기 벌떡 일어났다.

"흐억!"

"아악!!"

일행은 놀라 비명을 질렀다. 벌떡 일어난 나뭇가지는 잠시 주위를 두리번거리더니 안채 쪽으로 뛰어가기 시작했다.

"뭐야, 저거?"

노승이 외쳤다.

마 형사가 나무 위에서 주르륵 내려오더니 일행에게 소리쳤다.

"사람이에요! 사람이 변신해서 있었어요!"

"뭐?"

믿기지 않았다. 사람이 저렇게 완벽하게 나뭇가지로 변신할 수 있다는 얘기는 무협소설에서나 봐왔던 일이었던 것이다.

일행이 머뭇거리는 사이 마 형사는 나뭇가지를 쫓아, 아니, 사람을 쫓아 안채로 달리기 시작했다.

"뭐가 어떻게 돌아가는 건지 원!"

그러나 어쨌든 나뭇가지인 줄로 알았던 것이 벌떡 일어나 달려간 것으로 미루어볼 때 마 형사의 말대로 사람일 가능성이 농후했다. 나뭇가지가 뛸 순 없는 일이니까 말이다.

노승도 중얼거리며 허공질주를 해 공중으로 날아올랐다.

안채로 뛰어들어 온 일행이 그 안에서 본 것은 노승과 만해가 덮고 자던 거적때기뿐이었다.

"어떻게 된 거죠?"

뒤늦게 도착한 한 반장이 물었다.

"분명히 이 안으로 도망쳤는데 안 보이는군. 이미 도망간 것 같은데."

"아니, 그 사람이 어떻게 나뭇가지로 변장을 하고 있었던 거죠?"

지금 한 반장에게 궁금한 것은 자신들에게 해를 끼치지도 않은 그 괴인의 행방에 대한 것이 아니라 그 괴인이 어떻게 나무와 똑같이 변신해 매달려 있었는지였다.

"그게 바로 일본 닌자들이 즐겨 쓰던 은형무(隱形無)라는 술법 무공이네. 그러나 그건 일본 닌자만이 쓰던 게 아니야. 우리 나라에도 전래에 그런 수를 쓰던 무사들이 존재했던 걸로 알려져 있지. 그리고 그들의 전신들이 일본으로 건너가 닌자의 시초가 된 것이네."

"예? 닌자는 일본 전래의 암살 집단의 이름 아닌가요?"

"지금은 많이들 그렇게 알고 있지만, 일본의 니코에도무라라는 곳에 가면 닌자 박물관이 있는데 그곳에는 분명 우리 나라에서 건너가 시작되었다는 증거가 쓰여 있는 비문이 있네."

"그래요?"

"그렇지. 우리 나라 무사들을 본따 자기만의 스타일로 만든 것이 바로 닌자야."

"그럼 방금 마 형사가 떨어뜨린 그자가 닌자의 후예란 말인가요?"

"그건 알 수 없지만, 은형무 같은 닌자의 수법을 쓰는 걸로 봐선 그런 것 같군. 지금 이 방에 안에서 우리 얘기를 듣고 있을지도 몰라."

노승의 말에 섬뜩해진 일행은 주위를 살폈다. 특히 마 형사는 번뜩이는 눈을 하고 방 안을 샅샅이 뒤졌다. 그러나 어디에서도 괴인의 흔적은 발견되지 않았다.

"이미 밖으로 나간 모양입니다."

마 형사가 안타깝다는 듯 말했다.

"누구였을까요?"

만해가 노승에게 물었다.

"음… 누구였는 게 중요한 게 아니라 왜 거기서 우리를 염탐하고 있었는지가 더 중요한 문제 같군. 귀신이라면 오히려 이해를 하겠는데 사람이라면 이야기가 다르지. 우리가 귀신이나 괴물 말고도 사람과도 싸워야 할지 모르니까 말이야."

노승의 말이 계속될수록 만해의 머리는 더욱 복잡해져 갔다.

원래 목적은 누나에게서 집에 대한 이야기와 가족에 대한 이야기를 들은 뒤 단순히 자신의 집에 와보고 또 혼월신검을 찾기 위해 시작된 일이었다.

하지만 이곳에 온 첫날부터 사건의 연속이었다. 예상치 못했던 첫사랑을 만나고 급작스레 출연한 괴물과 일전을 벌였다. 그것만으로도 감당하기 벅찬데 수상한 괴인까지 그 속에 낀 것이다.

그때였다.

쿵!

어디선가 엄청난 소리가 났다.

"무슨 소리야?"

노승 일행은 누가 먼저라고 할 것도 없이 소리가 난 곳으로 달려갔다.

그곳은 안채와 별채를 이어주는 중간에 있는 정원이었다.

정원에 도착한 일행은 커다란 바위의 위치가 바뀌어 있는 것을 알아챘다.

조금 전에 탐색할 때와는 전혀 다른 위치에 놓여져 있었던 것이다.

일행이 바위를 보는 사이 노승은 바위가 원래 있던 곳으로 다가갔다.

"으음……!"

노승은 바위가 있던 자리를 보고 외마디 신음 소리를 냈다. 모두들 노승 옆으로 다가와 같은 곳을 보았다. 경악으로 모두의 눈이 동그랗게 변했다.

바위가 있던 곳의 땅이 뻥 뚫려 있었기 때문이다.

그리고 그곳에는 한 사람이 들어갈 만한 작은 구멍이 생겨 있었다.

"이, 이게 뭐지요?"

한 반장이 노승을 보며 물었다.

노승은 고개를 흔들며 답했다.

"글쎄요… 구멍이 뚫렸으니 땅굴이겠죠. 아, 그리고 자꾸 내게 묻지 마시오. 나도 잘 모르는 거 자꾸 물으면 민망하니까 그냥 웬만한 것은 보이는 대로 보시오."

계속되는 한 반장의 질문에 지쳤는지 노승은 성의없게 대답했다.

무안해진 한 반장은 입맛을 쩝쩝 다시며 뒤로 물러섰다.

"누구 라이터 가진 사람 없소?"

"여기요!"

노승이 묻자 마 형사가 일회용 라이터를 꺼내주었다.

라이터를 건네받은 노승은 불을 켠 뒤 고개를 집어넣어 구멍 속을 들여다보았다.

불빛이 들어간 구멍에는 계단이 보였다.

좀 부실해 보였으나 어쨌든 사람이 인공적으로 만든 계단이 분명했다.

"음……."

노승은 신음 소리를 내며 여기저기를 살피다가 고개를 들었다.

"뭐가 보입니까?"

한 반장은 자기가 하고 싶은 질문을 박 형사를 툭툭 쳐서 하게 했다.

그러나 노승은 고개를 저으며 답했다.

"계단이 있긴 한데… 그 이상 아무것도 알 수 없구려. 한번 들어가서 살펴보는 수밖에."

말을 마친 노승은 옆에 서 있는 만해를 보았다.

"들어가 볼까?"

만해는 정체를 알 수 없는 구멍 속으로 들어간다는 게 내키지 않았으나 어쨌든 그곳도 자신의 집의 일부라는 데 생각이 미치자 고개를 끄덕였다.

게다가 이 구멍이 어제 우사귀가 말한 비밀 지하실일런지도 몰랐다.

노승은 한 반장에게 말했다.

"저 바위를 누가 치웠는지 모르지만 아마 우리보고 내려오라는 뜻일 거요. 그가 원하는 대로 내려가 보리다. 형사 분들은 이곳에서 기다리시오."

"함정 아닐까요?"

"아미타불… 함정이라고 하기엔 너무 눈에 뻔히 보이지 않소? 아마 무슨 뜻이 있어 이렇게 한 것일 테니 어디 원하는 대로 진행을 해보리다."

"그래도 위험할 텐데……."

한 반장은 걱정스러운 얼굴로 연신 중얼거렸다. 노승은 그런 한 반장을 보며 미소를 띠었다.

"우리가 위험한 일을 한두 번 겪어보았소? 다 하늘의 뜻일 테니 걱정 마시오. 차에 휘발유 있죠. 그것 좀 빼서 준비해 주시고 마 형사님은 옷 좀 벗어서 저 나무토막에 묶어주세요. 그것을 횃불 대용으로 써야 하니까요."

"하필이면 내 옷을… 전에도 다 찢어졌는데……."

비싼 옷을 즐겨 입는 마 형사가 불만스럽게 투덜거렸다.

마 형사의 불만에 전혀 개의치 않고 노승이 말한 대로 분주히 움직이며 일행은 아래로 내려갈 준비를 끝마쳤다.

옷을 둘둘 만 횔횔 타오르는 장작을 들고 노승이 먼저 구멍 안으로 들어갔다.

그 뒤를 따라 구멍 안으로 들어가던 만해는 내려가기 전 머리를 삐죽 내밀고 사람들에게 당부의 말을 했다.

"참! 아무리 목이 말라도 우물물은 먹지 마세요!"

말을 마친 만해의 머리가 쏙 내려가자 마 형사는 옆에 있던 박 형사에게 물었다.

"왜 그러지?"

"뭘?"

"우물물을 왜 먹지 말라는 거냐고?"

"낸들 아나! 뭔가 이유가 있겠지."

"난 벌써 먹었는데. 짭짤하니 맛있더구만."

마 형사는 심각한 표정으로 배를 부여잡고 노승과 만해가 사라진 구멍 쪽을 바라보았다.

불을 밝혀 구멍 안으로 들어온 노승과 만해는 안으로 들어갈수록 구멍이 점점 넓어지는 것을 느꼈다.

게다가 부실해 보였던 계단도 아래로 내려올수록 미끈하게 잘 닦여 있었다.

"불안하냐?"

아무 말 없이 노승의 뒤를 따르고 있는 만해에게 노승이 물었다.

"아니요. 이곳이 왜 만들어졌을까 생각하고 있었어요. 어쨌든 저희 조상 중에 누군가가 만든 거잖아요?"

"그렇겠지."

"근데 왜 커다란 바위 밑에 숨겨놓았을까도 의심스럽고, 또 지금 누군가가 우리를 이곳으로 들어오게 한 것도 의심스럽고……."

"글쎄, 원래 여길 막고 있던 거대한 바위 같은 경우는 그 자체에 강력한 에너지를 가지고 있단다. 그래서 집 안에 거주하는 사람들에게 상서로운 기운을 미치는 경우가 많지. 예부터 잘되는 집안의 종손 집에는 커다란 바위가 하나쯤은 있기 마련이었지. 아마 저 바위도 그런 용도에서 있었을 거다. 물론 여길 왜 막고 있었는지는 모르겠지만."

"그렇군요."

노승과 만해가 이야기하며 걷는 동안 계단은 끝이 났다.

계단을 내려서자 그들의 눈에 보인 것은 쇠기둥으로 만들어진 커다란 감옥이었다.

감옥 하나가 불빛 안에 비춰진 것이다.

그 앞에는 불을 밝힐 수 있는 심지가 있어서 노승은 장작불을 그곳에 갖다 댔다.

화르르—

불이 옮겨 붙었다.

동시에 주위가 환해졌다.

"세상에……!"

노승과 만해는 눈을 동그랗게 뜨며 경악했다. 감옥이 눈에 보였던 것 하나만이 아니었던 것이다. 어림잡더라도 이십여 개나 되는 감옥이 그 안에 있었다.

"이게 다 뭘까요?"

"글쎄."

노승은 고개를 저으며 걷기 시작했다.

비록 지하에 위치한 감옥이었지만 감옥 하나하나가 왼편, 오른편 그렇게 양 옆에 위치한 것이 현대화된 감옥의 형태를 유지하고 있었다.

그리고 감옥 안에는 갖가지 고문 도구가 널려 있었다.

그것은 독립기념관에 있는 일본 놈들의 고문 기구와 비슷했다.

순간 만해의 머리 속으로 불빛이 번쩍 지나갔다. 어디선가 본 듯한 기시감(旣視減)이 나타난 것이다.

만해는 그 자리에 우뚝 섰다. 만해의 머리 속으로 잊혀졌던 기억이 필름처럼 돌아가기 시작했다.

아버지의 모습이 보였다.

그랬다. 몇 년 전 아버지를 따라서 만해는 이 지하실에 내려온 적이 있었다.

아버지의 얼굴엔 처음 들어오는 터라 호기심과 함께 약간의 두려움이 나타나 있었고, 중학생이던 만해는 첫사랑이던 우사귀와 몰래 놀 수 있는 공간을 발견했다는 생각에 들떠 있었다.

그러나 이곳에서 본 물건에 만해는 좌절할 수밖에 없었다.

일본 국기가 걸려 있었고 독립투사들을 고문했던 고문 기구들이 방마다 즐비했다.

심지어 해골이 굴러다니는 방도 있었다.

어린 나이였던 만해는 충격을 받았다. 자신의 집안이 일제 때 독립투사를 잡아와 가두고 고문하는 데 일조를 했다는 데 생각이 미친 것이다.

만해는 아버지의 옷을 잡았다. 뒤를 돌아본 아버지도 같은 생각을 하고 있는지 충격을 받은 표정이었다.

만해의 귀에 고문당하는 독립투사들의 신음 소리가 들리는 듯했다.

더 이상 견딜 수가 없었다. 만해는 밖으로 뛰쳐나갔다.

그리고 대문을 박차고 밖으로 뛰쳐나갔다. 어디로 가려는 것인지 알지 못했다.

일제 시대의 앞잡이가 조상이라니…….

그저 이 끔찍한 사실을 피할 수 있는 곳이면 어디든 상관없었다.

쿵—

앞을 보지 않고 달리다가 논두렁에 세워둔 경운기에 몸이 부딪쳤다.

워낙 빨리 달려와서인지 만해의 몸은 허공으로 붕 날았다. 그리고 머리부터 땅으로 떨어졌다.

만해의 기억은 거기까지였다.

만해는 비로소 해만이었던 자신이 왜 고아가 되어 떠돌아다니고 만해란 이름을 붙인 채 산중에서 도를 닦고 있었는지 알 수 있었다.

과거가 기억나지 않았지만 자신의 조상이 지었던 죗값을 고행을 통해서라도 보상하려 한 것이었다.

무의식적인 행동들이었지만 결국 다 이렇게 연결이 되어 있었던 것이다.

만해가 꼼짝 않자 노승이 다가와 툭 쳤다.

헉! 소리를 내며 만해가 상념에서 깨어났다.

"왜 그래?"

노승의 물음에 만해는 고개를 저었다.

"아무것도 아니에요. 뭐 있어요?"

"글쎄, 뭐 별거 없는데. 그나저나 여긴 옛날에 독립투사들을 잡아와 고문했던 장소 같군."

"……."

만해는 노승의 말이 자신의 아픈 곳을 건드리자 가슴이 아팠으나 내색하지 않았다. 노승은 자신이 한 말에 별로 신경 쓰지 않는 듯 앞으로 나아갔다. 그리고 맨 끝 방에 다가서더니 소리를 질렀다.

"검이다!"

"옛?"

만해는 노승이 가리키는 곳을 보았다. 마지막 감옥의 한가운데 정말 커다란 검이 하나 꽂혀 있었다. 횃불에 반사되어 날카로운 날이 반짝거리고 손잡이의 문양이 검소하면서도 화려한 것이 척 보기에도 명검 같아 보였다.

"검이야! 혼월천검이 여기 있었군. 이거 너무 쉽게 찾았는데."

"저게… 혼월천검?"

만해는 쇠창살에 얼굴을 가까이 대며 검을 다시 바라보았다.

8

노승과 만해가 구멍 안으로 들어간 뒤 한 반장 일행은 그 자리에서 빈둥거리고 있었다.

마 형사가 하품을 하다 말고 한 반장을 보며 말했다.

"이거 너무 심심한걸요. 같이 들어가 볼 걸 그랬나 봐요."

그러나 한 반장은 고개를 저으며 말했다.

"이곳에서 안에 들어간 분들을 지켜줄 사람도 있어야지. 그리고 뭔가 이상해. 나는 자꾸 함정 같은 생각이 드는걸."

"함정이지요. 그렇지 않고서야 누가 저 바위를 손수 치워주겠어요. 그리고 노승께서도 그걸 알고 들어가신 것 아니었나요?"

나름대로 논리적인 박 형사가 말했다.

"그렇긴 한데… 너무 불안해."

한 반장의 말이 끝나기가 무섭게 마 형사는 주위를 둘러보며 몸을 으스스 떨었다.

"아, 정말 이상한 집이네. 금방이라도 귀신이 나올 것 같으니 이거 원 불안해서 있을 수가 있나."

"아까 듣지 못했어? 이곳에 귀신들이 많이 있다는 얘기?"

"듣긴 들었죠. 근데 아무 때나 나타나지 않는다면서요?"

"누가 그래? 여기 귀신은 아무 때나 나타나서 고추 떼어간다고 하더라."

한 반장이 얼굴에 미소를 지으며 마 형사를 놀렸다.

"예에? 아 반장님도 참 애들같이!"

그때였다.

부릉부릉—

버스의 엔진 소리가 커다랗게 들려왔다.

엔진 소리는 점점 커지더니 끼이이익 하는 브레이크 밟는 소리가 나며 잠잠해졌다.

한 반장 일행은 긴장한 얼굴로 서로를 바라보았다. 그리고 팔을 들어 시계를 보았다.

밤 12시를 조금 넘기고 있었다.

"이 시간에 여기를 오는 사람이 있다니?"

한 반장이 담장 너머로 목을 빼고 안채 쪽을 보았다.

저 멀리서 대문 열리는 소리가 먼저 들리더니 난데없이 사람들의 왁자지껄한 말소리가 들리기 시작했다. 한두 명이 이야기하는 것이 아니라 수십 명이 한번에 떠드는 소리였다.

그리고 그것보다 더 한 반장을 놀라게 한 것은 그들의 말이 우리 나라 말이 아니었다는 점이었다.

그들은 일본말로 이야기를 하고 있었던 것이다.

이윽고 한 반장의 시선에 그들의 모습이 보이기 시작했다. 한국에 관광 온 관광객들의 전형적인 모습들이었다. 그들은 안채에 들어가 사진을 찍고 삼삼오오 모여 집 안 여기저기를 다니기 시작했다.

"저게 뭔 일이랴?"

한 반장 옆에서 고개를 죽 빼고 올려다보던 마 형사가 중얼거렸다.

갑작스런 일에 어떻게 대응해야 할지 갈등하는 사이 앞쪽에서 낯익은 목소리가 들렸다.

"이 사람들이! 여기가 어딘 줄 알고!"

이장이었다.

밤에 잠을 자다가 마을 앞을 지나 흉가 쪽으로 향하는 관광버스를 본 누군가의 제보로 달려온 모양이었다.

그러나 이장의 외침에 관심을 갖는 사람은 거의 없었다. 일단 말이 안 통하니 당연한 일이었다. 하지만 이장이 워낙 큰 소리로 고래고래 소리를 지르자 관광객들을 인솔해서 온 가이드로 보이는 사람이 앞으로 나섰다.

"누구시죠?"

"나 이 동네 이장이오! 여기가 어딘 줄 알고 저 사람들을 데려온 거요?"

"아, 그러세요. 지금 일본 관광객들을 대상으로 흉가 체험을 하고 있습니다."

"흉가 체험? 당신 진짜 흉가 맛을 보고 싶어서 그래? 여기에 들어오면 다 죽어! 다 죽는다고!"

이장은 계속해서 고래고래 소리를 질렀다. 그러나 가이드는 흥분하지 않고 침착하게 대응하고 있었다.

"아, 예… 이리로 잠깐만."

가이드는 미소 지으며 이장을 한쪽으로 유도했다.

담 너머로 보고 있는 한 반장 밑 쪽의 담벼락으로 이장을 데리고 온 가이드는 뒤를 보고 아무도 자신들을 보고 있는 사람이 없다는 것을 확인한 뒤 한 손으로 이장의 목을 움켜잡았다.

"컥! 뭐, 뭐야? 컥컥!"

손으로 자신의 목을 잡은 손을 떼어내려 반항하는 이장을 보는 가이드의 눈이 순간적으로 붉게 빛났다. 그리고 씩 미소를 지었다. 그 덕분에 뾰족한 이빨이 드러났다. 가이드는 음침한 목소리로 말했다.

"죽고 싶지 않으면 빨리 집에 기어들어 가 잠이나 자!"

갑작스런 가이드의 변화에 이장의 얼굴은 공포로 창백해졌다.

가이드는 이장의 목을 쥔 손을 놔주었다. 이장은 목을 부여잡고 캑캑거리며 땅바닥을 기었다. 살짝 잡은 것 같은데 이장에게는 엄청난 힘이 가해진 것으로 보였다.

한참을 엎드려 숨을 들이마시던 이장은 뒤도 돌아보지 않고 대문 밖으로 뛰어나갔다.

그 모습을 지켜보던 가이드는 갑자기 고개를 휙 돌려 담장 위를 보았다.

순간 담장 위에서 몰래 눈만 내밀고 그 광경을 지켜보던 한 반장과 눈이 딱 마주쳤다.

"헉!"

한 반장은 외마디 비명을 질렀다. 가이드는 한 반장을 향해 씨익 미소를 짓더니 다시 관광객들이 있는 곳으로 다가가기 시작했다.

한 반장은 담장에서 목을 뺀 뒤 기대어 앉았다.

"뭐야, 저거?"

옆에서 같이 보고 있던 마 형사도 혼잣말을 하며 한 반장 옆에 쪼그리고 앉았다.

"저놈, 저거 우리 봤죠?"

한 반장은 고개를 끄덕였다.

"어? 그런데 왜 놀라지도 않지?"

한 반장은 고개를 저었다. 뭔가가 이상했다. 이 야밤에 흉가 체험이라며 관광 온 저 일본 사람들도 이상했지만 가장 이상한 것은 저 가이드였다.

왠지 기분이 안 좋았다. 분명 그 가이드는 담장 위에 고개를 내밀고 있었던 자신들을 보았다.

하지만 마치 처음부터 자신들이 거기 있다는 것을 알고 있었다는 것처럼 여유있게 미소까지 띠며 넘어간 것이 심상치 않았다.

그리고 자신들이 있는 이곳이나 안채를 제외한 곳으로 향하는 관광객들을 철저히 통제하고 있었다.

한 반장은 아무리 생각해도 지금 이 소동이 왜 벌어지고 있는지 알 수 없었다.

"그냥 우린 저 구멍이나 잘 지키자!"

그랬다. 지금은 별수없었다. 그들이 할 수 있는 건 그저 노승과 만해가 무사히 돌아오기만을 바랄 뿐이었다.

끼이익—

노승과 만해는 감옥의 문을 열었다.

감옥의 한쪽 벽에는 큼지막한 일장기가 걸려 있었다.

만해의 가슴은 다시 한 번 암담해졌다. 자신의 집 지하에 이런 일본인들의 아지트가 있었다니…

우사귀에게 대강 이야기는 들었지만 막상 직접 보니 집을 다시 찾은 것이 후회될 정도였다.

그런 자신의 마음을 알기라도 하듯 노승은 만해를 잡아끌었다.

"저, 저 검을 뽑아라!"

혼월천검에 다가가던 만해는 지난번에 꾸었던 꿈이 생각났다.

지난번 누나를 만나기 전 귀신에게 쫓기다가 우연히 빠져 들어간 구멍에서 검을 발견하고 그 검을 뽑는 내용의 꿈을 꾼 적이 있었다.

길몽이라 믿었던 그 꿈 때문에 로또를 샀다가 돈을 다 날려 먹은 아픈 기억이었다.

그러고 보니 꿈과 비슷한 부분이 또 있었다. 그때도 아래로 떨어져 검을 뽑았는데 이번에도 지하실에 내려오지 않았던가?

만해는 정말 예지몽을 꾸었던 것이다.

떨리는 가슴을 진정하고 만해는 검으로 다가갔다.

검은 만해가 다가오자 웅웅 하는 소리를 내기 시작했다. 만해는 노승은 돌아보았다.

"검이 주인을 알아보는 게야!"

만해는 손을 뻗어 검의 손잡이를 잡았다. 스스로의 희생에 의해 만들어지고 오직 선택된 자에게만 뽑힌다는 검이었다.

눈을 감은 만해는 있는 힘을 다해 검을 뽑았다.

스르릉.

검이 뽑히는 소리와 함께 이상한 울림 소리가 들리면서 지하실 전체가 흔들리기 시작했다.

동시에 노승이 들고 있던 모닥불이 꺼졌다.

순식간에 주위는 아무것도 보이지 않을 정도의 암흑 천지로 변했다.

"뽑았냐?"

어둠 속에서 노승의 목소리가 들렸다.

"예, 쉽게 뽑히는데요."

"그게 너니까 쉽게 뽑혔지, 딴사람 같으면 용을 아무리 써도 못 뽑았을 거다. 어때든 일단 밖으로 나가자. 한데 이게 도대체 무슨 일이지?"

그러나 두 사람이 나가는 것은 뜻대로 되지 않았다. 이상한 울림 소리가 들리더니 뭔가가 그들을 덮쳐 온 것이다.

이러저런 생각에 잠겨 구멍만 쳐다보고 있던 한 반장은 갑자기 지축이 흔들리는 것을 느꼈다. 바위에 기대 있던 몸도 휘청거렸다.

"어어?"

박 형사와 마 형사 역시 몸이 흔들거리는 것을 느끼며 서로를 바라보았다.

구멍 안에서 이상한 울림이 들려왔다.

울림 소리는 점점 더 커졌다.

짐승의 울부짖음도 아니고 사람의 울부짖음도 아니었다. 마치 악마들이 울부짖는 듯한 괴음이었다.

땅은 점점 더 많이 흔들리고 정원에 있는 말라죽은 나무들도 마구 흔들리고 있었다.

순식간에 주위는 아수라장이 되어버렸다.

안채에서는 관광객들이 지르는 비명 소리와 호들갑을 떠는 일본말이 뒤섞여 세기 말적인 분위기를 연출하고 있었다.

"지진인가 봐요!"

박 형사가 외쳤다.

"우리도 어디 안전한 곳으로 빨리 피해요!"

마 형사는 재촉했으나 한 반장은 오히려 구멍 쪽으로 다가갔다.

"두 분이 나오기 전까진 어디에도 갈 수 없어!"

한 반장의 말이 끝나자마자 구멍 속에서 머리가 불쑥 올라왔다.

만해의 머리였다.

"어……."

반가운 마음에 한 반장이 뭐라고 할 틈도 없이 만해는 재빨리 빠져나온 뒤 뒤로 손을 내밀었다.

"빨리 잡으세요."

노승이 만해의 손을 잡고 뒤이어 나왔다.

두 사람은 나오자마자 누가 먼저랄 것도 없이 멍청히 서 있는 한 반장 일행에게 외쳤다.

"빨리 이 구멍을 막아요!"

노승과 만해는 옆에 있는 바위로 재빨리 다가가 밀기 시작했다. 그러나 워낙 큰 바위인지라 조금 움찔거릴 뿐 두 사람이 움직이기엔 힘이 턱없이 부족했다.

"빨리 이리 와서 거들어요!"

당황한 채 있던 세 사람은 만해의 외침에 이것저것 생각할 겨를도 없이 달려가 바위를 밀기 시작했다.

모두의 힘이 합쳐서인지 바위가 조금씩 움직이기 시작했다.

"조금만 더! 영차!"

다시 한 번 구령 소리와 함께 바위를 밀었다.

드디어 힘에 탄력을 받은 바위가 구르기 시작하더니 구멍이 있는 자리까지 그리 힘들이지 않고 옮겨졌다.

쾅!

구멍을 막자마자 바위 밑에서 뭔가가 부딪치는 소리가 났다.

한 반장은 놀라며 숨을 고르고 있는 노승을 바라보았다.

"뭐지요?"

노승은 고개를 저으며 말했다.

"모르겠소. 어둠 속에서 갑자기 뭔가가 뒤쫓아와서 마구 도망쳐서 올라온 거니까."

"어떻게 그런 일이……?"

"글쎄, 만해가 들고 있는 저 검을 뽑으니까 갑자기 이 사단이 발생한 것 같긴 한데."

"검요?"

한 반장은 만해의 허리춤에 차고 있는 검을 보았다.

비록 검집은 없었지만 이 밤에도 환한 광채가 나고 있었다. 손잡이에는 멋진 문양이 있는, 딱 보기에도 명검티가 물씬 풍기는 검이었다.

"으아악!"

안채에서 남자의 비명 소리가 들려왔다.

"엉? 저건 무슨 소리야?"

노승이 묻자 한 반장은 어깨를 으쓱하며 답했다.

"모르겠어요. 아래로 내려가신 지 얼마 안 돼서 흉가 체험을 한다고 온 사람들인데 이 난리통에도 안 빠져나가고 저기서 비명만 지르고 있네요."

"허, 이상하군."

땅은 점점 더 심하게 흔들리고 있었다.

아래에서는 바위를 쿵쿵쿵 치는 소리가 점점 더 크게 들려오고 있었다. 바위가 움찔거리며 흔들릴 정도였다.

그때 안채와 연결된 문이 활짝 열렸다.

그리고 한 사람이 천천히 걸어 들어왔다.

그를 본 노승과 한 반장은 동시에 말을 내뱉었다.

"아니, 너는?"

"아니, 당신은?"

두 사람은 서로 바라보았다. 먼저 입을 연 것은 노승이었다.

"저 괴물을 알아요?"

"괴물이라니요? 저 사람은 저 안에 있는 일본인 관광객들을 데리고 온 가이드인걸요."

사내는 가이드이자 노승과 어젯밤에 난투극을 벌인 괴물이었다.

그는 상반된 시선으로 자신을 바라보는 두 사람을 번갈아 보더니 웃음을 터뜨렸다.

"하하하하하! 모든 게 계획대로 착착 진행되고 있군!"

한참을 웃던 사내는 만해의 허리춤에 차고 있는 검을 보더니 한 번 더 크게 웃었다.

"바보 같은 것들! 봉인을 그렇게 쉽게 풀어주다니! 역시 모자란 놈들은 다르다니까."

"봉인이라니?"

노승이 다급하게 물었다.

"너희들이 들어갔던 지하는 저주받을 혼월신검에 의해 우리의 주군이신 히데야시께서 봉인당해 50여 년을 누워 계시던 곳이다. 그 봉인을 깨뜨리는 방법은 오직 하나, 주군을 억제하고 있던 혼월신검을 뽑는 것이지!"

"혼월신검을 뽑는 것? 그렇다면 혼월신검은 선택당한 자만이 뽑을 수 있다는 것을 알고 있었을 테니…….”

노승은 만해를 보았다. 이곳에 있는 혼월신검은 만해에게만 뽑고 사용할 수 있도록 선택된 것이었다. 그렇다면 만해가 이곳에 온 것은 우연이 아니라는 이야기였다.

“그렇지! 이제 머리가 좀 돌아가는군. 이 모든 것은 다 계획된 거라고 할 수 있지.”

노승과 만해는 경악을 했다.

“그럼 지금 무슨 일이 벌어지는 것이냐?”

“뭐? 지금 이것? 드디어 히데야시 주군께서 깨어나시는 중이지. 그의 위대한 병사들과 함께! 하하하!”

“저 바위를 옮겨놓은 것도 바로 너였군?”

“그렇지!”

“그럼 우리가 검을 가지려고 한다는 사실도 알고 있었겠지?”

“당연하지. 처음엔 저 모자라 보이는 친구가 이 박씨 집안에 남아 있는 유일한 종손일 거라는 생각은 꿈에도 하지 못했지. 내가 저놈을 찾아 헤맨 게 몇 년인데……. 이렇게 제 발로 걸어들어 올 줄 알았으면 그 고생을 하지 않는 건데…….”

바위를 옮겨놓고 지하로 내려가서 혼월신검을 찾게 한 것이 분명 음모일 거라는 생각을 하지 않은 건 아니지만 그 일로 인해 봉인되었던 누군가가 깨어난다는 말에 노승의 마음은 편치 않았다.

“이제 너희들을 죽여야겠다. 부활하시는 주군과 이제부터 할 일이 많거든!”

그때 가만히 있던 만해가 앞으로 나섰다.

“잠깐! 한 가지 알고 싶은 게 있다! 이 혼월신검에는 누구의 영혼이 봉인되어 있는 거지?"

만해의 질문에 괴물은 잠시 어리둥절하더니 입을 열었다.

"뭐야? 그것도 모르고 있었단 말이야?"

"뭐, 어쩌다 보니 그렇게 됐다."

"음… 그 검에는 네 고조할아버지의 영혼으로 만들어진 검이다! 네 고조할아버지가 히데야시 주군을 죽인 뒤 그의 영혼이 악마와 계약이 되어 있다는 사실을 알고 스스로의 목숨을 검에 불어넣은 거지. 이제는 다 부질없는 짓이지만 말이다. 크크크……."

만해는 가슴이 쿵 내려앉았다.

고조할아버지라면 일제 시대 분이었다. 그런 분이 일본의 장수인 히데야시를 죽이고 나중을 위해서 스스로도 봉인할 정도라면……. 어떻게 돌아가는 건지 아직 정리가 되지 않았지만 최소한 자신의 핏줄은 매국노는 아니라는 말이었다.

괴물의 눈동자가 붉게 타오르기 시작했다. 그리고 음침한 목소리로 입을 열었다.

"자, 그럼 모두……."

괴물의 말이 계속되려는 순간 검이 다시 웅웅거리기 시작했다. 아까 검을 뽑기 전과 같이 울기 시작하는 것이다.

이상하게 생각한 만해는 검에 손을 댔다.

파팟!

순간 만해의 몸에 짜릿한 전류가 흘렀다.

그러자 만해의 눈에 보이던 괴물과 일행의 모습이 사라지고 이상한 광경이 보이기 시작했다.

달이 떠오르고 있었다.

한 노인이 검을 들고 어디론가 급하게 달려가고 있었다.

그 뒤를 일본 군복을 입은 병사들이 뒤쫓고 있었다.

노인이 서둘러 향한 곳은 바로 만해의 집, 바로 이곳이었다.

하지만 집은 지금처럼 흉가가 아니었다. 잘 정리가 된, 사람 냄새가 물씬 나는 집이었다.

집에 도착한 노인은 비밀리에 만들어둔 지하로 서둘러 내려갔다.

지하에는 온갖 고문 도구들이 있었고 처참한 몰골의 일본군들이 감옥 여기저기에서 뒹굴고 있었다. 그 감옥의 끝 방! 그곳에는 눈빛이 검게 빛나는 일본군이 있었다.

그가 바로 히데야시였다.

히데야시는 쇠사슬에 묶여 있었으나 노인이 들어온 것을 보고, 그리고 뒤따라온 일본군들을 보고 미소를 지었다. 악마 같은 미소였다.

"나는 이곳에서 나가면 조선 팔도의 인간들을 모조리 죽여 버리겠다!"

그가 노인을 보며 음산한 목소리로 말했다.

히데야시는 인간 실험으로 악명 높은 731부대의 마루타 담당 고위 장교였다.

그는 특히 대한민국의 주요 인사들을 납치해 끔찍한 실험을 한 뒤 죽이는 과정을 총괄하고 있는 인물이었다.

그리고 노인은, 아니, 만해의 고조할아버지는 퇴마를 전문으로 해서 벌어들인 부(副)를 바탕으로 친일파처럼 행동하면서 일본군의 요직에 있는 인물들을 납치해 갖가지 정보를 알아내고 죽이는 일을 하고 있던, 음지에서 활동하는 독립운동가였던 것이다.

그에게 얼마 전에 잡힌 것이 바로 악마에게 영혼을 팔았다는 소문이 자자한 히데야시였다.

그러나 히데야시를 고문해 마루타 부대의 비밀 정보를 캐내기 전에 히데야시의 행방을 쫓던 731부대 산하 일본군이 고조할아버지에 대한 정보를 알게 되어 지금 이렇게 쫓기고 있는 것이었다.

군화 소리가 점점 늘어나고 있었다.

좁은 지하실에 일본군들이 가득 차기 시작했다.

그 앞에 고조할아버지가 검 하나를 들고 대치하고 있었고 그 앞에는 히데야시가 악마 같은 미소를 지으며 쇠사슬에 묶여 있었다.

"빠가야로! 넌 이제 죽었어!"

히데야시는 음침한 목소리로 고조할아버지께 중얼거렸다.

고조할아버지는 점점 자신에게 다가오는 일본군들에게 밀려 히데야시가 있는 벽 쪽으로 다가갔다.

검을 든 고조할아버지는 결연하게 외쳤다.

"내 너를 죽인 후 같이 죽으리!"

고조할아버지의 검이 허공을 가르자 히데야시의 뱃가죽은 찢겨 너덜거렸다.

히데야시는 자신의 찢긴 뱃가죽을 내려다보며 중얼거렸다.

"나는 악마에게 불사의 몸을 약속받았다. 이까짓 육신쯤은 아무것도 아니다. 언젠가 부활해 너희 자손에게, 그리고 너희 민족에게 이 대가를 치르게 하겠다!"

"……!"

탕! 탕! 탕!

히데야시의 말이 끝나기 전 총소리가 요란하게 들려왔다.

고조할아버지의 몸을 노리고 쏜 것이었다.

수십 발의 총탄을 맞고도 만해의 고조할아버지는 쓰러지지 않고 그 자리에 우뚝 서 있었다. 입으로는 중얼거리듯 뭔가 주문을 외우고 있었다.

죽음을 각오하고 있었지만 히데야시의 마지막 말이 고조할아버지를 죽음으로 몰아가지 못하게 한 것이다. 순간 고조할아버지의 몸에서 빛이 나더니 들고 있던 검으로 몰려들었다.

어느새 고조할아버지의 모습은 사라지고 검만 남아 공중으로 날아올랐다.

검은 공중을 자유자재로 날아다니며 어리둥절해하고 있는 일본 병사들을 차례로 베기 시작했다.

"으아아!"

"으악!"

지하실 안이 처절한 비명 소리로 가득 찼다. 검에 스치는 일본 병사들은 몸이 터지듯이 쪼그라들면서 검은 안개처럼 변해 주위를 떠돌기 시작했다.

순식간에 지하실 안의 병사들을 다 베어버린 검은 죽은 히데야시의 심장으로 총알같이 지나갔다.

"윽!!"

아직 살아서 저주를 내뱉고 있던 히데야시는 단말마의 비명을 내지르고 마침내 숨을 거두었다. 그 심장 부분을 뚫고 나온 검끝에는 검은색의 안개 같은 것이 걸려 있었다.

검은 그 검은색의 안개를 그대로 가지고 감옥 안으로 날아가 땅에 스스로 박혔다.

고조할아버지의 영혼을 담은 검! 바로 혼월신검이 만들어진 것이다.

동시에 악마와 계약한 히데야시의 영혼도 혼월신검에 의해 봉인된 것이다.

또한 일본 병사 수십 명의 영혼이 묻혀 있는 집이 된 것이다. 이후 넘쳐 나는 음기로 말미암아 이 집에는 갈 곳 없는 원귀들이 모여드는 곳이 되었다.

그 뒤로 이 집은 흉가라고 불리기 시작했다.

파팟!

눈앞이 다시 번쩍 하더니 만해는 현실로 돌아왔다.

"…죽어줘야겠다!"

앞에서는 괴물의 말이 계속되고 있었다.

검에 손을 댄 뒤 만해가 본 것은 대하 역사극같이 긴 시간이었지만 현실에서는 겨우 빛 한줄기 지나갈 만한 찰나의 순간이었던 것이다.

괴물이 하던 말의 한 구절도 놓치지 않을 만큼 짧은 순간이었다.

만해는 검을 내려다보았다. 이 검에 방금 보았던 고조할아버지의 영혼이 봉인되어 있는 것이다. 자신에게 방금 보여준 것은 이 검의, 아니, 고조할아버지의 뜻이리라.

손을 들어 검을 쓰다듬었다. 고조할아버지의 타협하지 않는 강한 마음이 느껴지는 듯했다.

그리고 만해는 한 가지 사실을 알게 된 것에 더욱 기쁨을 느꼈다.

'우리 집안은 매국노가 아니었어!'

전에 병원에서 누나가 말했던 '우리 집안은 그게 아니었다' 라는 말의 의미를 비로소 알 것 같았다.

땅이 더욱 심하게 흔들렸다. 그리고 바위 밑에서 치는 쿵쿵 소리는 더 크게 울려오고 있었다.

이제 자신의 집에 얽힌 궁금증은 대강 풀렸지만 한 가지 더 알아야 할 것이 있었다.

만해는 자신들을 향해 위협을 하고 있는 괴물을 보았다.

"너는 뭐지?"

"뭐라고?"

"너는 무슨 존재냐고 물었다."

"흠… 이제야 나에 대해 궁금해하는군. 나는 위대한 천왕의 군대인 731부대의 장교다! 히데야시 장교님을 주군으로 모시고 있었지!"

"뭐라고? 그럼 너도 이미 죽은 존재란 말이냐?"

노승이 놀라 외쳤다. 믿을 수 없었다. 그에게선 어떤 영적인 느낌도 전달돼 오지 않았기 때문이다.

"하하하하! 나는 죽은 존재가 아니다. 천황의 위대한 부대인 731부대가 영구불변의 인간을 만들기 위한 실험 과정에서 이런 멋진 능력을 갖게 되었지! 마루타로 먼저 실험했어야 하는데, 늙지 않는 영구불사의 몸과 엄청난 괴력을 가진다는 말에 내가 직접 실험 대상이 되었지. 뜻대로 영구불사의 몸은 가지게 되었지만… 피를 그리는 흡혈인이 되었지."

괴물은 뾰족한 이를 드러내며 말했다.

"뭐! 그렇다면 너는 돌연변이 괴물?"

"크악! 돌연변이라니! 내가 가장 싫어하는 말을 하다니!"

노승은 괴물의 반응을 신경 쓰지 않은 채 또 할 말만 했다.

"그럼 가끔 피를 빨린 채 의문사한 사람들은 네 짓이었군!"

"크크크… 아주 가끔 못 참을 때만 그 짓을 했지. 항상 피가 필요한 건 아니니까."

"그래도 그럼 쓰나!"

노승은 아이 달래는 투로 괴물에게 말을 했다.

"아, 그런데 실험 과정이 어땠기에 흡혈인이 되었나?"

"당시 만주를 여행하던 서양의 흡혈귀가 하나 있었는데 우리 천황의 용감한 병사가 생포를 해왔지. 그놈의 설명에 따라 실험을 했는데……."

말을 하던 괴물은 잠시 멈추고 노승을 바라보았다.

"그런데 내가 왜 너에게 이런 것들을 설명해야 하지?"

그러나 노승은 어깨를 으쓱하더니 개의치 않고 또 질문을 했다.

"그렇다면 너는 지금까지 그 몸으로 살아왔다는 말인가? 일제 시대 때부터 지금까지?"

"그렇다. 그때부터 오직 내가 가장 존경하는 히데야시 주군님의 부활을 꿈꾸며 살았지! 천 명의 영혼이 모이면 부활한다는 얘기를 믿고 그분을 부활시키기 위해 숱한 영혼들을 수집하면서. 하지만 정작 싸구려 영혼들은 필요가 없었지. 나중에 알고 보니 혼월신검을 뽑기만 하면 일이 해결되는 거였어."

노승은 이 괴물이 장하와 봉련에게 영혼을 수집하라고 한 이유가 비로소 이해되었다.

그러나 결국 쓸데없는 생명만 해친 셈이 된 것이었다.

"자네, 꽤나 외로웠겠군."

갑작스런 노승의 한마디에 괴물은 움찔했다. 감정의 동요가 일어나는 것처럼 보였다.

"외로웠지… 외로웠어. 영원히 산다는 것이 이렇게 괴로운 일일 줄 당시엔 몰랐지. 이렇게 외로울 줄 알았다면 나도 히데야시 주군을 따라 죽는 거였는데라는 후회가 어찌나 되던지……."

"쯧쯧쯧……."

노승은 혀를 끌끌 찼다.

둘 사이에 묘한 공감대가 형성되는 것을 보다 못한 만해가 앞으로 나섰다.

"그런데 우리 가족을 네가 다 해친 거냐?"

잠시 감상에 젖어 있던 괴물이 만해를 보더니 표정이 다시 음산하게 싹 바뀌었다.

"크크크… 너로군! 이 집안의 마지막 종손! 네가 그 검을 뽑음으로써 우리 주군의 봉인이 풀어졌지만 너도 이제 죽어줘야겠다."

"헛소리 말고 묻는 말에나 대답해라! 네가 우리 가족을 다 죽였냐?"

"그렇다! 네가 네 아비와 함께 지하에 내려왔을 때 나는 거기서 우리 주군의 영혼을 위로하고 있었다. 너희를 봤을 때 직감적으로 느꼈지, 너희들이 그 저주받은 봉인을 풀 인간들이라는 것을!"

"그래서?"

"그래서 네가 뛰어나간 뒤 네 아비에게 혼월신검을 뽑도록 유도했는데 말을 듣지 않더군."

"그래서?"

"그래서 죽여 버렸지! 처음엔 고의가 아니었어. 가볍게 쳤는데 죽을지 몰랐으니 말이다. 네 아비가 선택된 자가 아닌 걸 알았다면 그렇게 죽이진 않았을 거야. 하지만 이왕 그렇게 된 거 어떻게 하겠나. 그날 니 에미와 노인네도 같이 죽였지. 한 년은 어디론가 도망쳤지만 그냥 놔두었지. 어차피 아무짝에도 쓸모가 없었으니까. 중요한 것은······."

"주, 중요한 것은?"

다시 묻는 만해의 말은 울분으로 떨리고 있었다.

"유일하게 검을 뽑을 수 있는 너를 찾는 것이었는데 네 종적은 도저히 찾을 수가 없더군. 그런데 어젯밤에 네 발로 여길 온 것을 보고 어찌나 기뻤던지······. 그래서 너를 해치지 않은 것이다. 강제로가 아니라 이렇게 자연스럽게 봉인을 풀기 위해서!"

만해는 노승을 바라보았다. 눈이 새빨갛게 충혈되어 있었다.

노승도 분노에 찬 얼굴을 하고 있었다. 결국 자신들은 저 괴물에게 이용당한 것이었다.

아주 자연스럽게 혼월신검을 뽑음으로써 봉인을 풀었으니 말이다. 그 과정이 다 치밀하게 안배된 것이라 생각하니 기가 막혔다.

"이야앗! 부모님의 원수! 죽어랏!!"

분노를 못 이긴 만해는 괴물을 향해 돌진했다.

그러나 괴물은 싸우기 싫다는 듯 옆으로 살짝 피하며 외쳤다.

"기다려라! 우리 주군님이 저기 저렇게 부활하신다!!"

콰광쾅!!

괴물의 말이 끝나기가 무섭게 구멍을 막고 있던 바위가 공중으로 날아올랐다. 그 커다란 바위가 마치 낙엽처럼 하늘로 올라간 것이다.

그리고 그 안에서 검은 안개 뭉치들이 수도 없이 빠져나왔다.

노승과 만해의 오감에 어두운 영적인 기운들이 물밀듯이 밀려들어오는 것이 느껴졌다.

깜짝 놀란 노승이 손으로 그것들을 가리키며 입을 열었다.

"저, 저것은?!"

"죽은 일본군들의 혼령들이에요!"

만해가 말을 받아 외쳤다. 아까 혼월신검을 통해 보았던 검은 안개들이었다.

"뭣?"

"저들이 흩어지지 못하도록 막아야 해요!"

그러나 만해와 노승이 어떤 행동을 취하기도 전에 괴물은 두 사람에게 공격을 가해왔다.

주먹을 꼭 쥔 채 노승의 가슴을 향해 날린 것이다. 괴물의 몸은 이미붉을 대로 붉어진 뒤라 몸의 민첩도는 화살보다 더 빨랐다. 한 반장 일행은 앞으로 뭐가 지나갔는지도 모를 정도였다.

만해는 괴물에 마주 대항해 덮쳐 가며 노승에게 외쳤다.

"빨리 부적을 이용해서 저것들을 소멸시켜 버려요!"

"그래!"

만해가 괴물을 막는 사이 노승은 멸(滅) 자 부적을 꺼내 가장 가까이에 있는 검은 안개 뭉치를 향해 날렸다. 하지만 안개 뭉치는 부적이 날아오는 반대쪽으로 방향을 바꾸었다.

생각을 지닌 존재 같았다. 한때는 사람이었던 영들이니 어쩌면 그게 당연한 일일 터였다.

검은 안개는 한곳으로 뭉치더니 안채를 향해 날아가기 시작했다.

"앗! 저기는?!"

괴물에게 줄을 던지던 만해가 놀라 눈을 크게 떴다.

"저 괴물을 맡아라!"

노승은 검은 안개덩어리를 쫓아 안채로 뛰어들어 갔다.

지금은 저 안개덩어리들이 물리적인 힘이 없는 상태의 영혼들이지만 안채에 있는 관광객들에게 빙의된다면 이야기는 달라지게 된다.

"하하하하! 내가 저들을 데리고 온 것도 다 이유가 있어서이다. 위대한 천황의 자손들의 영혼이 냄새나는 조센징들의 몸으로 들어갈 순 없지! 게다가 저놈들은 한국에 섹스관광을 온 쓰레기 같은 놈들이다! 쓰레기들이 위대한 천황의 병사로 탈바꿈시키는 것이지!"

비로소 일행은 괴물이 일본 관광객들을 끌고 온 이유를 알아챘다.

정말 치밀하게 준비한 것이다. 일단 만해가 혼월천검을 뽑으면 봉인이 풀릴 테고 그러면 잠들어 있던 일본군들의 영혼이 일제히 되살아날 것이다. 하지만 빙의될 몸이 없으면 무용지물일 것이 분명하기에 아예 일본 관광객들을 데리고 온 것이었다.

"무서운 놈!"

만해는 모든 것을 계획하고 일을 꾸민 눈앞의 괴물을 다시 보게 되었다.

단순히 싸움만 잘하는 것이 아니었다. 오랜 세월 동안 살아 있는 만큼 지혜도 늘어난 것이다.

안채에서 단말마의 신음 소리가 들리기 시작했다.

관광객들의 몸에 하나씩 빙의가 되어가는 것이리라.

"나쁜 놈! 자기의 욕심을 위해 사람들을 희생시키다니!"

만해는 분노에 차서 소리쳤다.

"희생? 아니지, 대를 위해서 소를 희생하는 것은 당연한 일! 위대한 천황의 자손으로서 국가를 위해 자신의 몸 하나쯤은 희생할 줄 알아야지!"

"대를 위한 희생? 하긴 그게 너희 나라 국민성이지. 내 언제고 니들이 또 그런 논리로 우리 나라를 쳐들어올 거라고 생각한다!"

"당연한 일이지! 좁은 섬나라에서 만족할 우리가 아니다. 그날까지 나는 이 나라를 혼란에 빠뜨릴 의무가 있다."

"가만. 그럼 네가 이런 일을 꾸미는 게……?"

"하하하! 이제 알았냐? 이제 이 암흑의 군대가 세상에 나가게 되면 너희 나라는 큰 혼란에 빠지게 될 것이다. 하긴 여기서 정치하는 인간들을 보면 항상 혼란에 빠져 있어 보이긴 하다만!"

탕!

어디선가 총소리가 났다.

갑자기 벌어진 일들에 놀라 쳐다만 보고 있던 한 반장이 드디어 총을 빼 든 것이다.

그러나 괴물은 마치 영화 속 주인공처럼 몸을 뒤로 죽 빼며 총알을 피했다. 놀랍도록 유연한 동작이었다.

총으로도 안 된다는 것을 안 만해는 놈에게 다시 돌진해 갔다.

"에잇! 이거나 받아랏!"

동시에 기(氣)를 불어넣은 줄을 괴물에게 던졌다.

휘리릭—

줄은 밝게 빛나며 괴물에게 날아갔다. 괴물의 몸을 잡기 위한 줄이었으나 괴물은 오히려 그 줄을 한 손으로 잡았다.

"그런 속도로 나를 잡아 묶는다고? 어처구니가 없군."

그러나 만해는 아무 대꾸 없이 그런 괴물의 주위를 동그랗게 원을 그리듯 돌기 시작했다.

괴물이 줄을 손에 잡고 있었기에 만해가 돌면 돌수록 괴물의 몸은 줄에 묶이기 시작한 것이다.

그것까지는 미처 예상하지 못한 듯 당황하던 괴물은 그제야 줄을 놓았으나 만해의 재빠른 뜀박질로 이미 줄은 온몸에 감긴 뒤였다.

"이런!"

괴물은 난감한 탄성을 내뱉었다.

한 반장과 형사 일행은 만해의 재빠름에 환호성을 질렀다.

일단 줄로 묶어놓았으니 제압한 셈이었다. 그러나 그건 순진한 생각이었다.

"이런, 이런, 미안해서 어쩌지? 귀엽게 놀던데."

괴물이 줄에 묶인 채 싱긋 웃더니 온몸에 힘을 주었다.

힘을 줘서 끊어버리려는 듯 괴물의 몸이 순간적으로 헐크처럼 부풀어 올랐다. 하지만 줄은 꼼짝도 하지 않았다. 그도 그럴 것이 만해가 틈만 나면 줄에 기름을 바르고 말리고를 반복해 절대 끊어지지 않게 만들어놓았기 때문이다. 하지만,

파파팍—

줄이 순식간에 늘어나더니 괴물이 쏙 빠져나왔다.

"엥?"

만해는 의외의 상황에 당황했다. 줄이 늘어날 수 있다는 생각을 해본 적은 없었던 것이다.

괴물은 다짜고짜 만해를 향해 몸을 밀고 들어왔다.

엄청난 빠르기였다. 만해는 점프를 해 담장 위로 올라섰다. 그러나 괴물은 돌진을 멈추지 않았다.

쾅!

벽에 괴물의 몸이 박히며 위에 있던 만해의 몸도 공중으로 튀어 올랐다.

안채와 별채를 나눠주던 벽이 와르르 무너지면서 안채의 모습이 보

였다. 검은 안개를 쫓아 안채로 간 노승의 모습도 보였다.

노승은 사람들에게 둘러싸여 있었다. 관광객들이었다.

"어떻게 된 거예요?"

총을 들고 괴물을 겨누고 있던 한 반장이 노승에게 소리쳐 물었다.

"늦었어! 이미 다 빙의됐어!"

그러고 보니 관광객들의 눈이 모두 뒤집어져 있었다. 흰자위만 남아 희번덕거리고 있었던 것이다. 게다가 얼굴도 이상하게 변해가고 있었다.

"크크크… 이제 제국의 군대가 다시 뭉쳤구나!"

빙의된 관광객들을 보며 괴물이 외쳤다.

그러고 괴물은 풀쩍 뛰더니 담장 위로 올라갔다. 그런 뒤 갑자기 뭔가를 부르기 시작했다.

군가였다. 내용은 알지 못했지만 2차대전을 다룬 영화에서 자주 흘러나오던 일본군의 군가였다. 괴물의 선창에 따라 일행을 향해 다가오던 빙의 관광객들의 입에서도 같은 군가가 흘러나왔다.

"아미타불… 제국주의의 망령들!"

노승이 중얼거렸다.

군가가 끝나자 괴물은 하늘에 대고 포효를 했다. 그리고 굵은 목소리로 외쳤다.

"이제 곧 우리의 주군이신 히데야시님께서 왕림하신다!"

"와와와—"

빙의된 관광객들이 주먹을 올리며 환호했다.

시대 착오적인 제국주의 잔당들의 행동을 보면서 만해는 오싹해졌다.

결국 저런 광기가 세상을 바꾸게 한 것이었다.

꽈광—

마른하늘에 갑자기 천둥 소리가 났다.

동시에 구멍에서 엄청난 크기의 굉음과 함께 뭔가가 솟아올랐다.

먼저 나온 검은 안개보다 훨씬 더 큰 안개덩어리였다. 그 안개덩어리는 공중을 몇 번 회전하더니 일행의 머리 위에 둥둥 떠 있었다.

"들어갈 몸을 찾는 게야."

노승이 말했다.

그 말이 끝나기가 무섭게 담장 위에 선 괴물은 두 팔을 벌리며 외쳤다.

"이리로 왕림하소서! 제 몸을 사용하소서!"

번개가 다시 한 번 작렬했다.

괴물은 여전히 두 팔을 벌린 채 포효하고 있었다.

그 순간 노승이 날아오르더니 두 발을 모아 괴물의 머리를 박찼다. 무방비 상태로 있던 괴물은 노승의 강한 발차기에 맞아 담장 위에서 떨어졌다. 노승은 숨 쉴 틈도 주지 않고 청테이프를 꺼내더니 쓰러져 있는 괴물의 손을 둘둘 묶기 시작했다.

그러나 그렇게 당하고만 있을 괴물은 아니었다. 괴물은 두 다리만을 이용하여 벌떡 일어났다. 그리고 양팔에 힘을 주었다.

두두둑.

청테이프는 이내 종이 조각같이 끊어졌다.

"아니, 이 뛰어난 접착력을?"

노승은 믿을 수 없다는 듯 땅에 산산이 흩어지는 청테이프 조각을 보았다.

"사부님도 이제 무기를 바꿀 때가 됐어요. 청테이프가 뭐예요, 폼 안 나게시리."

만해가 옆에서 충고하듯이 말했다. 혼월신검에 손을 대고 말하는 폼이 뭔가 자랑하고픈 듯한 눈치였다.

"아니, 이놈이! 나 놀릴 시간 있으면 저놈이나 막아!"

검은 안개덩어리는 아직도 공중에 떠 있었다. 순간 일어난 일에 정신이 나간 듯한 것은 일행만은 아니었는지 빙의된 관광객들도 공격을 멈추고 그 자리에 서 있었다.

만해는 노승의 말이 끝나기가 무섭게 손에 들고 있던 줄을 다시 한번 던졌다.

그러나 이번에도 괴물의 손에 딱 잡혔다.

괴물은 줄을 잡아당겼다. 만해도 줄을 잡아당겼다.

줄 하나를 사이에 두고 두 사람 사이의 힘 겨루기가 시작된 것이다.

처음에는 괴물 쪽으로 줄이 딸려가는 듯했으나 부모님의 원수를 갚으려는 의지가 강한 만해의 힘도 만만치 않았다.

방심한 괴물의 힘을 적절히 조절해서 줄을 팽팽하게 당긴 것이다.

순간 노승이 만해의 옆에 오더니 조용히 한마디 했다.

"왜 줄 가지고 싸우냐?"

"예?"

만해가 어리둥절해하면서 묻자 노승은 만해의 옆구리를 보며 말을 이었다.

"그건 장식용이냐? 자랑할 때는 언제고! 쯧쯧."

그제야 혼월신검에 생각이 미친 만해는 줄을 놓았다.

"흐억!"

콰―

갑자기 힘이 없어진 줄을 부여잡고 담장에 가서 부딪친 괴물은 아랑 곳 않고 만해는 검을 뽑아 들었다.

어둠 속에서도 찬란하게 광채가 났다. 과연 명검의 자태였다.

검을 들고 아래위로 휘휘 휘둘러 보던 만해는 검 손잡이를 두 손으로 움켜쥐고 괴물을 찔러갔다. 그러나 제정신을 차린 괴물이 옆으로 살짝 비키자 만해는 담장을 찌르고 말았다.

검에 찔린 담장은 정확히 칼 두께만큼 얇은 구멍이 뚫렸다.

"호!"

지켜보던 노승이 휘파람을 불었다.

"과연 명불허전이군, 저 두꺼운 담장을 단숨에 뚫다니!"

담장에 박힌 검을 빼낸 만해는 다시 옆에 있는 괴물을 찔러갔다. 그러나 무식한 찌르기 공격만으로는 괴물에게 어떤 타격도 줄 수 없었다.

"좀 제대로 해봐라!"

보다 못한 노승이 말했다.

"씨… 언제 검술을 배웠어야지요!"

만해는 투덜거리며 검을 들고 다시 휘둘렀다.

이번엔 찌르기에서 벗어나 마구잡이로 휘두르기에 들어간 것이다.

붕― 붕―

공기를 가르는 소리가 요란하게 들려왔다.

그러나 그 정도의 공격에 당할 괴물은 아니었다.

검보다 더 빠른 속도로 요리조리 재빠르게 피하던 괴물은 짜증이 묻어나는 목소리로 말했다.

"그런 실력으로 지금 나하고 싸우자는 거냐?"

"응!"

간단명료하게 답한 뒤 다시 검을 휘둘렀다. 역시 마구잡이 검법이었다.

괴물이 마구잡이로 피해도 근처에 검이 스치지도 않을 정도였다. 어른을 앞에 두고 플라스틱 장난감 칼을 휘두르는 아이의 모습 같았다.

"쯧쯧쯧. 명검을 가지면 뭘 하나… 주인이 저 모양인걸."

노승은 혀를 찼다. 명색이 사부이면서 검 쓰는 거 하나 가르쳐 주지 않은 자신의 잘못에 대해서는 전혀 신경 쓰지 않는 눈치였다.

"이리 줘봐라!"

노승은 만해에게 검을 넘겨달라고 손을 내밀었다.

그러잖아도 검을 휘두르느라 숨이 찼던 만해는 별 망설임 없이 검을 넘겨주었다. 그러나 그게 화근이었다.

"으아악!"

검을 잡는 순간 비명을 지르며 노승은 온몸을 사시나무 떨듯 떨더니 뒤로 홀러덩 넘어간 것이다. 검은 손에서 떨어졌다.

"앗! 사부님!"

"노승님!"

만해와 한 반장이 놀라 달려가 재빨리 노승을 부축했다.

"괘, 괜찮다… 괜찮아."

노승이 덜덜 떨리는 음성으로 말했다.

그러나 아직도 충격이 남은 듯 충격을 받은 듯 검을 잡았던 손을 덜덜 떨고 있었다.

"어떻게 된 거죠?"

조금씩 움직이는 병사들을 견제하고 있던 한 반장이 물었다. 노승은 검을 보며 중얼거리듯 말했다.

"이 혼월신검은 선택된 자 외에는 만지지 못하게 되어 있는데 내가 깜빡했어요."

"그래요?"

한 반장은 신기한 듯 혼월신검에 손을 댔다.

"으아악!"

한 반장도 몸을 부르르 떨며 뒤로 넘어갔다.

"바보 아냐? 만지지 말라니까."

손을 덜덜덜 떨면서 노승이 한심하다는 듯이 말했다.

그들의 모습을 보며 만해는 마음이 다급해졌다. 지금 적에게 둘러싸여 있는데 내부에서 스스로 자해를 하고 있으니 한심스러웠다.

그것은 만해만의 생각은 아니었다.

"한심하군."

괴물이 고개를 절레절레 흔들며 중얼거리더니 두 팔을 다시 벌렸다.

"주군! 이리로 들어오십시오."

우우우웅.

괴상한 울림 소리를 내며 공중에 떠 있던 검은 안개는 괴물에게로 움직이기 시작하더니 뭉쳐 있던 모습이 조금씩 흐트러지며 괴물의 코 안으로 들어가기 시작했다.

"안 돼! 막아야 해!!"

쓰러져 있던 노승이 만해에게 외쳤다.

만해는 부축하던 노승은 내팽개치고 검을 들고 또다시 무작정 달려들었다. 다시 바닥에 쓰러진 노승이 뒤에서 외쳤다.

"일단 놈의 몸에 칼날이 스치게라도 해라! 워낙 명검이니까 스치기만 해도 최소한 치명상이다!!"

과연 저게 제자에게 할 말일까 싶을 정도로 무책임한 말로 코치하는 노승을 보며 만해는 검을 휘둘렀다.

그러나 만해의 검은 이번에도 괴물의 옷자락 하나 건드리지 못했다.

팔을 벌린 상태에서도 괴물은 반사적으로 만해의 공격을 이리저리 잘 피하고 있었던 것이다. 검은 안개는 괴물의 움직임을 따라 움직이면서 콧속으로 계속 들어가고 있었다.

그리 길지 않은 시간이 지나고 원혼이 드디어 괴물 안으로 들어가는 과정이 끝났다.

괴물의 동작이 순간 딱 멈추더니 몸을 부르르 떨기 시작했다. 눈동자가 하얗게 뒤집혀지고 얼굴이 울퉁불퉁해지며 변하기 시작했다.

순식간에 괴물은 다른 얼굴로 변해 있었다.

"어떻게 된 거죠?"

한 반장이 노승에게 물었다.

"그 괴물 놈이 자신의 육체를 제공한 거야! 무서운 놈! 그놈은 저걸 위해서 지금까지 살아 있었던 것 같군."

"예?"

한 반장은 놀라며 변신하는 괴물을 보았다. 얼굴은 이제 완전히 다른 사람의 형태로 바뀌었다. 작은 눈, 두터운 입술, 쥐새끼 같은 수염… 전형적인 일본 놈의 얼굴이었다. 그가 바로 731부대의 책임자 히데야시였다.

"으아아아아!"

원혼이 들어가 다른 모습으로 변신한 괴물의 입에서 포효성이 터져 나왔다.

콰쾅!

순간 마른하늘에 다시 한 번 천둥이 몰아쳤다.

괴물은 하늘을 팔을 벌린 채 한바탕 웃음을 터뜨렸다. 음침한 웃음이었다.

"크크크! 드디어 내가 깨어난 건가?"

히데야시는 주위를 둘러보며 만족스럽게 말했다.

"오랫동안 갇혀 있었더니 너무 힘들군."

히데야시는 몸을 가볍게 움직여 보았다.

"오, 야시무라가 몸을 잘 관리해 놓았군. 음, 좋아. 아주 좋은 몸이야."

자신이 들어온 몸을 체크한 히데야시는 저 멀리서 좀비처럼 멍청히 있는 관광객들을 향해 소리 질렀다.

"제국의 병사들이여! 내게로 오라!"

그 말에 관광객들이 말 잘 듣는 개처럼 히데야시의 앞으로 모여들기 시작했다. 어기적어기적 걷는 모습이 이미 사람의 모습이 아니었다. 혼령이 접수한 인간! 좀비 그 자체였다.

히데야시는 그들의 생전 모습을 보듯이 애정 어린 눈으로 보았다.

"크크크. 이제 이 땅은 우리가 다시 접수한다. 자, 제국의 병사들이여, 나가라!"

"와와와—"

관광객들은 두 팔을 쳐들고 마구 소리 질렀다. 그중 몇 명이 히데야시가 봉인되어 있던 구멍 안으로 들어가더니 잠시 후 일본도와 군복을 들고 나왔다. 군데군데 흙이 묻어 있는 걸로 보아 그 안에 묻혀 있었던 것 같았다.

미리 연습한 것처럼 자연스럽게 군복을 나누어 입고 일본도를 하나씩 나눠 든 그들은 결사항쟁의 뜻을 받들듯 칼을 높이 치켜올렸다.

제대로 차려입고 무기를 든 것이다. 다시 일제 시대로 돌아간 듯한 풍경이었다.

"어쩌죠?"

한 반장이 옆에 있는 노승에게 물었다.

"글쎄… 이놈들이 밖으로 나간다고 해서 우리 나라가 정복될 것은 아니지만, 선량한 시민들이 다치지 않을까 걱정되는군."

"우리가 막아야죠!"

만해가 말했다.

"글쎄, 막는 건 좋은데 저놈들의 숫자가 너무 많아서 중과부적이야."

노승의 말에 만해가 입을 삐죽 내밀었다.

"사부님이 약한 모습을 보이다니…… 정말 실망이에요."

"아니, 이놈이! 그게 사부한테 할 말이냐!"

"어쨌든 전 싸울 거예요."

둘이 티격태격하는 동안에도 괴물의 시대 착오적인 연설은 계속됐다.

"이제 다시 우리 제국이 세계를 정복하러 갈 것이다! 모두 몸을 던져 천황께 충성을 맹세하라!"

"와와와—"

그때 만해가 앞으로 나서며 외쳤다.

"착각하지 마라! 너는 정말 죽어야 한다!"

자기 부모님의 원수인 괴물이 사라졌으니 그 괴물의 몸을 빌린 또

다른 변신 괴물에게 복수를 해야 하는 것이다. 게다가 결국 저놈은 고조할아버지를 죽인 놈인 것이다.

히데야시는 작은 눈동자를 굴리며 앞으로 나온 만해를 보았다.

"크크크… 고작 인간 따위가 내게 대항하다니……."

벌레 보듯이 만해를 보던 히데야시는 그 손에 있는 혼월신검을 발견하더니 놀라는 표정을 지었다.

"혼월신검이군! 그 검을 들고 있다면 너는……?"

"나는 이 집안의 종손이다!!"

만해가 자랑스럽게 앞으로 나서며 외쳤다.

한 반장이 뒤에서 만해를 잡아당겼다. 돌아가는 상황을 보아하니 나서서 좋을 게 하나도 없어 보였기 때문이다. 그러나 만해는 한 반장의 손을 뿌리치고 늠름한 모습으로 히데야시의 앞에 대립하고 섰다.

매국노가 아닌 독립운동가의 뜨거운 피가 자신의 몸속에 흐르고 있는 것이다. 그러니 장렬히 싸울 것이라고 다짐한 것이다.

"크크크… 그렇군. 나를 봉인시킨 놈의 자손이군! 그리고 나를 봉인시킨 놈은 그 안에 들어 있을 테고."

히데야시의 말에 만해는 검을 들어 보았다.

윤이 자르르 날 뿐 고조할아버지의 영혼은 찾아볼 수 없었다. 검과 완전히 동화된 것이리라.

만해가 검에 신경 쓰는 순간 아무 예고 없이 놈의 손에서 불덩어리가 날아왔다.

"안 돼!!"

노승이 소리 지르며 공중으로 몸을 날려 만해를 밀어냈다.

불덩어리는 넘어지는 만해의 옆을 스치고 땅바닥에 부딪쳐 구덩이를 만들었다. 아무것도 탈 것이 없는 맨땅인데도 불길은 이글이글거리며 솟아오르고 있었다.

노승 덕분에 간신히 피한 만해는 쓰러진 채 히데야시를 노려보았다.

"크크크… 한번 맛보라고 보여준 것이다."

히데야시는 그 모습을 보며 즐거워했다. 목숨을 건 일행과 달리 히데야시에게는 하나의 유희에 불과한 것이었다.

탕!

순간 총소리가 났다. 동시에 히데야시의 몸이 움찔했다.

일행은 일제히 총소리가 난 곳을 보았다. 마 형사가 상기된 얼굴로 총을 들고 있었다.

"아, 아니!"

한 반장이 놀라 총을 든 마 형사의 손을 잡았다.

"자극하면 안 돼!"

한 반장의 말이 끝나기가 무섭게 히데야시의 외침이 들렸다.

"크아악!"

히데야시는 몸에 박힌 총알을 손가락으로 빼어 들었다. 총알을 확인한 그는 분노로 몸부림치며 팔을 들어 올렸다. 그리고 아까보다 훨씬 빠른 속도로 손을 움직였다.

"조심해!"

노승의 말이 떨어지기 무섭게 마 형사에게 불덩어리가 작렬했다.

"으아악!"

정확히 마 형사의 가슴을 강타한 불은 순식간에 치솟아올랐다.

"으아아아!"

마 형사가 몸부림치며 껑충껑충 뛰었다. 자칫 불길이 더 거세질 수 있었다.

쉬이익— 턱—

어디선가 날아온 찰흙이 마 형사의 가슴에 착 달라붙었다. 노승의 솜씨였다. 좍 퍼진 찰흙은 이내 불길을 집어삼켰다. 노승은 쉬지 않고 품 안에서 찰흙을 꺼내 던졌다.

순식간에 마 형사의 몸에 붙었던 불이 꺼졌다. 대신 온몸은 찰흙으로 범벅이 되었다.

한 반장과 박 형사가 재빨리 달려가 마 형사의 옷을 벗겼다. 옷은 이미 다 타버린 상태였다. 중화상을 입지 않았을까 걱정이 될 정도였다.

"엥?"

마 형사의 옷을 벗긴 한 반장은 깜짝 놀라 박 형사를 바라보았다. 박 형사 또한 어이없다는 표정을 짓고 있었다.

마 형사가 방탄복을 입고 있었던 것이다. 방탄복 덕인지 몸에는 전혀 불길의 영향을 받지 않은 것이다.

"자네도 입었나?"

한 반장이 박 형사를 보며 물었다.

"총 싸움 하러 온 것도 아닌데 뭐 하러 입어요."

박 형사는 손을 흔들며 답했다. 손끝에는 타다 남은 마 형사의 찢어진 옷이 걸려 있었다.

"그치? 근데 이 친구는 왜 입고 다니는 거야?"

"알 수 없죠. 뭐, 어쨌든 그 덕분에 살았네요."

걱정스럽게 지켜보던 노승과 만해도 안심했다. 마 형사는 충격 때문인지 잠시 기절해서 정신을 못 차리고 있지만 별 탈은 없어 보였다.

만해가 분노한 얼굴로 외쳤다.

"나쁜 놈! 당장 네 갈 길로 가라!"

히데야시는 눈을 가늘게 떴다.

"내가 가긴 어딜 가나? 이 땅을 다시 우리 땅으로 만들 것이다!"

"바보 같은 놈! 전쟁은 이미 끝났다. 그리고 니들은 패전했다. 너희 같은 망령들이 남아 이제 무엇을 할 수 있겠나?"

"크크크… 아니, 전쟁은 이제 다시 시작이다! 내가 돌아왔으니 말이다!"

말을 마친 히데야시는 두 팔을 올리며 외쳤다.

"제국의 병사들이여! 저놈들을 갈기갈기 찢어 죽여라!"

그 말에 얌전히 있던 병사들의 눈빛이 변하기 시작했다. 병사들은 주위를 살피더니 노승과 만해, 그리고 한 반장 일행을 목표로 삼아 다가오기 시작했다.

마치 잘 훈련된 병사들처럼 일사불란하게 다가오고 있었다.

칼을 들고 무표정하게 다가오는 그들의 숫자가 만만치 않았기에 모두들 긴장할 수밖에 없었다. 게다가 그들의 육체가 아무리 병사의 몸으로 바뀌었다고 해도 아까까지 살아 있던 일반 관광객들의 몸이라는 것도 마음에 걸렸다.

탕!

고민을 덜어주듯 어디선가 또다시 총소리가 났다.

맨 앞에서 오던 병사의 팔에 적중했는지 팔을 움찔했다. 살아 있는 인간의 몸을 갈취한 탓인지 이내 붉은 피가 철철 흘러내렸다.

일행은 총을 쏜 사람을 쳐다보았다. 뜻밖에도 조금 전까지 기절해 있던 마 형사였다.

"이런 쌍노무 새끼들……!"

마 형사는 그 말을 남기고 다시 기절했다.

그 총소리를 신호로 본격적인 싸움이 벌어지기 시작했다.

가까이 온 병사들은 일행에게 다짜고짜 일본도를 휘둘렀다. 그리고 변신 괴물은 일행에게 불덩어리를 날렸다. 한 반장은 축 늘어진 마 형사를 끌고 불길을 피했다.

노승과 만해는 무기를 다 꺼내놓고 방어 태세를 갖추었다.

다섯 명의 사람들과 한 명의 변신 괴물이 이끄는 수십 명의 병사들과의 싸움은 단순히 싸움이라기보단 전투였다.

다행인 것은 병사들은 아직 자신들이 들어간 육체를 완전히 지배하지 못한 탓인지 행동이 굼뜨다는 점이었다.

하지만 엄청난 능력과 힘을 지닌 변신 괴물이 노승 일행을 집중적으로 공격하고 있어서 연신 위기의 순간을 맞이했다.

노승과 만해는 변신 괴물을 합동 공격하면서 다른 사람들이 피할 수 있는 시간을 벌어주었다. 한 반장과 박 형사는 총을 꺼내 들고 가까이 접근하는 병사의 다리를 집중적으로 쏘았다.

휘두르는 칼은 위협적이었으나 마냥 죽일 수는 없었다. 아직 인간으로 돌아올 가능성도 있었기 때문이다.

그러나 그런 고민은 정말 잠시였다. 물밀듯이 달려드는 병사들의 모습은 좀비와 다를 게 없었다. 게다가 놈들이 들고 있던 칼이 휘두르면 닿을 만한 사정 거리에 다다르면서 한 반장 일행은 생명의 위협을 느낄 수밖에 없었다.

"안 되겠다! 목숨이 위태로우면 봐주지 마라!"

한 반장이 박 형사에게 외쳤다.

노승은 찰흙을 뭉쳐 열화토를 만들어 연신 놈에게 날렸다. 그러나 열화토는 가는 도중에 모두 사그라져서 마른 흙이 되어 사라졌다. 괴물의 몸에서 나오는 어둠의 기가 열의 성질을 이기고 있는 것이었다.

탕! 탕!

저편에서는 총소리가 계속 들렸다. 괴물을 상대하던 노승이 힐끔 보니 한 반장 일행이 수십 명의 병사들에게 포위되어 있었다.

"만해야! 여길 맡아라!"

말을 남기고 노승은 허공으로 날아올랐다.

한 반장 앞에 착지한 노승은 앞에 오는 병사의 얼굴을 발로 차서 넘어뜨렸다.

그러나 그 병사의 뒤에 섰던 다른 병사가 무작정 휘두른 검에 노승은 어깨가 베이고 말았다.

"괜찮으세요?"

한 반장이 걱정스럽게 물었다.

괜찮다는 손짓을 한 채 노승은 칼을 휘두르는 병사를 피하며 뒤통수를 주먹으로 갈겼다.

머리가 퍽 터지는 듯한 엄청난 소리가 나며 병사는 쓰러졌다.

그러나 밀려오는 병사는 끝이 없었다.

"자, 안으로!"

일단 기절해 있는 마 형사를 보호하고 또 놈들로부터 방어할 공간을 확보하기 위해 노승은 일행을 안채로 데리고 갔다. 병사들도 일제히 그들의 뒤를 따랐다.

방으로 들어온 노승은 한결 상대하기 편한 것을 느꼈다. 방문이 워낙 좁아 들어올 수 있는 인원이 한정되어 있었던 것이다.

그 안에서 진입하는 병사들을 물리치며 노승은 만해를 보았다.

만해는 여전히 마구잡이 검법으로 괴물에게 대항하고 있었으나 아무래도 오래 버티기 힘들어 보였다.

'큰일이군. 여기부터 해치운 뒤 도와줄 수밖에.'

선택의 여지가 없었다. 자칫 한쪽은 크게 당할 수 있는 상황이었다. 무엇보다 싸울 수 있는 인원이 적에 비해 너무 적었다.

그때였다.

9

다다다다다—

어디선가 요란한 소리가 밤하늘에 울려 퍼졌다.

천지를 뒤흔드는 시끄러운 소리는 흉가 안에서 싸움에 열중하고 있던 일행의 소리마저 집어삼켰다. 갑작스런 굉음에 일행은 행동을 멈추고 소리나는 곳을 바라보았다. 굉음은 대문 쪽에서 나고 있었다.

자세히 들어보니 최근에 어디선가 많이 듣던 소리였다. 며칠 동안 요 앞을 뻔질나게 들락거린 경운기 엔진 소리였던 것이다.

그러나 그것은 한두 대가 아니라 한꺼번에 여러 대가 다가오는 소리였다.

점점 가까워진 경운기 소리는 대문 앞 가까이 와서야 멈췄다.

경운기 소리가 멈춘 뒤 잠시 동안 침묵이 계속됐다. 자의식없는 좀비들처럼 변한 병사들조차 가만히 멈춰 서 있었다. 주군인 히데야시가 공격을 멈춰서일지도 몰랐다.

쾅!

누군가 발로 걸어찼는지 요란한 소리와 함께 대문이 순식간에 활짝 열렸다.

한 무리의 사람들이 문 앞에 기세등등하게 서 있었다. 그들의 손과 손에는 낫과 괭이 등 본래의 기능은 농기구지만 유사시에는 흉기로 변할 수 있는 도구들이 들려 있었다.

시간도 시간이고 장소도 장소이니만큼 그것들은 본래의 목적보다는 흉기로서의 용도로 쓰기 위해 가져온 것이 분명해 보였다.

무리 중에 한 사람이 앞으로 나왔다. 이장이었다. 잔뜩 흥분한 이장은 손에 들고 있는 낫을 아래위로 흔들며 외쳤다.

"그놈 나와!!"

아까 당한 괴물에게 복수를 하러 온 것이다.

이장의 외침 소리가 멀리멀리 퍼져 나가더니 주위는 다시 조용해졌다.

안에서 싸우던 사람들도 갑자기 등장한 이장 일행을 바라보고 있었다. 분위기가 이상하다는 것을 느꼈는지 이장은 주위를 둘러보았다. 눈이 희번덕 뒤집어진 이상한 얼굴을 하고 일본군 군복을 입은 사람들과 어제 봤던 일행이 뒤엉켜 있었다.

"무, 무슨 일이지?"

뜻하지 않은 광경에 이장이 더듬거리며 물었다. 특별히 누구를 지적해 묻는 것이 아니었으니 아무도 대답하지 않았다.

그때 병사 몇 명이 이장 쪽으로 향했다. 일본도를 들고 있는 그들의 악귀 같은 모습에 이장은 당황해 뒤로 물러섰다. 그 탓에 뒤에 서 있던 동네 사람들도 같이 물러섰다.

"왜, 왜 이래?"

이장의 의문에 답한 것은 한 반장이었다.

"일제 시대 때 죽은 일본 병사들이 자기네 후손들의 몸을 빌어 되살아난 거요!"

"뭐라?"

이장과 동네 사람들은 깜짝 놀라며 믿기지 않는단 표정을 지었다. 그러나 다가오는 병사들은 분명 해진 일본 군복을 입고 있었고, 또 일본도를 들고 있었다. 게다가 자신들을 죽이고자 하는 살기가 강하게 느껴지고 있었다.

"그 말이 정말인가요?"

이장이 다시 물었다.

그러나 한 반장이 대답하기도 전에 앞서 다가온 병사가 이장을 향해 일본도를 휙 내리그었다.

쩽—

낫을 들어 그것을 막았다. 그러나 이장은 놈의 칼이 정확히 자신의 목을 향했다는 것을 보고 식은땀을 주르르 흘렸다.

"이 쪽바리 놈!!"

난데없이 이장 뒤에 있던 무리에서 한 중년의 남자가 고함을 지르며 튀어나오더니 들고 있던 괭이로 병사의 머리를 내리 갈겼다.

퍽!

잘 익은 수박 터지는 소리와 함께 일본 병사의 머리가 푹 파였다.

그러나 병사는 파인 머리에서 피가 줄줄 흐르는데도 불구하고 다시 일본도를 치켜들었다. 하나 그보다 더 빠른 것은 괭이남자였다.

"이놈아! 받아랏! 이얏! 얏!"

괴성과 함께 괭이를 다시 내려친 것이다.

퍽! 퍽! 퍽!

집중적으로 머리를 공략한 탓인지 얼굴과 머리가 형체를 알 수 없을 정도로 뭉개져 버렸다. 누구 하나 말릴 틈도 없이 벌어진 일이었다.

쿵! 소리와 함께 마침내 병사가 앞으로 쓰러졌다. 긴 생명력을 보여주듯 손과 발은 계속 휘젓고 있었으나 뇌의 명령으로 움직여야 할 몸은 이미 제 기능을 상실하고 말았다.

괭이남자는 피 범벅이 된 괭이를 들고 그 앞에서 씩씩거리고 있었다.

모두들 자신을 쳐다보고 있는 걸 느꼈는지 괭이남자는 거친 숨을 들이마시며 입을 열었다.

"울 할아버지가 독립운동 하시다가 이놈들한테 죽었걸랑요!"

"아~"

모두들 이해한다는 듯이 고개를 끄덕였다.

특히 이장은 병사들을 보며 이를 바드득 갈았다.

"네놈들이 여기서 멀쩡한 사람들을 죽인 놈들이지? 그래, 어디 한번 붙어보자!"

범죄 많은 마을을 만든 진정한 원흉들을 찾았다는 생각에 이장은 동료의 시체를 밟고 가까이 다가오는 병사를 향해 낫을 내리그었다.

휘익—

바람을 가르는 소리와 함께 병사의 가슴이 쩌억 갈아졌다.

"윽!"

너무 잔인한 모습에 만해는 차마 보지 못하고 고개를 돌렸다.

"저거 말려야 하는 거 아닌가요? 죄없는 관광객들이 죽어 나가는데……."

"이미 빼앗긴 육체를 다시 찾아올 수 있는 방법은 없어. 다 조상 잘

못 만난 탓이지. 게다가 관광 온 목적도 불온하지 않은가. 쯧쯧쯧. 아
미타불."

노승이 한가로이 극락왕생을 비는 염불을 외울 때 다시 전투는 시작
되었다.

하지만 노승 일행은 이제 더 이상 다섯으로 싸우지 않아도 되었다.

이장 일행이 농기구로 무장한 채 노승의 편에 서 있었기 때문이다.

마을 사람들은 농기구를 자유자재로 휘두르며 다가오는 제국의 병
사들을 해치우고 있었다.

피가 꽉꽉 튀고 팔다리가 마구 떨어져 나갔다.

때로는 마을 사람들이 병사에게 붙잡혀 사지가 뽑히는 경우도 있었
지만 대체로 잘 싸우고 있었다. 평생을 농기구와 함께 살아온 만큼 낫
과 괭이 등의 무기 겸 농기구를 제 몸 다루듯이 잘 다루는 탓이 컸다.

하지만 그들도 히데야시의 공격에는 속수무책이었다. 히데야시가
발사한 불덩이에 동네 사람 하나가 몸에 불이 붙고 만 것이다.

다른 사람들이 놀라 그 불을 껐으나 이미 그 사람은 심한 화상을 입
고 말았다.

"이노무 새끼! 죽어랏!"

이장은 낫을 들고 불덩이를 발사한 히데야시를 향해 돌격해 갔다.

그러나 히데야시에게 접근도 해보지 못하고 돌풍에 밀려 뒤로 나가
떨어졌다.

그 틈을 타 노승과 만해도 히데야시에게 공격을 강화하고 있었다.

합공을 받자 히데야시의 몸에 변화가 생기기 시작했다. 몸에서 작은
검은 연기가 솟아나더니 그 연기가 노승과 만해를 향해 공격을 시작한
것이다.

"어억!!"

아무 형체도 없는 단순한 연기에 닿은 두 사람은 십여 미터를 날아가 떨어졌다.

"이, 이런! 자신의 영을 이용해 공격을 하다니!"

"예엣?!"

저만치 뒹굴던 만해가 물었다.

"몸에 빙의된 영을 육체와 따로 분리해 분사를 시키는 능력인데, 놈이 그런 능력까지 있을 줄은……. 음!"

"어떻게 하면 되죠?"

"일단 놈의 육체를 해치우자. 그런 뒤에 저 분사된 영을 가두는 방법을 강구해야지!"

노승은 가위를 던지고 만해는 혼월신검을 들고 다시 공격해 들어갔다.

그러나 한창 탄력받은 히데야시에게 두 사람의 공격은 조금의 손실도 입히지 못했다.

탕! 탕! 탕!

한 반장 일행은 셋이 등지고 서서 사방에서 공격해 오는 병사들을 맞아 총을 쏘고 있었다. 그러나 한 방이면 죽어야 할 병사들은 총알에 맞아도 치명상을 입지 않는 한 계속해서 다가오고 있었다. 심장을 관통하고 머리를 날려도 마찬가지였다. 차라리 다리를 쏘는 게 다가오는 속도를 줄이는 데 도움이 되었다.

그러나 병사 하나에 총알을 여러 발 허비하다 보니 이제 총알도 얼마 남지 않았다.

철컥, 철컥.

총알이 떨어졌는지 한 반장의 총에서 공이가 부딪치는 소리만 났다. 한 반장은 고개를 돌리며 물었다.

"박 형사, 총알 좀 있나?"

"저도 지금 탄창에 있는 게 마지막입니다!"

"이런 제기랄!"

다시 고개를 돌리는 한 반장의 눈에 일본도가 날아들고 있었다. 순간 한 반장의 몸이 딱 굳어졌다. 이제는 죽는구나라는 생각에 살아온 생애가 눈앞으로 필름처럼 마구 지나갔다.

퍽! 소리와 함께 눈을 질끈 감은 한 반장의 얼굴로 뜨거운 피가 팍 튀었다.

그러나 몸에는 아무런 아픔이 느껴지지 않았다.

눈을 떠보니 앞에 있던 일본도를 든 병사가 있어야 할 자리에 밀짚모자를 쓴 마을 남정네가 있었다. 그 손에는 피가 뚝뚝 떨어지는 낫이 들려 있었다.

그 남정네는 한 반장을 보며 씨익 미소를 지었다.

"우리 집안은 대대로 돼지 잡는 백정이었어. 남들 시선 땜시 그만두었지만… 이제야 나도 백정 기분을 느끼는구만! 이놈들은 개돼지보다 못한 놈들이었으니께 말여!"

말을 끝낸 남정네는 다시 몸을 돌려 동네 사람들을 공격하고 있는 병사들을 향해 뛰어갔다.

"고, 고맙습니다……."

그 뒤에 대고 한 반장은 연신 고맙다는 말을 했다.

사랑하는 부인과 딸들이 생각났다. 자신은 죽으면 끝이지만 그들은 평생 자신을 그리워하며 고통스러운 세월을 보내야 할지도 몰랐다.

　이 격전에서 꼭 살아남아야겠다고 생각한 한 반장은 앞에 쓰러져 있는 병사의 손에서 일본도를 빼앗아 들고 앞쪽을 향해 성큼성큼 걸어갔다.

　온 집 안이 피투성이로 변하고 있었다.

　안채까지 올라가 괴물과 맞서 싸우던 노승이 대강 보아도 마당에 줄줄 흐르는 액체가 어둠 속에서도 느껴질 정도였다.

　잔혹한 살육전이었다. 거의 병사들의 피였으나 동네 사람들의 희생도 적지 않았다.

　노승의 마음이 급해졌다. 이 싸움을 빨리 끝내야 했다. 더 이상의 희생은 불필요했다.

　하지만 그렇다고 이놈들을 두고 후퇴할 수는 없었다.

　여기에 있는 사람들이 희생하며 막지 않는다면 저 히데야시가 살아남은 병사들을 데리고 나가 무슨 짓을 벌일지 알 수 없었기 때문이다.

　문제는 히데야시가 몸에서 뿜어내는 검은 안개였다.

　자신의 몸을 분사시키듯 점점 그 안개의 숫자도 많아지고 있었던 것이다. 실체가 없는 검은 안개에 막혀 노승과 만해는 히데야시의 몸 가까이 접근하기조차 힘들었다.

　만해는 검을 휘두르는 모양새가 그나마 아까보단 훨씬 좋아졌다. 그러나 역시 히데야시의 몸을 건드리지 못했다. 자신의 육체를 주군에게 제공한 괴물의 놀라운 능력을 그대로 지닌 데다가 영체로서의 능력까지 겸비한 히데야시는 그야말로 불사신 같았다.

　"으악!"

히데야시의 몸 가까이 접근하던 만해가 검은 안개의 습격을 받아 마당으로 굴러 떨어졌다.

순간 검은 안개들이 만해의 몸 위로 몰려들었다.

"뭐야, 이거?"

만해가 당황해 소리치며 누운 자세 그대로 검으로 안개를 마구 베었다. 그러나 그저 허공을 베는 셈이 되어버리고 있었다.

갑자기 노승의 머리에 불길한 생각이 스쳐 지나갔다.

저 검은 안개들이 모두 합쳐 만해를 공격한다면 다시 일어나지 못할 치명상을 입을지도 모른다는 느낌이 강하게 들었다. 악귀 포덕단에서 그런 경우를 당한 단원을 본 적이 있었다. 그는 저런 영적인 힘이 있는 안개덩어리를 우습게 봤다가 그들이 합세해 낸 물리적인 힘에 눌려 반신불수가 되어서 실려왔던 것이다.

"안 돼!"

노승은 이제는 꽤 커진 검은 안개덩어리를 향해 가위를 날리며 허공 질주로 만해에게 향했다.

쉬이익—

가위는 기세 좋게 날아갔다. 하지만 검은 안개는 가위에 어떤 영향도 받지 않았다.

가위는 그저 허공을 가른 뒤 다시 노승에게 돌아오고 있었다.

공중에서 가위를 받으며 만해에게 질주하는 노승을 옷자락을 잡는 손길이 있었다.

노승은 뒤를 돌아보았다.

"크크크……."

미소를 흘리는 히데야시의 검은 눈이 바로 앞에 있었다.

노승을 바로 뒤따라와 공중에서 잡은 것이다.

노승은 손바닥을 펴 히데야시의 얼굴을 갈겼다. 하지만 히데야시의 목이 뒤로 쓱 젖혀지면서 어떤 타격도 받지 않았다.

저편에서는 만해가 일어나려고 하고 있었다. 그때였다.

커질 대로 커진 검은 안개덩어리가 그런 만해를 감싸듯 다가가고 있었다.

"안 돼!!"

노승은 절규하듯 외쳤다. 검은 안개에 갇힌다면 만해의 온몸은 그 물리적인 공격에 의해 만신창이가 되고 말 것이다.

노승이 외치는 순간 괴물의 다른 손이 노승의 등짝에 작렬한 것이다.

"푸억!"

온몸의 장기가 산산조각으로 부서지는 것 같은 고통을 느끼며 노승은 날아갔다.

그러나 그 와중에도 노승의 시선이 만해에게 향하고 있었다.

충격에 날아가는 노승은 자신의 고통보다 제자인 만해가 더 걱정되었던 것이다.

고통을 참으며 만해 쪽을 본 노승의 눈이 커졌다.

만해에게 내려가던 검은 안개가 뭔가에 막혀 더 이상 내려가지 못하고 있었던 것이다.

퍽!

순간 날아가던 노승의 몸이 병사의 몸에 부딪쳐 멈췄다.

그 몸이 쿠션 역할을 해준 덕에 별 무리 없이 떨어진 노승은 만해 쪽을 계속 바라보았다. 노승의 눈에 뜻밖의 인물이 보인 것은 그때였다.

검은 안개덩어리보다 더 빨리 만해의 앞을 가로막는 것이 있었다.

우사귀였다.

우사귀가 물이 줄줄 흐르는 소복을 입고 검은 안개에 대항해 만해를 감싸 안듯 보호하고 있었던 것이다.

검은 안개는 만해 대신 우사귀를 감쌌다. 우사귀는 검은 안개들이 벌이는 보이지 않는 공격에 고통스러운 표정이었으나 만해의 몸을 감싼 팔을 풀진 않았다.

"허… 놀라운 사랑이야~"

혼자 중얼거리며 그 모습을 보고 있는 노승의 귓가에 순간 서늘한 느낌이 전해졌다.

노승의 몸에 부딪쳤다 일어난 병사의 일본도가 날아오고 있었던 것이다.

"으핫!"

노승은 일본도의 날을 두 손으로 잡았다.

그리고 잡힌 칼을 빼려는 병사의 아랫배를 발로 걷어찼다.

병사가 저만치 나가떨어지자 옆쪽에 있던 마을 사람 하나가 잽싸게 다가와 병사의 사지를 절단해 버렸다. 사지가 떨어져 나가도 병사는 꿈틀거리며 일어나려 애쓰고 있었다.

"으……."

끔찍한 장면에 신음을 흘리며 눈을 돌린 노승은 바로 앞에 나타난 것을 보고 깜짝 놀랐다.

"너희는?"

"서방님……."

그 익숙한 멘트… 장하와 봉련이었다.

"서방님 아니라니까!"

"서방님, 서방님은 서방님이 아니라고 해도 우리들 마음속에선 영원한 서방님이십니다, 서방님."

"서방님이고 뭐고…… 여긴 위험하다! 너희들이 있던 곳으로 얼른 들어가 숨어 있어라!"

"아아……."

노승의 말에 두 여귀는 감동받은 듯했다.

"우리들을 이렇게 생각해 준 남자는 이 세상에 서방님뿐입니다. 서방님을 위해서라면……."

장하와 봉련은 고개를 휙 돌려서 히데야시를 보았다.

"…누구와도 싸울 수 있습니다!"

"음……."

'얘들이 왜 이러나?'

노승은 심각한 표정으로 장하와 봉련을 보았다. 저 앞쪽에서 만해를 보호하고 있는 우사귀를 보아하니 검은 안개의 힘이 원귀들에게는 영향을 덜 주는 것 같았다.

어쩌면 이 여귀들도 정말 도움이 될 수 있을지도 모르는 일이었다.

"그래, 그럼 여기서 우리를 돕도록 해라!"

노승이 마침내 허락하자 두 여귀는 다소곳한 자태로 기뻐했다.

"그런데 그 소복을 못 쓸 정도로 버릴지도 모르는데 괜찮겠나?"

노승이 지나가는 말투로 소복 문제를 얘기하자 장하와 봉련의 얼굴빛이 변했다.

그건 미처 생각하지 못한 것 같았다.

"이건 앙그레김 선생님의 피와 땀과 예술혼이 배어 있는 소복인데……."

안타까운 듯한 장하의 말에 봉련 또한 고민스런 한숨을 내쉬었다.

그 순간이었다.

"서방님, 피하세요!!"

장하가 방심하고 있던 노승을 옆으로 밀쳤다.

부욱—

노승을 덮쳐 오던 괴물의 날카로운 손이 그런 장하의 소복을 부욱 찢으며 지나갔다.

"언니!!"

봉련이 외치며 장하에게 달려가 먼저 소복부터 살폈다. 그러나 소복은 이미 회생 불능이었다.

소복 제작자의 예술혼은 이제 사라진 것이다.

장하는 상기된 얼굴로 찢어진 소복을 본 뒤 괴물을 노려보았다.

"그래, 이제 다 죽었어! 이제 난 겁나는 거 없는 년이야!!"

장하는 다짜고짜 히데야시를 향해 덮쳐 갔다.

그런 언니를 보며 봉련도 중얼거렸다.

"어차피 죽은 몸. 우릴 죽인 원수라도 죽이는 게 맞겠지."

장하의 뒤를 이어 봉련도 손톱을 세운 채 히데야시에게 덤벼갔다.

엄밀히 말하면 히데야시는 두 여귀를 죽인 원흉인 괴물의 몸만 빌리고 있을 뿐이지만 장하와 봉련에게는 원수의 대상이 누구라도 좋았던 것이다.

그러나 두 여귀의 능력은 히데야시의 반도 따라가지 못했다. 한순간에 히데야시에게 맞고 채여 미친 여자의 몰골로 변한 것이다.

순식간에 눈처럼 하얀 소복도 때가 묻고 얼룩이 져 지저분해지고 말았다.

이제 어느 평범한 소복과 다를 것이 하나도 없게 된 것이다.

그 모습을 보며 노승은 중얼거렸다.

"아미타불… 아무리 명품이라도 저렇게 되고 보면 다 똑같은 것. 좋은 것에 대한 집착은 부질없는 짓이지."

혼잣말을 마친 노승은 청테이프를 들고 두 여귀와 히데야시 사이로 돌진해 들어갔다.

쓰러져 있는 만해는 검은 안개의 습격을 몸으로 막아내며 자신을 지켜주고 있는 우사귀의 얼굴을 보았다. 무척 고통스러운 얼굴이었지만 만해가 자신을 보고 있다는 것을 알았는지 방긋 미소를 지었다.

예뻤다. 만해는 태어나서 이렇게 예쁜 미소는 처음 보는 것 같았다.

비록 고통을 참아내느라 아래윗니가 딱딱 부딪치고 눈가에 잔주름이 살살 떨리고 있어도 만해의 눈에는 예뻐 보였다.

"누나……."

만해는 무의식적으로 우사귀를 누나라 불렀다.

"……."

우사귀는 당황했는지 그런 만해를 보며 아무 말도 하지 못하다가 간신히 입을 열었다.

"며, 몇 년 만에 들어보는 마, 말인지……."

그렇게 말하는 우사귀의 온몸이 달달달 떨렸다. 검은 안개가 누르는 힘이 더욱 강해지고 있는 데다가 갑작스런 만해의 말에 심경이 동요된 탓이었다.

"잠깐만! 금방 일어날게, 누나!"

만해는 다시 다정스레 말을 하며 자리에서 일어나려 했다. 그때였다.

"아아악!!"

검은 안개가 우사귀의 몸을 완전히 찍어 눌렀다. 만해를 감싸 안듯 있었던 우사귀의 허리가 기형적으로 꺾였다.

"안 돼!!"

만해의 외침에도 불구하고 우사귀는 허리가 거꾸로 꺾인 채 저편으로 나뒹굴었다.

만해는 자리에서 벌떡 일어났다.

검은 안개는 그런 만해에게 다시 스멀스멀 다가왔다.

만해는 검은 안개는 아랑곳 않고 우사귀에게로 뛰어가 살펴보았다. 정신을 완전히 잃어버린 것 같았다. 귀신의 육체도 영으로 대항하면 상처를 받는지 한번 꺾인 허리는 그대로 꺾인 채였다.

만해의 눈에서 불이 솟아올랐다.

주변을 둘러보았다. 처음엔 유리하게 전개되었던 마을 사람들과 병사들의 싸움이 이제는 숫자에서 밀리는 동네 사람들에게 불리하게 전개되고 있었다. 낫으로 베어도 호미로 머리를 찍어도 놈들의 숫자는 별로 줄지 않았던 것이다. 중과부적의 싸움이었다.

장하와 봉련이 가미된 노승의 싸움도 마찬가지였다. 힘만 빼는 소모전이 계속되고 있었던 것이다. 저대로라면 체력이 먼저 고갈되는 노승이 당할 게 불 보듯 뻔했다.

그리고 지금 앞에 있는 우사귀… 아니, 누나…….

자칫하면 영혼마저 아무 의미 없이 소멸될 수 있었다. 만해의 눈에서 솟는 불길이 더욱 거세졌다. 분노의 감정이었다. 악귀사수대에 나선 이후 이렇게 격한 감정은 처음이었다.

"으아아아아아아악!!"

갑작스레 만해는 괴성을 지르며 혼월신검을 뽑아 들었다.

그리고 마구 휘두르기 시작했다. 검은 안개덩어리든 병사들이든 아무라도 좋았다. 가슴속에서 마구 휘두르고 부수라고 충동하고 있었다. 좀 전까지 혼월신검에 별 영향을 받지 않았던 검은 안개가 광기에 찬 눈을 하고 휘두르는 만해의 검에 조금씩 흩어지기 시작했다.

히데아시를 공격하던 손을 멈추고 노승은 만해를 보았다.

"저, 저건!"

만해의 눈은 이미 이성을 잃고 있었다. 폭주였다.

혼월신검을 지닌 자는 폭주의 위험이 있다는 경고를 미처 알려주지 못한 것이 떠올랐다.

영혼이 깃든 검이기에 검에 지배를 당할 우려가 있었다. 그렇게 되면 검의 주인은 이성을 잃고 폭주가 시작되는 것이다.

노승이 보기에 만해가 이미 그 단계로 진입한 것 같았다.

바람을 가르는 소리가 한 번씩 들려올 때마다 병사들의 목과 팔다리가 잘려 나가고 있었다.

이미 그들이 한국에 온 관광객들의 몸이었다는 사실은 잊은 듯했다.

이성을 잃고 싸우던 동네 사람들도 야차 같은 만해의 모습에 질려 뒤로 물러났다.

찌르고 베고 하는 동안 마당의 병사들은 순식간에 정리가 되어 눈에 띨 정도로 줄어들었다.

그때였다. 만해의 몸으로 불덩이가 날아들었다.

"위험해!"

노승이 외치는 순간 이미 만해는 검으로 그 불덩이를 막고 있었다.

그리고 검을 곧추세운 뒤 불덩이를 날린 히데아시를 향해 날아올랐다.

그러나 히데야시는 만해의 폭주에 당할 인물이 아니었다. 만해를 가볍게 피한 그는 마당으로 내려서서 병사의 시체 옆에 놓인 일본도를 하나 주워 들었다.

그리고 만해를 향해 날아오르며 휘두르기 시작했다.

휘이익—

바람을 가르며 만해의 목을 노린 그 한 수는 일 초라도 늦게 목을 움직였다면 몸만 남은 시체가 되어 뒹굴 듯한 위기의 순간이었다.

만해의 검이 주춤했다. 놈은 검술을 제대로 아는 고수였던 것이다.

"만해야, 참아라!"

폭주하던 만해가 조금 정신이 돌아온 것 같자 노승은 외치며 그쪽으로 가려고 했다.

그러나 만해의 눈에서 다시 불길이 타오르는 듯하더니 기합을 넣으며 히데야시를 향해 돌격했다.

"안 돼! 만해야! 그놈은 검술의 고수야!"

휘이익—

칼이 지나는 소리가 들렸다.

혼월신검을 내민 만해의 검끝에는 아무것도 걸리지 않았다. 잠시 멈춰 있던 만해의 가슴이 쩍 갈라져 피가 흐르기 시작했다. 히데야시의 칼끝이 만해의 가슴을 가른 것이다.

그나마 마지막 순간에 검을 내밀며 몸을 비튼 탓에 치명상은 면했던 것이다.

그러나 만해는 부상도 아랑곳 않고 다시 히데야시 쪽으로 검끝을 돌렸다. 만해의 눈이 광기로 번뜩이고 있었다.

그때였다.

애야······.

어디선가 만해를 부르는 소리가 들렸다. 장엄하고도 몽롱한 소리였다. 이성을 잃고 있던 만해는 고개를 흔들며 정신을 차리려 애썼다.
잘못 들은 소리이고 약해지면 안 된다는 생각만이 뇌리에 박혔다.
그러나 다시 검을 휘두르려던 만해의 귀에 다시 그 소리가 들려왔다.
마치 만해 자신의 내면에서부터 울려오는 소리 같았다.

상단을 올려라··· 그리고 좌우로 수많은 사선을 긋고 마지막으로 비스듬히 쳐내라.

만해는 그것이 무슨 말인지 알아듣지 못했다. 하지만 그것을 알아들은 곳은 따로 있었다. 만해의 손이었다. 만해의 손이 검을 들고 놈의 상단을 향해 쳐 나간 것이다. 그리고 뒤로 몸을 젖히며 피하는 놈이 다시 올라오기를 기다려 좌우로 수많은 사선을 긋고 있었던 것이다.
굉장히 빠른 속도였다.
갑자기 날카로워진 만해의 검술에 밀려 고전하던 히데야시는 만해가 비스듬히 쳐내는 검선에 어깨가 베이고 말았다.
"크아앗!"
노승의 말대로 스쳐도 중상이라는 혼월신검에 베인 탓일까? 히데야시는 무척 고통스러워했다.
만해는 검을 들고 그 모습을 지켜보았다. 폭주하던 불타는 눈에서 다시 원래의 눈으로 돌아와 있었다. 어깨를 잡고 고통스러워하던 히데야시는 만해를 향해 몸을 날렸다.

한곳을 노려 사 등분해서 한쪽 면을 사선으로 잘게 쪼개듯이 집중적으로 찔러라.

이제 소리가 들리자마자 만해는 무의식적으로 자연스레 따라 하게 되었다.

공격해 오는 히데야시의 머리를 사 등분으로 나눈 다음 왼쪽 머리끝을 집중적으로 잘게 쪼개듯이 찌른 것이다.

푹—

성공적이었다. 검이 히데야시의 왼쪽 머리끝에 박히더니 검끝이 머리를 뚫고 지나가 뒷머리로 나온 것이다. 양쪽 구멍에서 동시에 피가 솟구쳐 올랐다.

"으아악!"

히데야시는 손을 들어 올려 구멍난 머리를 잡고 비명을 질러댔다. 아픈 것보다는 분을 못 참아서인 것 같았다. 그 앞에선 만해가 여유있는 모습으로 서 있었다.

그 모습을 보고 있던 노승은 의아한 얼굴이 되었다.

'아니, 저놈이 내가 검술을 가르쳐 준 적도 없는데 어디서 저런 비기를 배웠을까? 하긴 알려줄 만한 검술도 사실 없지만.'

노승이 이런저런 생각에 잠겨 있는 사이 만해는 또 내면의 소리에 귀 기울이고 있었다.

이제 보법으로 방위를 바꾸고 길게 내지르고 짧게 쳐 나가라.

그 소리가 시키는 대로 한 만해는 방위를 바꾼 덕에 자신을 향해 미친 듯이 달려드는 히데야시를 가볍게 제쳤다. 그리고 자신이 길게 내지르는 검을 자신 쪽으로 다가오며 가까스로 피한 히데야시의 몸을 향해 짧은 검선을 그었다.

거의 만해의 몸에 붙다시피하고 있다가 검을 맞은 히데야시는 잠시 동안 서 있다가 서서히 무너져 내렸다.

지금 날아올라 좌우로 베어라!

히데야시가 쓰러지고 있기에 날아오를 필요가 없는데 갑작스런 소리의 지시에 만해는 어리둥절했지만 일단 날아올랐다. 그 순간이었다.

쓰러진 히데야시의 코에서 검은 안개가 빠져나와 하늘로 번개같이 올라갔다.

그러나 그땐 이미 만해의 검로(劍路)가 시작되고 있었다. 잠깐 사이에 일취월장한 듯 눈부신 쾌검이었다.

좌우로 베는 만해의 검에 탈출하려던 검은 안개는 조각조각 갈라지기 시작했다.

"쿼어어억!!"

검은 안개 속에서 고통을 이기지 못한 괴성이 들려왔다. 기가 약한 마을 사람들 몇 명은 귀를 막고 바닥에 앉을 정도로 역한 소리였다.

검은 안개의 형태였던 영은 점차로 소멸되기 시작했다. 히네야시의 부활을 위해 몸을 제공했던 괴물의 몸뚱어리 역시 몸 여기저기서 피를

쏟으며 쓰러져 있었다.

"히데야시의 영을 베었어!"

검은 안개의 완전 소멸을 보며 노승이 놀란 탄성을 내질렀다. 그리고 마당에 착지해 서 있는 만해를 바라보았다.

만해는 모든 것을 잊은 채 마음속으로 질문을 던지고 있었다.

'누구시죠?'

네 손을 보아라.

만해는 자신의 손을 보았다. 손아귀에는 혼월신검이 쥐어져 있었다. 새삼스레 그것을 확인한 만해의 눈이 경악으로 커졌다.

'그럼……?'

그래… 난 네 고조할아버지다.

만해는 그제야 모든 것을 깨달았다. 할아버지의 혼이 들어간 이 검이 모든 것을 다 알아서 해준 것이다. 영혼의 검다운 방식이었다.

"그렇다면……."

만해는 고개를 숙였다. 결국 만해 자신은 아무것도 한 것이 없는 셈이라고 생각했다.

그게 아니다.

'예?'

만해가 의문을 제시하자 다시 소리가 들렸다.

다 네가 지금껏 닦아온 도(道)와 기(氣) 덕분이다. 그것이 없었다면 나와 이렇게 공감을 형성할 수도 없었을 것이다.

'그래도 저는 검을 배우지 못했는데요.'
만해가 의기소침하게 말했다.

이제부터 시작이다. 언젠가 큰 적이 다가온다. 네 사부는 큰 능력을 지니고도 쉽사리 내보이지 않으니 네가 많이 나설 수밖에 없을 것이다. 그리고 이 검으로 잘 연마해 큰 적을 막는 데 쓰도록 하거라.

'하지만 저는……'
뭔가를 말하려고 하는데 갑자기 만해의 마음속에 충만하던 기운이 갑자기 싹 사라져 버리는 것을 느꼈다.
'할아버지? 할아버지!'
만해는 마음속으로 애타게 불렀으나 더 이상 아무 답도 없었다. 그런 만해의 어깨에 누군가의 손이 얹어졌다.
고개를 돌린 만해는 자신을 보며 인자한 미소를 짓고 있는 노승을 보았다.
노승은 자신을 보는 만해의 눈빛이 달라져 있다는 것을 느꼈다. 이제 더 이상 예전의 만해가 아닌 것 같았다. 잠시 정적이 흘렀다.
눈가에 눈물이 살짝 맺힌 만해는 노승을 보며 입을 열었다.
"배고파요. 뭐 먹을 거 없나요?"

"엥?"

만해는 달라진 것이 하나도 없는 모습을 보여준 뒤 우사귀를 향해 걸어갔다.

우사귀는 만해가 다가오는 것을 보자 수줍게 고개를 숙였다. 허리가 여전히 꺾여 있어 안 좋아 보였다.

"괜찮아요, 누나?"

만해가 다정스럽게 물었다.

우사귀는 말없이 고개를 끄덕였다. 두 사람은 잠시 말없이 서로를 바라보았다.

"이제 가야 해요……."

동쪽 하늘을 보며 우사귀가 조용히 입을 열었다. 어느 틈에 새벽이 밝아오고 있었다. 만해는 고개를 끄덕였다.

두 사람은 말없이 서로를 바라보고 있었다.

그런 만해를 보던 노승은 장하와 봉련을 향해 다가갔다.

"이제 이곳에서만 있지 않아도 되니 너희들 갈 곳으로 가면 된다."

"예."

장하와 봉련이 다소곳하게 대답했다.

"남은 귀생(鬼生), 너무 명품을 좋아하지 말고 소박하게 살도록 해라."

"예. 이번에 많은 걸 배웠습니다, 서방님. 감사합니다. 감사합니다."

"그래… 그냥 서방님 하마."

노승이 웃으며 답했다.

만해와 노승이 작별 인사를 하는 동안 날을 밝히는 빛이 서서히 찾아왔다.

그 순간 우사귀와 장하와 봉련은 자기들 갈 곳을 찾아 사라졌다.

멍하게 있는 두 사람에게 한 반장 일행이 다가왔다. 온몸이 피칠로 범벅이 된 채로.

"참 대단한 밤이었죠?"

한 반장의 말에 노승은 주위를 둘러보았다. 밤에도 느꼈지만 낮에 본 현장은 난장판이 되어 있었다. 사지가 잘리고 목이 날아간 시체가 여기저기 널려 있었다. 다행히 거의 병사의 시신들이었고 마을 사람들의 희생은 생각보다 적었다.

눈 뜨고 보기에 참혹한 현장인 마당으로 햇빛이 들어오자 병사들의 시신에 화르르 불이 붙기 시작했다.

"앗!!"

모두들 놀라서 그 광경을 지켜보았다.

햇살이 비칠수록 여기저기서 불길이 솟아올랐다. 그리고 한순간에 시신을 태워 없앴다.

놀랍게도 시신이 탄 자리에는 아무것도 남지 않았다.

그런데 한 병사의 시신은 끝내 불타지 않았다.

"어? 저건 뭐야?"

한 반장이 소멸되지 않은 시체를 보며 다가가고 있을 때였다.

시신이 갑자기 벌떡 일어나더니 땅을 박차고 대문 쪽으로 도망가기 시작했다.

"또 그놈인가 보다! 은형무를 구사하는 놈!"

"잡아!"

여기저기서 외치는 소리가 들렸지만 그놈보다 더 빠른 사람은 없었다.

어느새 그놈은 담을 넘어 밖으로 사라졌다.

"저놈 정체가 무엇일까요? 여기저기서 나타나는데……."

한 반장이 노승에게 물었다.

"글쎄, 수법으로 보아 일본 놈이 분명한 것 같은데… 전에 정신병원에 있던 그 일본 사내놈과 관련이 있는 게 아닌지 걱정되는군. 더군다나 밀교 놈이라고 했으니……."

"그놈이라면… 왜 그럴까요? 혹시 그놈이 데려간 붉은 악마와 연관이 있을까요?"

"글쎄다… 잘은 모르지만 우리의 동태를 파악하려는 것이 아닐지……."

두 사람이 정체 불명의 사내에 대해 이야기하고 있을 때 퀭한 눈으로 낫을 들고 있던 이장이 다가왔다.

"이제 우리 마을이 범죄 없는 마을이 되는 건가요?"

"아마도……."

한 반장은 고개를 끄덕이며 입가에 미소를 지었다.

다다다다다다—

부상당한 마을 사람과 쓰레기 등을 싣고 경운기가 막 출발하고 있었다.

이장과 마을 사람들은 어젯밤의 살육을 잊은 듯 환하게 웃으며 손을 흔들고 있었다.

마치 꿈 같은 밤이었기에 오히려 독립운동에 일조했다는 기분을 가진 것 같았다.

잃어버린 기억 속의 자신의 집을 방문하고자 했던 가벼운 마음으로

왔다가 상상도 못한 일을 겪은 만해는 그들을 보내고 다시 집 안으로 들어왔다.

집 안은 깨끗하게 청소되어 있었다. 마을 사람들과 힘을 합쳐 뒷정리까지 완벽히 한 탓이었다.

만해는 허리춤에 있는 혼월신검을 쓰다듬었다. 할아버지의 따뜻한 음성이 다시 들리는 듯했다. 그리고 검술을 잘 연마하라는 말도 다시 들려오는 듯했다.

만해는 검을 빼내 이리저리 휘둘러 보았다. 더 이상 마구잡이가 아닌 검로가 있는 검술이었다. 한순간의 가르침이 만해의 검술을 크게 성장시킨 것이다.

만해는 안채 뒤로 돌아가 우물을 바라보았다.

가까이 가지 않고 그저 멀리서 바라보았다.

그런 만해에게 다가와 옆에 서는 사람이 있었다. 노승이었다.

"그녀가 저 안에 있을까요? 다른 곳으로 갔을까요?"

만해의 말에 노승이 고개를 흔들며 답했다.

"글쎄, 어떤 판단을 했든 이제는 자신의 의지대로 했겠지. 가서 확인해 보지 그러냐?"

"아니에요. 잘 판단했겠죠."

쓸쓸히 말하는 만해와 같이 한참을 서서 우물을 바라보던 노승은 정적을 깨고 입을 열었다.

"밥 먹으러 갈까?"

"예, 좋지요!"

밖에서 기다리고 있던 한 반장 일행을 보며 대문을 나서던 만해는 문득 뒤를 돌아보았다.

누군가 보일 듯 말 듯했다. 하지만 아무것도 보이지 않았다.

첫사랑은 원래 슬픈 것이라던 노래 가사가 떠올랐다.

만해는 씩 미소를 지었다.

그리고 힘차게 대문 앞을 향해 발을 내디뎠다.

제2화
날씬한 몸매를
원하십니까?

제2화
날씬한 몸매를 원하십니까?

흥가 사건을 잘 해결한 지 두 달 뒤, 한 반장은 가짜 무당 관련 일을 처리하고 집으로 향하고 있었다. 경제가 어렵고 사회가 뒤숭숭하다 보니 가짜가 판을 치는 세상이 되어버려서 사람의 약한 마음을 이용한 범죄가 늘어나는 추세였다.

사기꾼이 대폭 늘어나는 시기도 이런 때다. 이렇게 어려운 시기일수록 쫓기는 마음에 평소에는 한번쯤 의심하고 넘어갈 일을 대강 믿고 넘겨 쉽게 속아 넘어가기 때문이다.

사기꾼과 더불어 가짜 무당과 점쟁이들도 늘어나고 있었다. 가짜 무당과 점쟁이야 항상 있어왔던 존재들이니 그리 새삼스러운 일은 아니다. 게다가 범죄자로 잡아들이기에도 약간 무리인 점도 있었다. 어차피 점이라는 것은 맞을 때도 있는 법이고 안 맞을 때도 있는 법이기 때문이다. 그러나 그들이 그냥 일정액의 돈만 받고 어설픈 거짓말로 손님들을 현혹시키는 것에 불과하다면 별문제가 없고 한 반장이 굳이 나설 필요도 없다.

하지만 일부 무당들은 사람들에게 적대적인 악신(惡神)을 모시고 있는 경우도 종종 있었다.

그들은 답답한 마음에 찾아오는 손님들에게 마(魔)가 꼈다며 무조건 액땜을 막기 위한 굿을 하라고 말한다.

그래서 하면 다행이지만 안 하면 꼭 뒤탈이 생기게 만들었다. 굿을 안 해서 뒤탈이 생기는 것이 아니라 무당이 안 좋은 일을 만들어 버리는 것이다. 즉, 자신이 모시고 있는 악신을 이용하여 그 손님들의 신변에 불가사의한 해를 끼치는 수를 쓰는 것이다.

그런 일이 반복되다 보면 오히려 그런 무당이 용한 무당으로 소문나게 되는 것이다.

'액땜을 하라는 말을 안 들었더니 진짜 큰일이 터지더라'는 등의 소문이 금세 돌면서 무당은 밀려드는 손님들로 문전성시를 이루게 되는 것이다.

한 반장 또한 심령 수사팀으로 와서 알게 된 사실이긴 하지만 그런 무당들은 실제로 존재하고 있었다. 정말 사람들에게 엄청난 해를 끼치는 암적인 범죄자들이었다.

암암리에 하달된 특별 단속 기간 동안 공지의 도움을 받아 몇 주 동안 불법 무당에 대한 일제 단속을 벌여 악질적인 무당 몇 명을 잡아넣는 쾌거를 이루어냈다. 물론 악신은 영력이 있는 공지가 처리하고 자신은 무당만 잡아넣었을 뿐이다.

누구에게도 표창받지는 못할 일이지만 음지에서 일하는 보람을 느끼기엔 충분한 일이었다. 하지만,

"휴우……."

한 반장의 입에서 한숨이 새어 나왔다. 가벼워야 할 한 반장의 마음은 무겁기만 했다.

큰딸 영애가 가출한 지 벌써 열흘이 넘었기 때문이다.

아직 고등학교 2학년에 다니는 영애가 가출한 것은 한 반장에게 큰 충격이었다.

경찰 일이라는 것이 그렇듯 업무에 너무 시달리다 보니 딸과 속 깊은 대화를 나눌 수 있는 시간이 부족하긴 했지만 그래도 다른 집보다 사이좋은 부녀 간이라고 여겼기 때문이었다.

'하긴… 나만의 생각이었을지도 모르지.'

한 반장은 씁쓸하게 고개를 저었다. 자신만 딸과 친하다 생각하고 있었을 수도 있었다.

"휴우……."

다시 한 번 한숨을 쉬며 딸이 가출한 이유를 생각하던 한 반장은 알 수 없다는 듯이 고개를 저었다.

그 이유만은… 정말 이해할 수 없었기 때문이다.

성적 비관, 부모와의 불화, 남자 친구 문제 등등.

다른 아이들처럼 그런 평범한 이유로 가출했다면 그나마 이해할 수 있을 것 같았다.

그러나 딸이 가출한 이유는 정말 이해할 수 없었다.

영애는 자신이 가출하는 이유를 쪽지 한 장에 달랑 써놓고 나갔다. 단 한 마디였다.

"살 빼서 돌아올게!"

그랬다. 딸아이의 가출 동기는…… 비만!!

그저 비만이었다.

아니, 뚱뚱하다는 이유 **때문에** 가출할 것이라고 누가 상상이라도 했을까.

"휴우우……."

신호등 앞에 선 한 반장은 다시 한 번 한숨을 내쉬었다. 한 반장의 시선에 오른쪽 가게의 간판이 잡혔다.

베스킨라빈슨 31

한 반장은 자신이 사 간 저 아이스크림을 영애와 사이좋게 앉아 먹던 추억을 잠시 떠올렸다. 그리고 그 옆에 붙어 있는 버거킹을 보았다. 덕지덕지 포스터가 붙어 있는 걸 보니 새로운 종류의 와퍼 광고에 한창인 모양이었다.

하나만 먹어도 배부른 그 커다란 와퍼를 영애는 세트로 먹고도 모자라 하나를 추가로 주문해 먹었다. 콜라도 물론 세 번 리필은 기본이었다. 그런 영애를 장하다고 볼을 쓰다듬던 자신의 모습이 떠올랐다. 한 반장은 자책감에 몸을 부르르 떨었다.

결국 영애가 비만이 된 것이 자기 탓인 것만 같았다. 먹을 것은 비만을 부르고 비만은 가출을 부르고 가출은… 가출은……. 더 이상 생각하기도 싫었다.

가출한 아이들이 까닥 잘못하면 어떻게 되는지 업무의 특성상 너무나 잘 알기 때문이었다.

“무사히 돌아만 와다오.”

영애가 돌아온다면 이제 아무것도 사주지도, 먹이지도 않을 자신이 있었다.

따지고 보면 그 모든 일들이 오늘의 사태를 부른 것이었다.

한 반장은 영애의 가출 사건이 자신의 탓인 것 같아 가슴이 미어지고 있었다.

“여보, 나 왔어.”

현관으로 들어서며 한 반장은 힘없이 말했다.

“아빠~”

거실 소파 밑에서 만화 영화를 보던 작은 딸 아름이가 부인보다 먼저 뛰어나왔다. 품에는 항상 들고 다니는 하얀 토끼 인형이 꼭 안겨 있었다.

귀여운 막내딸을 보자 우울하던 한 반장의 얼굴에 잠시 미소가 비치더니 아름이를 번쩍 안아 올렸다.

“우리 아름이 잘 놀았어?”

“응!”

“잘했다~ 아이구, 귀여운 우리 딸.”

“응, 근데 언니가 없으니까 심심해.”

“……”

한 반장의 얼굴이 다시 어두워졌다. 올해 여섯 살인 아름이는 큰딸 영애와 열한 살 차이나는 늦둥이였다. 그런데도 영애가 아름이와 잘 놀아주곤 해서 그야말로 자매 간의 세대를 뛰어넘는 따뜻한 우애를 보여주곤 했던 것이다.

한 반장은 아름이를 내려놓으며 말했다.

"언니 금방 돌아올 거야. 학교에서 잠깐 놀러 간 거니까."

"치, 혼자만 놀러 가고. 언니 나중에 오면 봐라, 안 놀아줄 거야! 홍! 그치, 토순아?"

아름이는 토끼 인형에게 말을 하며 다시 만화 영화를 보러 소파 밑에 가 앉았다.

"당신 왔어요?"

뒤늦게 안방에서 부인이 나오며 힘없이 말했다.

"그래. 오늘도 연락 안 왔어?"

"연락 왔으면 벌써 말씀드렸죠. 당신은 좀 알아봤어요?"

"응… 그게 다른 사건들 때문에 잘……."

"다른 사건도 중요하지만 없어진 애가 당신 딸이에요, 당신 딸! 신경 좀 써요!"

부인은 날카로운 목소리로 타박했다. 신경이 곤두설 대로 선 모습이었다.

"나도 신경 쓴다고! 근데 신경 쓰면 뭐 하냐고! 이놈의 계집애가 어디 가 있는지 통 알 수 없으니."

한 반장도 답답한 마음에 부인에게 소리쳤다. TV 만화 영화에 열중하던 아름이가 놀란 눈으로 두 사람을 쳐다보았다.

두 사람은 잠시 아무 말 없이 서로를 노려보며 그 자리에 서 있었다.

잠시 후 힘이 빠진 듯 부인이 소파에 털썩 주저앉았다.

"휴우… 얘가 도대체 어딜 간 건지… 밥은 잘 먹고 있는지 모르겠어요."

부인의 눈에 또다시 눈물이 맺혔다.

한 반장의 가슴 역시 답답했다. 이러다간 사이좋던 부부 사이도 깨질 판이었다.

한 반장도 부인 옆에 가서 힘없이 앉았다. 그리고 부인의 손을 살며시 잡았다.

어떤 말도 필요하지 않았다. 지금은 싸울 때가 아니라 서로에게 위로가 될 때라는 것을 둘 다 너무 잘 알고 있었던 것이다.

만화 영화가 끝났는지 아름이는 부모님의 눈치를 보며 채널을 이리저리 돌리고 있었다.

그때였다.

[오늘 신대방동의 전문 건설회관 옥상에서 여학생이 자살한 사건이 발생했습니다. 이 여학생은 평소 뚱뚱한 자신의 몸을 비관한 것으로 알려져 있어……]

뉴스 시간이었는지 TV에서 자살한 여학생의 얘기가 흘러나오고 있었다.

뚱뚱한 여학생이 외모를 비관해 자살했다는 뉴스였다. 처음엔 흘려 듣던 한 반장은 섬뜩한 생각이 머리를 스쳐 지나가는 것을 느꼈다.

뚱뚱? 외모 비관?

한 반장은 가슴이 쿵 내려앉는 것을 느끼고 옆에 있는 부인을 바라보았다. 부인 역시 불안한 얼굴로 한 반장을 바라보았다.

"설마… 설마 우리 영애는 아니겠죠?"

"……"

한 반장은 대답 대신 바바리를 들고 밖으로 뛰쳐나갔다.

자살한 학생이 안치된 경찰병원에 도착한 한 반장은 밖에서 지키는 경비원에게 경찰 배지를 보여준 뒤 곧바로 지하의 부검실로 향했다. 안치실 앞에 도착한 한 반장은 혹시나 하는 생각에 쉽사리 문을 열지 못했다.

만약 영애가 맞다면… 그건 생각하기도 싫은 가정이었다.

한 반장은 크게 심호흡을 하며 문을 열었다. 피비린내가 확 풍겨왔다.

부검실 안에는 가운을 입은 의사 몇 명과 형사처럼 보이는 사람 하나가 사복을 입은 채 부검대 옆에 서 있었다.

뭔가에 열중을 하고 있는 지 그들은 한 반장이 들어온 것도 알지 못했다.

"저……."

한 반장은 침을 꿀꺽 삼키며 말을 꺼냈다.

그제야 돌아본 그들은 한 반장을 발견하고는 인상을 쓰며 쳐다보았다.

"뭡니까?"

사복을 입은 사람이 물었다. 한 반장은 신분증을 보여주며 답했다.

"중앙 경찰청 소속 한영인 반장이오. 자살한 사람의 신원을 확인하러 왔소."

"거기서 왜 여기까지 나왔죠?"

신분증을 슬쩍 본 형사는 자신의 영역을 침범당했다는 듯이 기분 나쁜 표정을 지으며 말했다.

그러나 한 반장은 아무 말 없이 형사의 얼굴을 빤히 쳐다보았다. 평소의 온화한 표정과는 전혀 다른 무서운 표정이었다.

그런 한 반장의 얼굴에 질려서인지 형사는 옆으로 자리를 비키며 말했다.

"예, 보고 싶음 보세요. 봐봤자 본인만 괴롭지 뭐."

어쨌든 평형사인 자신보다 높은 위치에 있는 반장의 신분이니 더 이상 시시콜콜 따질 수는 없었다.

한 반장은 부검대로 천천히 다가갔다. 가까이 갈수록 피비린내가 점점 더 심해지고 있었다. 심해지는 피비린내만큼 한 반장의 심장도 점점 심하게 뛰고 있었다.

한 반장은 두 눈을 크게 뜨고 부검대 위를 바라보았다. 순간 한 반장의 동공이 놀람으로 커졌다.

동시에,

"우욱!!"

한 반장은 속에서 시큼한 것이 올라오는 것을 느끼며 심한 구역질을 해댔다.

형사 생활을 하면서 온갖 종류의 시체란 시체는 다 보았던 한 반장이었다. 죽은 시체 중 가장 끔찍하다는 불에 타서 신체의 일부만 남은 시체나 물에서 건져 올린 퉁퉁 부풀어 오르고 여기저기가 긁히고 깨진 시체도 직접 만져 보고 검안도 해보았다. 그러나 이건 너무 심했다.

폭사(爆死)였다.

말 그대로 온몸이 갈기갈기 찢겨져 있었다.

몸 안의 장기가 다 날아가고 배의 거죽 일부만 남아 흐느적거리는 것이, 마치 폭탄이 몸 안에서 터져 버린 듯한 모습이었다. 눈앞의 이 흐트러진 살덩어리가 한때는 사람이었다는 것은 긴 생머리와 튀어나온 두 개의 안구가 말해 줄 뿐이었다.

더 이상 바라보지 못하고 구토만 하는 한 반장을 보던 형사는 입을 열었다.

"옥상에서 떨어진 것 치곤 좀 심하죠? 근데 신원 확인은 하신 건가
요?"

"……."

비웃듯이 말하는 그 형사를 노려보며 한 반장은 옆에 있는 부검의에
게 물었다.

"몇 층이었죠?"

"예?"

"도대체 몇 층에서 떨어졌기에 몸이 이 모양이 될 수가 있죠?"

"5층이라던데… 맞죠?"

부검의는 형사의 눈치를 보며 말했다.

형사는 고개를 끄덕였다.

"5층요?"

한 반장은 믿기지 않는 얼굴로 중얼거렸다. 이게 5층에서 떨어진 시
체라니… 말도 안 됐다.

예전에 15층에서 떨어진 시체를 현장에서 본 적이 있었다. 그때도
이 정도는 아니었다.

팔다리가 심하게 뒤틀려 부러졌고 몸 안의 장기가 파열돼서 즉사에
이르렀지만 이렇게 심할 정도로 온몸이 터져 버린 폭사가 되진 않았었
다.

그렇다고 부검의와 저 얄미운 얼굴의 형사가 거짓말을 하고 있는 것
같지는 않았다.

그런 한 반장의 모습을 보며 형사가 입을 열었다.

"뭐 더 할 말이 있습니까? 아니면 신원 확인을 더 해보시겠습니까?"

한 반장은 손을 휘저었다. 신원 확인을 하고 말고도 없었다. 긴 생머리로 보아 단발머리인 영애는 확실히 아니었다. 그리고 그나마 남아 있는 형체로 미루어볼 때 영애보다 훨씬 날씬했다. 영애가 아닌 이상 관할서의 형사에게 맡기고 자신은 사라지면 되었다.

고개를 떨구며 자리를 떠나려던 한 반장의 머리에 문득 한 가지 의문이 스쳐 지나갔다.

몸을 돌린 한 반장은 형사를 바라보며 입을 열었다.

"근데 저 여자애는 별로 뚱뚱하지 않은데 왜 비만을 비관해 자살했다는 겁니까?"

형사는 픽 하고 웃더니 품 안에서 사진을 하나 꺼냈다.

사진에는 엄청난 살 때문에 눈이 파묻혀서 있는 듯 없는 듯 조그맣고 볼 살은 커다란 계란을 두 개 정도 붙여놓은 것 같은 데다 몸에는 터져 나갈 정도의 옷을 입은 채 비관적인 표정을 짓고 있는 한 여학생이 있었다. 한마디로 뚱땡이의 극치였다.

"이게 뭐죠?"

한 반장의 질문에 형사는 아무 말 없이 턱으로 부검대 위를 가리켰다.

"이 사진 속 아이가 저 시체?"

형사는 고개를 끄덕였다. 한 반장은 황당한 표정을 지었다. 알고 보니 이미 신원 확인이 끝나고 사진까지 확보된 상황이었던 것이다. 능글거리며 웃고 있는 형사에게 한마디 하고 싶었으나 한 반장은 꾹 참고 부검실 밖으로 발을 옮겼다.

그 뒤에 대고 형사가 외쳤다.

"이게 저 아이의 3개월 전 사진이었다고요! 요즘은 오히려 말라 보일 정도로 날씬해졌고. 그런데 이 아이가 왜 비만을 비관해 자살을 했는지 그게 의문이란 말입니다. 단순히 신원 확인이 문제가 아니라고요!"

"……?"

그 말에 호기심을 느끼며 한 반장은 돌아서려다가 참았다.

이제 자신은 엄연히 심령 수사대 소속이었다. 저런 사건들에 모두 개입했다가는 본연의 임무를 놓칠 수 있었다. 게다가 영애의 실종으로 심기도 불편한데 다른 사건에 정신을 팔고 싶지 않았다.

한 반장은 부검실의 문을 열고 밖으로 나왔다.

코끝을 내내 간질이던 피비린내가 비로소 사라지고 있었다.

그러나 그것이 시작이었다.

전국 각지에서 비만을 비관해 자살하는 여학생들이 거의 매주 한 명씩 나오고 있었던 것이다. 그때마다 한 반장은 혹시 영애가 아닐까 해서 쫓아다녔다.

빌딩이나 아파트 등에서 자살해 죽은 시체들의 모습은 하나같이 끔찍했다.

그런 시체의 모습을 몇 번이나 보아서 만성이 됐을 법도 한데 볼 때마다 속이 뒤집어지는 것은 어쩔 수 없었다.

"반장님, 괜찮으세요?"

마 형사가 걱정스런 얼굴로 물었다.

은평구에서 발생한 비만 비관 자살 사건의 희생자를 보고 온 한 반장의 표정이 눈에 띄게 어둡자 무감한 마 형사도 걱정이 되는 모양이었다.

"괜찮아."

한 반장은 손을 휘저으며 답했다.

그런 한 반장의 모습을 보며 박 형사가 조심스레 입을 열었다.

"저……."

한 반장은 고개를 돌려 박 형사를 보았다. 꼼꼼한 성격의 박 형사는 철을 한 서류 뭉치를 한 손에 가득 들고 있었다.

"왜? 뭐 할 말 있어?"

"예. 아무래도 요즘 벌어지는 자살 사건들이 뭔가 이상해서 제 나름 대로 수사 기록들을 모아봤는데요……."

순간 마 형사가 박 형사의 말을 뚝 잘랐다.

"야, 야, 자살 사건에 무슨 수사 기록이야. 지가 죽고 싶어 죽은 거지."

"가만있어 보게."

한 반장은 마 형사를 면박 준 뒤 박 형사의 다음 말을 기다렸다.

박 형사는 마 형사에게 혀를 한 번 내민 뒤 말을 이었다.

"일단 첫 번째 공통점은 모두 유서에 비만을 비관했다는 점입니다. 이건 모두 아시죠?"

한 반장은 고개를 끄덕였다.

"실제로 그녀들은 모두 뚱뚱했었죠. 하지만 특이한 점은 죽을 당시 엔 모두 비만이 아니었다는 점입니다. 이게 어찌 된 일일까요?"

"……?"

익히 알고 있는 정보였지만 한 반장은 그리 크게 신경 쓰지 않았다. 죽기 직전에 다이어트에 성공해서 그럴 수 있었겠다고 단순히 생각했던 것이다.

"뚱뚱해서 비관을 하던 그녀들이 마를 정도로 살을 뺀 뒤 죽는다. 그것도 연쇄적으로. 뭔가 수상쩍은 냄새가 나지 않습니까?"

"수상쩍기는? 간단하다니까. 살을 빼다 보니 너무 빼서 마른 자신을 보고 실망해서 자살한 거지 뭐."

단순과 돌진을 목적으로 삼아 사건을 해결하는 마 형사다운 무뇌아적 발언이었다.

그런 마 형사를 불쌍하게 바라보던 박 형사는 다시 말을 이었다.

"저희가 맡을 일은 아닐지 모르겠지만 뭔가 수상쩍은 냄새가 나지 않습니까?"

"어떤 면에서 그런가?"

한 반장이 물었다.

"악령들의 냄새요. 이건 인간의 짓이 아닌 것 같습니다."

난데없는 박 형사의 말에 한 반장과 마 형사는 서로의 얼굴을 바라보았다.

"푸하핫!"

잠시 후 마 형사가 웃음을 터뜨렸다.

"그래서 자네는 귀신이 이런 일을 저질렀다는 건가? 푸하하하!"

"이 친구가!! 사태가 심각하다니까! 어린 학생들이 죽어 나가고 있어!"

박 형사는 진지하게 말했다.

"그래, 나도 알아. 하지만 귀신이 하릴없이 뚱뚱한 아이들을 왜 죽이겠냐? 그리고 죽이려면 그냥 죽이지 왜 자살을 유도하겠어. 아이구, 배야! 너무 웃기지 마."

그런 마 형사를 보며 한 반장은 자리에서 벌떡 일어났다.

"어? 어디 가시게요?"

눈물이 찔끔 빠질 정도로 웃던 마 형사가 물었다.

"출동하러!"

"예에?"

마 형사가 놀라 되물었다. 얼굴에서 웃음기가 사라졌다.

"박 형사 말도 일리가 있는 것 같아. 그리고 굳이 악귀들의 소행은 아니더라도 어쨌든 수사해 볼 가치는 있을 것 같아!"

"아무리 그래도 한낱 자살 사건에… 우리는 뭔가 더 그럴듯한 요상한 일들을 수사해야 하는 심령 수사대 아니었나요?"

"그러니까 우리가 나서야지. 박 형사 말대로 뭔가 이상하지 않나? 뚱뚱했던 학생들이 뚱뚱하지 않은 상태에서 뚱뚱한 것을 비관해 죽는다! 뭔가 이상하지 않아?"

"글쎄요. 전… 뭐… 뚱뚱해 본 적이 없어서…….."

"뚱뚱해 본 적이 없어? 그럼 마 형사의 튀어나온 그 배는 가슴이 처진 건가?"

"……."

머리를 긁적이며 난감해하는 마 형사를 보던 한 반장은 박 형사에게 서류를 챙기라고 지시한 뒤 컨테이너 밖으로 나갔다. 그 뒤를 잔뜩 고무된 박 형사와 고개를 갸웃거리며 마 형사가 따르기 시작했다.

일단 여학생들이 죽은 장소부터 하나하나 탐문 수사를 할 생각이었다.

그러나 그 출동은 오래가지 못했다.

차에 올라타고 출발한 지 얼마 되지 않아 한 반장의 휴대폰으로 전화가 한 통 걸려왔기 때문이었다.

"여보세요."

집 전화번호가 찍힌 발신 번호를 보며 또 아내의 푸념이겠거니 힘없이 받은 한 반장의 눈은 놀라움으로 커졌다.

"뭐? 영애가 돌아왔다고? 정말이야? 어때? 괜찮아? 그래? 알았어! 금방 갈게!"

전화를 끊은 한 반장은 상기된 얼굴로 운전대를 잡고 있는 박 형사에게 재촉했다.

"집으로 가! 집으로!!"

"따님이 돌아왔나 보죠?"

"……"

마 형사가 묻는 말도 못 알아들은 듯 한 반장은 대답도 못한 채 흥분한 기색을 감추지 못했다.

박 형사는 불법으로 유턴을 한 뒤 차를 돌려 한 반장의 집으로 향하기 시작했다.

"어딨어? 영애 어딨어?"

소리 지르며 허둥지둥 집 안으로 들어온 한 반장은 문 앞에서 딱 멈춰 섰다.

낯선 여자가 문 앞에 서 있었기 때문이다. 그러나 결코 낯설기만 한 것은 아니었다. 어딘지 눈에 많이 익은 얼굴이었기 때문이다.

바로 자신의 딸, 영애였다.

한 반장은 넋을 잃고 잠시 동안 그 앞에 서 있었다.

그리고 낯설게 느껴지는 이유를 금방 알아챘다. 뚱뚱하던 영애가 살이 쫙 빠져 너무나도 날씬한 몸매를 하고 있었기 때문이다.

"아빠……."

"……."

미안한 표정의 영애가 한 반장을 불렀지만 한 반장은 넋이 나간 듯 그냥 보고만 있었다. 가출한 소녀의 아버지로서 위엄있는 한마디와 함께 가출의 동기, 어디서 무엇을 했는지, 밥은 먹었는지 등등을 물어보아야 했지만 지금 한 반장의 머리 속에는 아무 생각도 나지 않았다. 한 달 만에 돌아온 영애의 몸이 너무나 달라졌기 때문이다.

이건 거의 변신 수준이었다.

그 엄청나게 뚱뚱한 몸에서 몰라볼 정도로 날씬한 몸매의 소녀로 바뀌어 있었기 때문이다.

"너… 너……."

"아아~ 한 반장님한테 이렇게 예쁜 딸이 있었어요?"

한 반장이 간신히 입을 열기 시작할 때 눈치도 없이 마 형사가 입을 벌린 채 감탄사를 연발하기 시작했다.

그 소리가 듣기 싫진 않은지 영애는 마 형사를 향해 씩 웃어 보였다. 고혹적일 정도로 아찔한 미소였다.

"안녕하세요."

"으응? 그래! 너 참 이쁘구나."

"감사합니다. 형사님도 참 듬직해 보여요."

"엉? 그래? 흠흠."

마 형사는 한참 어린 소녀 앞에서 얼굴이 발개진 채 말을 더듬었다. 그만큼 영애는 매력적이었다. 아니, 매력적으로 변해 있었다.

박 형사와 마 형사가 돌아가고 난 뒤 한 반장의 가족은 한자리에 모였다.

둘째 딸 아름이는 조용한 분위기가 이상한지 엄마 품에 안겨서 아빠의 눈치만 보고 있었다. 잠시 동안 아무 말 없던 한 반장이 고개를 들어 영애를 보았다.

"너, 어떻게 된 거냐?"

"……."

영애는 아무 말 없이 고개를 숙이고 앉아 있었다.

"도대체 무슨 일이 있었기에 집에도 안 들어왔냐고?"

한 반장의 언성이 높아지기 시작했다.

"너, 남자 생겼냐?"

그 말에 영애가 한 반장을 쳐다보았다. 기분이 상한 표정이었다.

"아빠는 제가 남자 친구나 사귈 수 있었는지 아세요?"

"그게 무슨 말이냐?"

"예전에 제가 어땠는지 아세요? 전 뚱땡이에다 외톨이였어요. 뚱뚱하다고 아무도 저와 놀아주지 않았다고요. 그런데 남자 친구라고요? 미팅을 나가면 남자들이 저를 쳐다보기나 했는 줄 아세요? 힐끔거리며 지들끼리 폭탄 나왔다고 속닥거리며 기분 나쁜 표정이나 지었지. 그런데 제가 남자 친구 때문에 집을 나간 거라고요?"

"너……."

한 반장은 눈을 크게 뜨며 말꼬리를 흐렸다.

마구 쏘아붙이듯이 말하는 영애에게 어떤 말도 할 수 없었다. 그저 이 말밖에 할 말이 없었다.

"너, 미팅도 나갔었냐?"

"아빠!!"

영애는 동문서답하는 한 반장이 한심하다는 듯이 불렀다.

"미팅은 우리 나이면 누구나 해요. 고리타분하게 말하지 마세요. 그리고 저 쪽지에 써놓은 대로 살 빼러 나갔다 온 거예요. 그거 이상 아무것도 없어요!"

딱 잘라 말하는 영애를 보면서 한 반장은 아무 말도 할 수 없었다.

문득 어떤 것에 생각이 미친 한 반장은 영애를 보며 입을 열었다.

"너……."

그러나 한 반장은 말을 다 하지 못했다.

뚱뚱하던 학생들이 갑자기 날씬해진 뒤 폭사했다는 이야기를 차마 딸인 영애에게 할 수는 없었던 것이다.

"저, 뭐요?"

망설이는 한 반장을 보며 영애가 따지듯이 물었다. 예전엔 볼 수 없었던 태도였다. 외모의 변화는 영애의 성격의 변화도 몰고 온 것 같았다.

"너… 그 많던 살들을…… 아니, 너 배고프지 않니?"

더듬거리는 한 반장을 가만히 바라보던 영애는 조금 뒤에 대답을 했다.

"배고파요."

"한 그릇 더 주세요."

한 반장과 부인은 어이없는 표정으로 서로 마주 보았다.

벌써 여섯 그릇째였다. 영애는 마치 걸신들린 사람처럼 밥공기를 비워가고 있었던 것이다.

"꺼어억~"

딱 열 그릇을 비우고서야 영애는 만족스러운 트림을 했다.

한 반장은 식탁을 쳐다보았다. 밥은 물론이고 반찬이며 국이며 그 위에 남은 것은 아무것도 없었다.

살이 쪘을 때도 영애는 이렇게 먹지 않았었다. 하지만 날씬해진 지금 더 많이 먹고 있는 것이다.

"배, 배부르니?"

어이없는 표정으로 한 반장은 영애에게 물었다.

"조금요."

간단히 대답한 영애는 자리에서 일어나 기지개를 켰다.

그리고 뒤도 돌아보지 않고 자신의 방으로 들어가 버렸다. 한 반장은 부인을 한 번 본 뒤 영애의 방문을 살짝 열어보았다. 자고 있었다. 한 반장이 이불을 덮어주기 위해 방으로 들어갔지만 영애는 벌써 깊은 잠에 빠진 것처럼 꼼짝도 하지 않았다.

"밥 먹고 나서 바로 자면 살이 다시 찔 텐데……."

한 반장은 그 옆에서 중얼거렸으나 영애는 듣지 못한 듯 조금의 미동도 없었다.

"휴우."

그 모습을 보며 한 반장은 방에서 나왔다.

"걱정되세요?"

그런 한 반장을 보며 부인이 말을 건넸다.

"걱정이 안 되면 이상하지. 얘가 좀 달라진 것 같지 않아?"

"그렇긴 한데… 밖에서 밥을 못 먹고 다녀서 그런 거 아닐까요?"

"아무리 밥을 못 먹고 다녀도 저렇게 밥을 많이 먹을 수 있어?"

"살 빠진 거 보세요. 밥을 얼마나 못 먹었으면 저렇게 빠졌을까요. 난 영애가 없어졌을 때만 생각하면……. 흑!"

눈물을 닦는 부인을 보며 한 반장은 마음을 편하게 가지기로 했다.

'그래, 밥을 못 먹어서 저렇게 날씬해진 것이고 그래서 밥을 저렇게 많이 먹은 것이야! 자고 일어나면 달라지겠지.'

한 반장은 그렇게 스스로를 위로했다.

하지만 시간이 지나도 달라지는 것은 아무것도 없었다.

벌써 돌아온 지 일주일이 지났지만 영애는 여전히 최소한 밥 열 공기는 비웠으며 몸은 더 찌지도 마르지도 않았다. 무단결석한 문제를 해결하는 것이 좀 복잡하긴 했지만 영애도 다시 학교를 정상대로 다니고 있었다.

한 반장은 식탁에 앉아 영애가 미친 듯이 밥을 먹고 있는 것을 보며 생각했다.

'저 밥 값 벌려면 투 잡스를 해야 하겠군.'

그때 한 반장의 휴대폰이 울렸다.

"여보세요."

[반장님?]

"그래. 박 형사인가? 왜?"

[또 터졌어요, 또요!]

"뭐가?"

뭔가 불길한 예감이 머리를 스치는 것을 느끼며 한 반장은 자리에서 벌떡 일어났다.

[또 그 자살 사건이 터졌다고요! 이번엔 타워 빌에서요!]

"타워 빌?"

[예!]

타워 빌이라는 말에 밥을 먹던 영애는 고개를 들어 한 반장을 보았다.

"타워 빌이라면 우리 집 옆에 있는 거 말인가?"

[예. 지금 시체 수습 중이라고 하니까 마 형사와 당장 그곳으로 가겠습니다.]

"그래, 나도 바로 나가보도록 하지."

전화를 끊고 한 반장은 생각에 잠겼다.

일주일 동안 잠잠하던 자살 사건이 또 터진 것이었다.

"아빠, 무슨 일이야?"

영애가 한 반장의 눈치를 보며 조심스레 말했다.

"별거 아니니까 넌 입가의 밥풀이나 떼어라."

말을 마치며 자리에서 일어나는 한 반장의 등 뒤로 영애의 말이 이어졌다.

"거기 내 친구 사는 덴데?"

"친구?"

한 반장은 몸을 돌리며 물었다.

"응. 친한 친구인데 무슨 일이야?"

"아무 일도 아니야. 그리고 그곳에 네 친구만 사는 게 아니니까 걱정하지 마라."

씩 웃으며 한마디를 남기고 한 반장은 타워 빌로 향했다.

자살 현장은 분주했다.

흰 가운을 입은 응급 요원부터 오렌지색의 119구조대, 그리고 경찰들이 북적이고 있었고, 동네 주민들까지 몰려나와 시체 처리하는 모습을 멀찍이서 구경하고 있었다.

여기저기서 왜 하필이면 여기냐 재수없다, 집 값 떨어지겠다는 등의 수군거림이 그 사이로 들려왔다.

자기 자식이 떨어져 죽어도 저런 이야기를 할 수 있을까라는 생각을 하며 한 반장은 박 형사가 있는 곳으로 걸어 들어갔다.

"예원여고 다니는 학생으로 밝혀졌습니다."

박 형사가 한 반장을 보자마자 말을 건넸다.

"뭐야? 예원 여자 고등학교?"

"예."

"예원여고라면 우리 딸이 다니는 학교인데……."

"한번 보시겠습니까?"

박 형사가 가히 밝지 않은 얼굴로 말했다.

한 반장은 보지 않아도 시체의 상태가 어떨지 대강 짐작할 수 있었다.

흰 천으로 덮어놓았다고는 하지만 밖으로 흘러나온 저 엄청난 피만 봐도 시체의 상태를 알 수 있었기 때문이다. 그래도 정확한 사태 파악을 위해선 봐야 했다.

가까이 다가간 한 반장은 박 형사가 흰 천을 젖힌 시체를 보았다.

눈살이 절로 찌푸려졌다. 역시 폭사였다. 얼마 동안 보았던 자살 사건의 피해자와 별다를 것이 없었다. 아니, 바닥에 흥건히 번지는 피 때문인지 더욱 비위가 뒤틀렸다.

그나마 온전히 남아 있는 얼굴로 미루어볼 때 청순한 고등학생 정도의 어린 학생이 분명했다.

"한슬아!!"

옆에서 처절하게 외치는 소리가 들렸다.

"한슬아!!"

귀에 익은 목소리라 생각하며 한 반장은 옆을 돌아보았다.

"엥?"

영애였다. 영애가 옆에서 미친 듯이 소리를 지르고 있었던 것이다. 눈에는 눈물이 가득했다.

경찰 한 명이 쫓아와서 그런 영애를 붙들었지만 영애의 몸부림을 막기에는 힘이 부족할 정도였다.

"영애야!"

한 반장은 영애의 어깨를 잡아 흔들었다.

"영애야, 여긴 웬일이냐?"

"한슬이! 한슬이! 윽!"

영애는 미친 듯이 소리치더니 끝내 눈을 까뒤집으며 기절했다.

한 반장은 현장에 와 있던 병원 관계자들을 불러 영애에게 응급조치를 취했다.

그러고 나서도 한참 뒤에야 영애는 눈을 떴다.

"영애야, 괜찮니?"

한 반장이 걱정스러운 표정으로 물었다.

영애는 고개를 힘없이 끄덕였다. 그리고 고개를 돌려 들것에 들려 옮겨지고 있는 친구의 마지막 모습을 보았다.

한 반장은 궁금한 것이 많았지만 지금은 일단 참기로 하고 영애를 집으로 데려다 주었다.

집으로 돌아온 영애는 아무 말도 하지 않고 자기 방으로 들어갔다.

한 반장은 그런 영애를 잘 돌봐주라는 말을 하고 밖에서 기다리고 있던 박 형사, 마 형사와 함께 영애의 학교이자 죽은 한슬이의 학교인 예원여고로 향했다.

학교 분위기 역시 뒤숭숭해 있었다.

만나는 사람마다 불안한 눈길로 한 반장 일행을 바라보았다.

"이게 그 학생의 사진입니다."

한슬이의 담임선생이 내민 사진을 받아 든 한 반장은 예상했다는 표정으로 박 형사와 마 형사에게 그 사진을 내밀었다.

뚱뚱한 여학생의 사진이었다.

"정말 조용하고 착한 아이인데 왜 그랬는지 모르겠어요."

담임선생은 머리를 쥐어뜯으며 괴롭게 말했다.

"몇 달 전 가출하고 돌아왔을 때도 그냥 넘어갔는데 그게 오히려 화근이었나 봐요. 차라리 혼내주면서 가출 이유라도 정확히 알아냈어야 하는데… 저는 배려해 준다고 아무것도 묻지 않고 별다른 징계 없이 학교를 다니게 했거든요."

"가출요?"

한 반장이 눈을 번쩍 빛내며 물었다.

"예. 한 2주 정도 지나서 돌아왔는데 세상에! 살이 쪽 빠져서 왔더라고요."

"살이요?"

"예. 그 사진을 보면 아시겠지만 원래 살이 좀 있는 아이였거든요. 그런데 2주 만에 어디에다가 다 떼어버리고 왔는지 그 많던 살이 없어졌더라고요."

"음……."

한 반장은 생각에 잠겼다.

역시 또 같은 사건이었다. 그동안 일어났던 사건들은 너무나 확실한 공통점이 있었다. 살이 많이 쪘던 아이가 가출한 뒤 돌아오면 날씬해져 있었고, 또 얼마 후에 그 아이는 자살을 시도한 것이다.

그리고 결과는 폭사로 이어지는 것이다.

이런 명백한 사실을 이제 외면할 수 없었다. 단지 뚱뚱한 것을 비관하거나 공부를 못해서 자살한 것이라는 편견을 이제는 버려야 했다. 뭔가 다른 거대한 음모가 있었던 것이다.

"그렇다면……!!"

문득 한 가지에 생각이 미친 한 반장의 얼굴이 상기되었다.

"영애……."

그랬다. 영애도 가출했다. 그리고 돌아왔다. 또한 살이 빠졌다!

한 반장은 순간 가슴 한 켠이 서늘해지는 것을 느꼈다. 영애에게도 이런 일이 닥칠지도 몰랐다. 한 반장은 한슬이의 담임을 보았다.

"저… 혹시 한영애라고 아십니까?"

"예, 옆 반에 있는 학생인데요."

"그 학생이 한슬이하고 친하다고 하던데……."

"예. 1학년 때 같은 반이라서 꽤 친했다고 들었어요. 가만, 그러고 보니까 영애도 얼마 전에 가출했다가 일주일 전인가에 학교를 나온 것 같던데……. 그런데 영애를 어떻게 아시죠?"

"음… 그보다 한슬이가 가출을 해서 어디에 있었답니까?"

"글쎄요. 그 부분을 통 말을 안 해서 저도 캐묻다가 포기했어요."

"그래요?"

그런 한 반장을 보며 선생은 의심스러운 눈길로 다시 한 번 물었다.

"저 근데 영애를 어떻게 아신다고요?"

"저 그냥……."

대충 얼버무리며 한 반장은 교무실을 나왔다. 굳이 자신이 영애의 아빠라는 사실을 알려줄 필요는 없었다.

그 길로 한 반장은 집으로 달려갔다.

그리고 방에서 혼자 눈물을 흘리고 있는 영애를 붙들고 가출한 동안 어디에서 무엇을 했는지 묻기 시작했다.

그러나 영애는 절대로 말하지 않았다.

단지 이 말만 했을 뿐이다.

"난 살 빼러 가서 살을 뺐을 뿐이야, 아주 훌륭한 단식원에서! 더 이상 묻지 말아줘, 아빠."

그 단식원이 어디에 있는지도 물었으나 영애의 대답은 단호했다. 절대로 가르쳐 주지 않기로 약속했다는 것이다.

어르고 달래봤으나 소용없었다.

이제 한 반장은 자살하는 사람들의 비밀을 스스로 밝혀낼 수밖에 없었다.

다음날부터 한 반장은 좀 더 과학적인 수사에 착수했다.

자살한 아이들의 가출해 있던 날짜, 그리고 자살한 날의 날짜 등의 상관관계를 조사하여 자료화하는 것이었다.

죽은 아이들의 가족들을 대상으로 탐문 수사를 한 결과 예상했던 대로 공통점이 드러났다.

가출한 아이들이 가출한 기간은 2주, 가출해서 돌아온 뒤 자살하기까지의 기간은 두 달이었던 것이다. 거기다가 다 뚱뚱했다가 살이 빠져 날씬한 몸으로 죽었던 것이다.

하나같이 똑같았다.

"음… 2주 동안 가출했다가 돌아온 지 두 달 만에 자살을 한다 이거지."

한 반장은 서류를 펴놓고 혼자 중얼거렸다.

간신히 얻어낸 자료였다. 자살한 아이들이 살고 있는 곳이 달랐기에 관할서도 당연히 각각 달랐고 또 자신들은 자살 사건의 전담 수사팀이 아니었다.

비협조적인 태도와 더불어 별것도 아닌 일에 쓸데없이 간섭을 한다는 뒷말도 심심치 않게 들었다.

하지만 한 반장은 이것이야말로 심령 수사대의 일이라는 것을 직감적으로 알아챘다.

확실히 뭔가 이상한 점이 있는 것이다.

그러나 그 이상한 점을 한가하게 고민하고 있을 수만은 없었다.

영애가 집으로 가출한 지 2주 만에 집으로 돌아왔고 지금도 시간은 흘러가고 있었기 때문이다.

'두 달이 지나면 영애도 죽은 아이들같이 될 수도 있다.'

그게 한 반장을 초조하게 만들었다.

사실 영애를 조사해 보면 쉽게 알 수 있을지도 모르는 일이지만 영애는 절대로 입을 열지 않았다. 아니, 그 단계를 넘어 아예 자신을 피하고 있었다.

답답한 마음에 얼마 전 무당 일제 단속에서 성과를 올렸던 공지에게 연락했으나 그는 중국으로 출장 중이라는 답이 돌아왔다.

그러자 한 반장은 버릇처럼 노승과 만해를 떠올렸다. 심령 수사대로서 이제는 한 번쯤 두 사람의 도움을 받지 않고 해결하고픈 마음도 있었으나 자신이 할 수 있는 것은 아직 한계가 있었다.

어쩌면 심령 수사대란 허울 좋은 명칭도 결국 두 사람을 보좌하기 위한 자리일 수도 있었다.

"휴우… 두 사람은 어디에 있을까?"

한 반장은 지난번 흉가 사건 이후 어디론가 말도 없이 떠나가 버린 두 사람을 떠올렸다.

강원도 첩첩산중 가야산의 한 동굴.

빛조차 제대로 들어오지 않는 그 동굴 안에 두 사람이 가부좌를 틀고 앉아 있었다.

아무것도 움직이지 않았고 아무 소리도 나지 않았다. 두 사람의 주위에는 온통 정적만이 감돌았다. 주위에 떠도는 모든 에너지가 두 사람에게 집중되는 것처럼 느껴졌다.

두 사람은 노승과 만해였다.

그들은 두 사람이 처음 만났던 바로 그 동굴에서 지금 면벽수행 중이었다.

다시 돌아온 동굴은 만해가 떠날 때와 달라진 것이 아무것도 없었다. 워낙 깊은 산중이라 아무도 찾지 않은 까닭이리라.

그곳에 다시 터를 잡고 두 사람은 바야흐로 닥칠 악귀들의 대난에 대비하여 능력을 업그레이드하기 위한 고행 중이었다.

돌아가는 상황이 심상치 않았다.

아직 살아 있는 붉은 악마와 그 붉은 악마를 데려간 일본 놈도 걱정이었다. 붉은 악마가 세상을 혼란스럽게 만들 것이라는 예언은 이미 나왔던 것이지만 정말 어이없게 살아 있는 모습을 실제로 보니 그 예언은 결코 틀린 것이 아니었던 것이다.

게다가 지난번에 만해의 집에서 소멸되어 가던 히데야시의 영이 한 말도 예사롭지 않았다.

"그날이 머지않았다… 그날이……."

그날이 올 것이라는 아주 기분 나쁜 말이었다.

그러고 보니 그들 사이엔 일본이라는 공통점이 있었다.

지금까지 우리 나라가 곤경에 빠졌던 때를 되새김질해 보면 가장 심했을 때가 일본인들이 침략해 왔을 때였다. 사료(史料)에는 나오지 않지만 일본인들이 우리 나라를 침범할 때는 악마를 대동했다는 설이 있었다. 그랬기에 그들은 항상 악귀같이 사람들을 잔인하게 죽일 수 있었다는 것이다. 그게 악마와의 계약으로 인한 것인지, 악마의 일방적인 충동질 때문이었는지는 지금에 와서는 알 길이 없었다. 하지만 분명한 것은 일본인들이 또다시 우리 나라를 건드릴 때 역시 악마들의 존재가 결코 없으리란 법이 없었다.

게다가 히데야시의 영처럼 우리 나라에 봉인되어 있는 일본인들의 한 맺힌 영이 얼마나 있을지도 몰랐다. 그들이 전쟁과 동시에 일어나 세상을 혼란에 빠뜨린다면 상상도 못할 엄청난 일이 벌어질 수 있는 것이다.

조만간 세상의 종말이 온다는 예언은 바로 우리 나라와 일본과의 전쟁에서부터 시작될 수도 있었다. 악마의 부추김으로 시작될 그 전쟁이

2차 세계대전같이 전 세계로 퍼져 나간다면 정말 세상에 종말이 오지 말라는 법은 없었다.

노승과 만해는 충분히 그럴 수도 있다는 가정 하에 뜻을 같이했다.

고난과 역경이 있더라도 힘을 길러 국가와 민족과 세상을 구하겠다 고…….

누가 들으면 코웃음 칠 일이었지만 두 사람은 나름대로 진지했다. 그래서 안락한 도시 생활을 마다하고 지금 이 순간 차가운 동굴 바닥에 앉아 수양을 하고 있는 것이다.

턱—

난데없이 나타난 박쥐 한 마리가 만해의 민숭머리 위에 거꾸로 앉았다.

그러나 만해는 미동도 하지 않았다.

찍—

난데없이 나타난 들쥐 한 마리가 노승의 발가락을 살짝 물었다.

그러나 노승은 미동도 하지 않았다.

정(靜)! 중(中)! 동(動)!

두 사람은 자연이 내가 되고 내가 바로 자연이 되는 물아일체의 경지에 빠져 있었다.

하염없이 시간은 흐르고 정적만이 그들을 지켜줄 뿐이었다.

어찌 보면 장엄하기까지 한 광경이었으나 정적을 깨고 들려온 한마디에 그 분위기가 단숨에 깨지고 말았다.

"아, 배고파~"

"이놈아! 그러기에 움직이지도 말고 말도 하지 말라고 했잖나! 에너지 소비가 작아야지 배도 덜 고픈 법이다!"

노승이 만해에게 불호령을 쳤다.

"우이 씨."

만해는 입을 삐죽 내밀고 툴툴거렸다. 억울했다.

식량이 떨어진 지 벌써 오래였다. 원래 수양 날짜에 맞춰 식량을 넉넉히 준비해 왔으나 끼니때마다 너무 많이 먹어서 수양을 끝내기로 약속한 날짜가 채 되기도 전에 다 떨어지고 말았던 것이다.

그렇다고 얼마 남지 않은 날짜에 맞춰 저 험한 산을 타고 내려가 식량을 구해올 수는 없었다.

그래서 노승이 대안을 내놓은 것이 일단 산에서 열매 같은 걸로 조달하고 최대한 몸을 움직이지 않는 것! 바로 그것이었다.

이상적인 면에서는 최고의 방법이었으나 면벽수행과 더불어 검술 수련을 하러 온 만해에겐 현실적으로 불가능한 일이었다.

검술을 수련하려면 일단 많이 움직여야 했다. 그리고 많이 움직이기 위해서는 그만큼의 에너지를 몸 안에 갈무리해야 정상적으로 신진대사가 돌아가는 법이었다. 그리고 그 에너지는 바로 밥에서 나오는 법이었다. 그런데 바로 그 밥이 없으니 만해는 지금 거의 탈진 상태였다.

하지만 노승은 잘 버티고 있었다.

그도 그럴 것이 별로 하는 일이 없었던 것이다. 동굴 안에서 술법을 연구한다고 공지에게 받아온 책이나 들척이고 있었던 것이다. 가부좌를 튼 채 눈을 감고 알 수 없는 주문이나 외워대니 에너지가 만해처럼 많이 소모될 일도 없었다. 거기다가 밥 당번이나 청소 등 운동량이 많은 잔일까지 모두 만해 차지였다.

만해는 여전히 눈을 감고 명상에 잠겨 있는 노승을 향해 조심스레 입을 열었다.

"저, 사부님……."

"왜 그러느냐?"

노승은 만해 쪽을 쳐다보지도 않고 물었다.

'그만 하산하죠!'

맘속에선 이 말이 맴돌고 있었으나 쉽게 떨어지지 않았다. 사부의 불호령이 무서웠다.

꼬르륵.

그러나 배에서는 빨리 얘기하라고 다그치고 있었다. 마음이나 머리보단 몸이 정직한 법이었다.

"저……."

다시 용기를 내어 말하려던 만해의 눈에 옆에 놓여 있던 혼월천검이 보였다.

위기의 순간, 적을 해칠 수 있는 검술을 알려주어 자신을 보호해 주고 막강한 적을 물리치게 해준 고조할아버지의 얼이 느껴졌다. 그런 검을 두고 수양을 멈춘 채 하산할 수는 없는 법이었다. 아니, 잠시나마 그런 생각을 한 자신이 부끄러워졌다.

"왜 그러냐니까? 혹시 하산하고 싶어서 그러느냐?"

노승이 다시 물었다. 부드럽게 묻는 것이 왠지 만해의 입에서 하산하자는 말이 나오기를 바라는 말투 같았다.

그러나 아무런 대답 없이 만해는 검을 들고 분연히 일어섰다. 그리고 검을 들고 밖으로 나갔다. 조금 전까지 배고프다고 잉잉거리던 모습이 아니었다.

눈을 살짝 뜨고 그 모습을 보던 노승은 혼자 중얼거렸다.

"수련하러 가는군. 역시 혼월천검의 힘이야. 그 검을 한번 든 자는 검과 일체가 되기 전에 수련을 끝낼 수 없는 법이지."

노승은 제자인 만해를 대견스럽게 생각하며 고개를 끄덕였다.

"그나저나 정말 배고프군. 그냥 하산하자 그랬으면 마지못해 가려 했는데……."

은근히 아쉬워하는 노승의 마음을 모른 채 밖으로 나온 만해는 눈을 감고 검을 곧추세웠다.

"동천(東天)! 서지(西地)! 남중(南中)!"

만해는 큰 소리로 호령하면서 사지사방으로 검을 휘둘렀다.

쉐이엑― 쉑―

바람을 가르는 칼 소리가 골짜기에 울려 퍼졌다.

동쪽의 하늘을 가르고 서쪽의 땅을 가르고 남쪽의 마음을 베는 초식 이었다.

아직은 어설프고 엉거주춤한 동작이었지만 나름대로의 모양새를 갖 추고 있었다.

그러나 만해는 서쪽의 땅을 가를 때 손에 이상한 촉감이 느껴진 것 을 알아챘다.

"뭐지?"

만해는 혼자 중얼거렸다. 검술의 달인들은 허공을 가를 때도 뭔가를 베는 듯한 손맛을 느낀다고 알려져 있다. 지금 만해가 딱 그랬다. 분명 허공을 향해 검술을 연마했을 뿐인데 뭔가를 베는 듯한 둔탁한 감촉이 전해진 것이다.

'음, 역시 명검이라 내 진도도 빠른가 보군. 아니, 내가 자질이 뛰어 난가?'

자화자찬을 하던 만해는 눈을 떠서 검을 바라보았다.

"헉!"

만해는 놀라 뒤로 물러섰다. 검에서 붉은 피가 뚝뚝 떨어지고 있었던 것이다.

당황한 만해는 아래로 시선을 돌렸다. 흑갈색의 산토끼 한 마리가 목이 잘린 채 죽어 있었다. 산토끼는 아직 숨이 끊어지지 않았는지 네 다리를 파르르 떨고 있었다.

만해는 순간 상황을 파악할 수 있었다.

'서지'를 외치며 아래로 내려칠 때 마침 지나는 토끼 한 마리가 검로에 걸려든 것이다. 토끼가 지나는지 알 리 없던 만해는 그대로 내려친 것이고, 그것이 토끼의 운명을 바꿔논 것이다.

한마디로 억세게 재수없는 토끼였다.

잠시 당황하던 만해는 고개를 떨궜다. 본의는 아니었지만 살생을 했다는 죄책감이 가슴 한 켠에 묵직하게 다가왔다.

"휴우……."

한숨을 쉬던 만해는 죽은 산토끼를 보며 혼자 중얼거렸다.

"그래, 너와 나의 운명이 그렇다면……."

만해는 조용히 주변의 나뭇가지를 모았다.

"이것도 인연이겠지."

그리고 주머니에 있던 성냥 한 개비를 꺼내 불을 붙였다.

"잘 먹어주마!"

노승도 배가 고프지 않은 것은 아니었다. 하지만 사회적인 체면상 제자인 만해 앞에선 의연한 모습을 보여야 한다는 부담감이 있었기에 간신히 참고 있었던 것이다.

물론 움직임을 최소화하니 그냥저냥 버틸 수는 있었다.

하지만 지금 밖에서 풍기는 냄새는 도저히 참을 수가 없었다.

아까부터 동굴 밖에서 잘 익은 고기 냄새가 나는 것이다. 악귀 포덕단에서 나와 지금은 소속도 없이 정처없이 떠도는 신세지만 기본은 역시 불가(佛家)이기에 웬만하면 육식은 하지 않으려는 마음을 지니고 있었다.

그러나 그것이 식욕을 참을 만큼은 아니었다.

노승은 자리에서 벌떡 일어나 밖으로 뛰어나갔다.

동굴 밖에는 연기가 모락모락 피어나는 가운데 만해가 산토끼 한 마리를 나무에 꿰어 돌리고 있었다.

"아니, 네가 살생을 하다니!"

노승은 만해에게 눈을 부릅뜨며 책망했다.

"드실래요?"

만해는 구구절절한 대답 대신 노승에게 다리 하나를 죽 찢어 권했다.

"음·· 흠흠······."

맛있는 냄새가 코 안으로 확 풍겨왔다.

노승은 만해가 내민 토끼 다리를 덥석 잡았다.

"뭐, 이왕 잡았으니 할 수 없지."

노승이 고기를 입에다 넣고 씹으려는 찰나, 노승의 손에서 고기를 낚아채는 손이 있었다.

"이게 무슨 짓이지!"

만해의 짓인 줄 알고 호통 치려던 노승은 인상을 쓰며 고개를 들었다. 하지만 그 앞에는 낯선 사내가 서 있었다. 남루한 옷차림에 지저분한 몰골의 사내가 불쌍한 얼굴을 한 채 양손에 고기 한 점씩을 들고 있었던 것이다.

노승은 만해를 바라보았다. 만해 역시 사내에게 고기를 빼앗겼는지 손에 아무것도 없었다.

"당신 누구요?"

고기를 빼앗아간 것도 그렇지만 이런 깊은 산중에 사람이 있다는 것에 더욱 놀란 노승이 물었다. 사내가 가까이 다가오도록 알지 못한 것도 당황스러웠다.

그러나 사내는 두 사람을 무시하며 고기를 입에 넣었다.

아그작, 아그작.

뼈까지 통째로 씹어 삼킨 사내는 어이없는 눈으로 자신을 보고 있는 두 사람을 무시한 채 불 위에 올려져 있는 고기에 손을 뻗었다.

탁!

만해가 그 손을 쳤다. 그러나 사내는 아랑곳 않고 다시 손을 뻗었다.

너무 어이없을 정도로 뻔뻔한 사내의 행동에 질린 만해가 노승을 쳐다보았다.

뭔가 조치를 취해달라는 의사 표시였으나 황당한 사내의 행동에 노승도 얼이 빠진 듯 그저 보고만 있었다.

"아저씨 누구세요?"

어쩔 수 없이 만해가 물었다. 그러나 사내는 역시 대답없이 토끼 고기를 통째로 집어 들었다.

"앗! 그거 뜨거울 텐……."

만해가 놀라 외쳤으나 사내는 아랑곳하지 않았다. 지글지글 구워지고 있어 아직도 뜨거울 그 고기를 통째로 집어먹고 있었던 것이다.

아그작, 쭉쭉, 아그작.

순식간에 뼈까지 다 씹어 먹는 사내를 보며 노승과 만해는 홀린 듯이 보고만 있었다. 이제 배가 고픈 것은 뒷전이었다.

사내는 두 사람은 아랑곳 않고 자기 할 일—먹는 것—만 하고 있었다.

만해는 사내를 보던 눈을 돌려 노승을 바라보았다.

"이 아저씨 귀신인가요?"

예전에 노승과 처음 만나던 당시 이곳에서 만났던 머리 깨진 여귀와 긴 혀의 남귀가 생각난 만해가 물었다.

"영기(靈氣)가 느껴지냐?"

"아뇨! 아니, 조금 느껴지는 것 같기는 한데……."

"음… 나와 같은 느낌이구나. 이상하군."

노승이 고개를 갸웃거릴 때 사내는 토끼 한 마리를 다 해치운 후 양손에 묻은 고기 살점을 쭉쭉 빨아먹었다.

"꺼어억, 꺽!"

트림까지 거하게 한 사내는 불을 뒤척였다. 혹시 남은 고기라도 있는지 찾는 것처럼 보였다.

그 모습을 가만 보고 있던 만해는 속에서 열불이 솟아오르는 것을 느꼈다.

그야말로 죽 쒀서 개 준 꼴이 된 것이다.

물론 자신도 산토끼를 잡는 데 심혈을 기울인 것은 아니었지만 이렇게 허무하게 빼앗겨 버리니 화가 치밀어 올랐다.

꼬르륵.

더군다나 배에서 다시 신호까지 보내왔다.

왜 뺏겼냐고, 넌 바보냐고 배가 만해에게 말하는 것 같았다.

만해는 여직 불을 뒤적거리고 있는 사내의 손을 거칠게 잡았다. 그러나 사내는 아무 반응 없이 몽롱한 시선으로 여전히 불만 바라보고 있었다.

"저 좀 보세요!"

만해가 사내에게 화가 난 음성으로 말했다.

그러나 사내는 대꾸도 하지 않고 만해의 손을 보았다. 순간 어처구니없는 일이 일어났다.

사내가 입맛을 다시더니 만해의 손을 불 쪽으로 당기는 것이었다.

"어, 어어……"

만해가 당황하는 사이 뜨거운 기운이 밑에서 올라왔다.

불길에 닿은 것이다.

"으악!"

만해는 놀라 손을 잡아 뺐다. 빨리 빼서인지 손에는 다행히 별 탈은 없어 보였다.

"이 사람이 정말!!"

만해가 사내에게 화를 내며 다가가려 할 때 노승이 제지했다.

"쯧쯧, 정신병자인가 보다."

노승이 고개를 저으며 말했다.

"옛? 이 산중에 웬 정신병자가 있어요?"

"어디서 탈출한 거겠지. 근처에 정신병원이 있었나?"

"이런 깊은 산골에 무슨 정신병원요!"

두 사람이 말하는 사이 사내의 몸에선 이상한 변화가 일어나고 있었다.

몸을 벌벌 떨기 시작한 것이다. 그리고 작은 신음 소리와 더불어 눈이 뒤집히더니 희번덕스럽게 변해갔다.

"엥?"

노승과 만해가 대화를 멈추고 사내를 지켜보았다. 사내의 떨림은 이제 도를 넘어서 마치 춤을 추듯 심하게 움직이고 있었다.

순간 사내의 몸에 다른 이상한 점을 발견한 만해가 손으로 사내의 배를 가리키며 외쳤다.

"저거 보세요!"

만해의 손을 따라가다 본 노승의 시선에 심하게 요동 치는 사내의 배를 볼 수 있었다.

나왔다 들어갔다 들쭉날쭉거리는 사내의 배는 보기에도 민망할 정도였다.

"으아아……!"

작게 들리던 사내의 신음 소리가 점점 커지기 시작했다. 고통스러운 신음 소리였다.

"이봐요! 왜 그래요!"

만해와 노승이 다가가 사내를 부축하려 했으나 사내는 두 사람을 뿌리쳤다.

그리고 앞으로 뛰어나가기 시작했다. 엄청나게 빠른 속도였다.

"안 돼! 거긴 절벽이야!"

만해가 뒤따라가며 외쳤으나 사내의 달리기는 멈추지 않았다.

"허공질주!"

노승이 도포를 나풀거리며 공중으로 날아올라 사내의 뒤를 쫓아갔다. 그러나 노승이나 만해보다 먼저 절벽 끝에 다다른 것은 사내였다.

사내는 한 점 망설임도 없이 절벽에서 몸을 날렸다.

"안 돼!"

노승과 만해가 동시에 외쳤으나 이미 사내의 모습은 절벽 위에서 사라진 후였다.

두 사람은 재빨리 움직여 절벽 아래를 내려다보았다. 사내가 추락하는 모습이 보였다.

마치 꿈인 것 같았다. 비현실적인 일이 지금 일어난 것이다.

그때였다, 더 비현실적인 일이 일어난 것은.

퍼억!

절벽 밑에서 엄청난 소리가 들려온 것이다. 뭔가 터지는 소리였다.

떨어지던 사내의 몸에서 뭔가가 튀어나온 것이다. 멀리서이기에 자세히 볼 수는 없었지만 살아 있는 생명체 같았다. 튀어나온 것은 사내와 같이 추락했다.

픽!

사내의 몸이 땅에 닿자 터져 버렸다. 멀리서 보기에도 붉은 핏자국이 너무나도 선명했다.

그러나 사내의 몸에서 나온 그것은 사내가 떨어지는 뒤를 따라 바닥에 안전하게 착지했다. 떨어지는 것이 아니라 착지라는 표현이 어울릴 정도로 자연스러운 몸놀림이었다.

그리고 터진 사내를 한 번 힐끔 보더니 위를 올려다보았다.

"저, 저건……?!"

노승은 손으로 그것을 가리키며 경악했다. 만해는 안력을 돋워 그것을 보았다.

멀어서 자세히 보이진 않았지만 큰 머리에 가는 목을 가진 이상한 형태의 괴물이었다. 배는 툭 튀어나온 것이 외계 생명체처럼 생긴 것 같기도 하고 반지의 제왕에 나왔던 골룸 같기도 했다.

괴물은 고개를 돌려 사내를 다시 한 번 바라본 뒤 숲 속으로 쪼르르 사라졌다.

"아시는 괴물입니까?"

만해가 노승에게 물었다. 노승은 경악한 얼굴로 말을 꺼냈다.

"음… 저것들이 출몰하다니……. 정말 세상이 혼란스러워지려는 징조인가?"

"옛? 저게 뭔데요?"

만해가 놀라 묻자 노승은 진지한 얼굴로 대답했다.

"아귀(餓鬼)!"

"아귀요? 그 배고파서 죽은 귀신 말인가요?"

"일반적으로 그렇게 알려져 있지. 지옥계에 존재하는 아귀는 음식이 먹고 싶어도 거의 먹을 수 없어. 몸은 산만큼 큰데 목구멍은 바늘 구멍만해서지."

"그런데 왜 그런 아귀가 저 사람 몸에서 나온 걸까요?"

"글쎄다…… 지금으로서는 알 길이 없구나. 일단 한번 내려가 보자."

노승과 만해는 절벽을 빙 돌아서 밑으로 내려갔다. 허기질 대로 진데다 사람이 터지는 장면까지 보아서인지 내려오는 것도 힘들었다.

가까이서 본 시체는 더욱 끔찍했다. 온몸이 터지고 찢겨서 어디 하나 성한 곳이 없었던 것이다.

"나무아미타불……."

"먹는 걸 그렇게 탐내더니……."

만해는 순간 가슴이 서늘해졌다. 이 사내는 자신들 것을 뺏어 먹은 후 이렇게 죽음에 이르렀다. 식탐이 죽음으로까지 몰고 간 것이다. 평소 아귀와 같은 식탐을 자랑하던 만해로서는 찔리는 구석이 있을 수밖에 없었다.

그사이 노승은 쭈그려 앉아 사내 시체의 이곳저곳을 살피기 시작했다. 만해는 비위가 상해서 그 자리에 있기조차 힘들었는데 노승은 잘도 볼일을 보고 있었다.

"음… 정말 이상하군. 왜 이 사내의 배가 이렇게 산산조각나듯 터졌을까?"

"그거야 배 안에서 괴물이, 아니, 아귀가 튀어 나가서 그런 거죠!"

"아차! 그렇지!"

"같이 봐놓고서는."

머리를 긁적이는 노승을 보며 만해는 잠시 걱정이 되었다.

'치매 아니야?'

치매가 오기엔 좀 빠른 나이였지만 요즘 치매는 나이를 가리지 않는다고 하니 방금 전의 일도 기억하지 못하는 노승이 약간 걱정이 되었다.

'동굴 안이 많이 추웠나?'

만해의 걱정에도 아랑곳 않고 노승은 내친 김에 몸 밖으로 튀어나와 대롱대롱 매달려 있는 사내의 위(胃)를 슬슬 만지기 시작했다.

"윽!"

만해는 구역질이 올라오는 것을 간신히 참았다.

그러나 노승은 표정 하나 변하지 않은 채 위를 샅샅이 살폈다. 아예 손을 넣어 그 안을 헤집고 있었다. 경악한 만해는 노승을 향해 물었다.

"아니, 지금 뭐 하시는 거예요! 그건 엄연한 사체 훼손이에요!"

"뭐 하기는. 먹은 것 보고 있지."

"그걸 뭐 하러 봐요?"

"봐라!"

노승은 사내의 위장을 들어 내밀었다.

"으……."

만해는 눈을 감았다. 이 악몽 같은 상황이 너무 싫었다. 방금 전까지 살아서 자신들의 먹을 것을 뻔뻔히 빼앗아 먹던 사내가 갑자기 뛰어내려 죽은 것도 충격인데, 그 시체를 이렇게 함부로 해부한 뒤 보라는 것은 더욱더 끔찍했던 것이다.

만해는 고개를 저었다.

"저 안 볼래요! 그거 보면 뭐 해요."

"어허! 이런 것도 다 공부이니라. 봐라. 이 사람의 위장에 아까 먹었던 것이 하나도 없지 않느냐?"

"예?"

"아까 토끼 고기를 그렇게 뼈다귀까지 싹싹 다 먹었는데 그게 다 어디 갔겠느냐? 위장에 남아 있어야 정상인데 지금 이 사람의 위는 이렇게 깨끗하다."

노승의 말에 호기심을 느낀 만해는 눈을 떠 노승이 들고 있는 사내의 위장을 보았다.

"으……."

다시 봐도 그렇게 보기 좋은 광경이 아니었다. 절로 인상이 찌푸려지고 신음 소리가 새어 나왔다.

하지만 노승이 가른 위장 안에는 정말 아무것도 없었다. 아사 직전의 사람 것처럼 텅 비어 있었던 것이다. 최근에 먹은 것이 아무것도 없다는 말이었다.

"어떻게 된 거죠?"

"아까 그놈 짓이야."

"아까 그놈이라면…… 아귀요?"

"그렇지!"

"그래요? 그런데 왜요?"

"그건 나도 모르지."

"음… 그래서 아귀가 이 사람의 뱃속에 들어가 있었던 걸까요? 토끼 고기 먹으려고?"

"그게 의문인데…… 아귀들은 원래 오로지 단 한 가지 목적밖에 없지. 먹을 것! 오직 그것만을 위해 살고 있는 요괴지."

"그럼 토끼 고기 먹으려고 들어가 있었던 게 맞네요."

"글쎄다… 그건 너무 단순한 이유인 것 같은데……."

"뭐, 간단하게 정리가 되네요. 지나가던 아귀가 우리가 굽고 있던 토끼 고기 냄새를 맡고 너무 먹고 싶었는데 우리들을 보아하니 퇴마력이 너무 뛰어난 것 같아서 겁이 났겠죠. 그래서 포기하려는 찰나 마침 지나는 사람이 있어서 그 사람의 몸 안으로 들어가 변신을 하고 와서 먹은 거겠네요."

"그렇게 단순하게 정리를 하다니…… 무서운 놈!"

노승이 전혀 동조할 수 없다는 표정으로 고개를 저었다.

"그나저나 큰일이 벌어지겠군."

"왜요?"

"저 아귀들은 혼자 나다니는 법이 없어. 인간계에 넘어올 때는 항상 떼를 지어 넘어오곤 하지. 저것들이 본격적으로 인간계에 출몰하기 시작한 것이라면 정말 끝도 없이 당해내야 할 거야. 지금까지 아귀가 출연했던 시기의 기록을 보면 항상 그래 왔으니까. 본래 그들은 그리 사악하지 않은 것으로 알려져 있는데 먹을 것 때문에 인간과 분란이 생기곤 했지."

"그 말씀은……?"

"우리가 이곳에서 수련하는 사이 저 밑에서는 무슨 일들이 벌어지고 있을지도 모른다는 얘기지!"

"헉! 그럼 빨리 돌아가야겠네요?"

"음… 더 수련해야 하는데 어쩔 수 없군!"

"아, 정말 아쉽네요. 조금만 있으면 만해의 검법이 창시될 수도 있었는데……."

"그러게. 이 사부도 새로운 주술법에 이제 막 재미 들리려던 참인데……."

말로는 이렇게 내려가게 되어 아쉽다는 말을 주고받고 있으나 표정을 보면 전혀 아쉽지 않은 것 같은 두 사람의 대화가 계속되었다.

한 반장은 초조함과 불안감에 잠을 못 이룰 정도였다.

얼마 전부터 시작된 의문의 자살 신드롬은 여고생을 넘어 이젠 일반인들에게까지 퍼져 나간 것이다. 자살하는 방법은 여고생들과 다를 것이 없었다. 높은 곳에서 무조건 뛰어내리는 것이었다.

대부분 모방 자살이라는 분석도 나왔지만 같은 행태로 자살하는 사건은 이제 더 이상 쉬쉬할 수도 없을 만큼 많이 확대되었고 짧은 시간 안에 어두운 사회적 현상으로 자리 잡고 있었다.

경찰 내부에서는 연일 비상 대책 회의가 열렸고 국내외 언론에서는 세기 말적 현상이라고 연신 보도하고 있었다.

종말론을 주창하는 종교 집단도 슬그머니 등장하여 다시 활개를 치고 있었다.

언제 자살하는 사람이 떨어질지 몰라 고층 건물 아래를 지나는 사람들은 불안한 표정으로 위를 쳐다보며 지나다녀야 할 정도였다.

그러나 한 반장에게는 무엇보다 영애의 안전이 더 큰 문제였다.

영애가 가출했다 돌아온 날이 벌써 한 달이 지나고 있었던 것이다.

'자살한 사람들 대부분이 가출했다 돌아온 지 두 달 뒤에 폭사를 했으니……'

이제 한 달밖에 남지 않은 것이다. 믿고 싶지도 않고 믿을 수도 없는 일이지만 지금 돌아가는 상황을 보면 영애에게도 변이 닥칠 가능성이 매우 컸다.

영애는 그 전제 조건에 너무 잘 부합이 되었다.

일단 뚱뚱했고, 가출했었으며, 가출한 지 2주 만에 돌아온 여고생. 이보다 더 완벽한 조건이 어디 있겠는가?

물론 자살한 사람 중에 비슷한 케이스가 아닌 경우도 있었다. 가출한 적도 없고 뚱뚱한 적도 없었던 사람이 자살해 죽은 경우도 있었던 것이다. 하지만 그것은 연속 자살과는 다른 모방 자살이었다. 그렇잖아도 자살할 마음이 있었던 사람이 다른 사람들이 계속해서 죽어 나가자 심리적인 동조 상태가 되어 자신도 자살을 한 것이다.

그런 모방 자살은 쉽게 구분할 수 있었다. 그렇게 죽은 사람의 몸은 뒤틀리고 부러졌더라도 몸 안이 폭사하진 않았던 것이다.

어쨌든 자살도 유행처럼 번져 가고 있었던 것이다.

한 반장은 사건의 핵심인 자살이라는 단어로 돌아가 생각에 잠겼다.

자살은 순수하게 자신의 의지에 의해 결정되는 것이다. 아무리 약한 사람이라도 자살을 결심할 때는 순수한 자신의 의지가 된다. 남의 말이나 뜻에만 의지해 살아온 약한 인간이라도 그때만은 온전히 자신만의 선택인 것이다.

'그러나 만약……?'

폭사하며 자살하는 사람이 만약 자신이 의지가 아니라면?

누군가에 의해 조종되고 있는 거라면?

문득 그런 가능성에 생각이 미친 한 반장은 자리에서 벌떡 일어나며 외쳤다.

"이건 살인이야!"

"예?"

계속되는 격무에 집에도 못 들어가고 소파에 앉아 꾸벅꾸벅 졸던 마형사와 박 형사가 놀라 벌떡 일어났다.

한 반장은 그들을 보며 말했다.

"진실은 저 건너에 있는 거야. 맞지?"

"예? 뜬금없이 무슨 말씀이신지?"

"분명히 자살하는 사람들은 누군가에 의해 심령이 제압당해 조종되고 있는 걸 거야! 자신의 의지와 상관없이 죽고 있는 거라고!"

"그래서 우리가 나서고 있는 거 아닙니까? 사실 우리에게 수사권도 없지만요."

마 형사가 뚱한 표정으로 말했다.

"그렇지! 그러니까 우리도 심령적인 관점에서 접근해야 한단 말이야! 과연 뒤에서 조종하는 사람이 누굴까? 자살하는 사람들의 몸에 뭔가를 심어놓은 것이 아닐까? 혹시 그게 최면은 아닐까? 등등 말일세!"

"아! 최면?"

박 형사가 뭔가 생각났다는 듯이 말했다.

"그리고 보니 최면으로 사람을 조종한다는 이야기는 들었어요. 기억도 없앨 수 있고 또 있지도 않았던 새로운 기억을 주입시킬 수도 있고 말이죠."

"그래? 그렇다면 언제쯤 자살하라고 명령을 내리는 것도 가능하겠군!"

"자세히 몰라도 가능할 수도 있겠지요."

"그럼 최면술사부터 조사를 해봐야겠군!"

한 반장과 박 형사가 얘기하는 사이 옆에서 툴툴거리고 있던 마 형사가 끼어들었다.

"그런데 반장님, 우리한테 수사할 의무도, 권리도 주어지지 않았는데 이렇게까지 고생할 필요가 있습니까? 가는 곳마다 푸대접이라 죽겠습니다."

불만스럽게 말하는 마 형사를 박 형사는 툭툭 치며 눈치를 주었다.

한 반장은 마 형사를 바라보며 답했다.

"힘들면 자넨 빠지게! 솔직히 말하면 자살하는 사람들도 걱정이지만 난 내 딸아이가 죽음의 예고장을 받아 든 것 같아 지금 미칠 지경이야!"

"예?"

"자넨 아직도 눈치 못 챘나? 내 딸아이도 얼마 전 가출을 했었잖아. 휴우……."

"예? 그럼……?"

그제야 한 반장이 왜 이렇게 사건에 집착하는지 알아챈 마 형사는 얼굴색이 변했다.

"쯧쯧, 미련하기는……."

옆에서 박 형사의 혀 차는 소리가 들렸다. 그러나 마 형사는 전혀 엉뚱한 말을 내뱉고 말았다.

"그럼 한 반장님 딸도 예전에 뚱땡이였어요?"

한 반장은 별로 기분 좋지 않은 표정으로 고개를 끄덕였다.

"세상에 그 예쁜 것이……. 그리고 보니 연쇄 자살 사건과 정말 딱 맞아떨어지네요!"

마 형사는 혼자 중얼거렸다.

그 말에 더욱 불안해진 한 반장은 서둘러 바바리를 입었다.

"자, 우선 잘한다고 알려진 최면술사를 찾아보자고!"

"최면술사는 왜요?"

"마 형사는 내가 지금까지 내내 얘기했는데 도대체 뭘 듣고 다시 묻는 거지?"

한 반장은 짜증을 내며 마 형사를 쳐다보았다.

그러나 마 형사는 다른 곳을 보며 중얼거리고 있었다.

"제가 말한 게 아니걸랑요."

마 형사의 시선을 따라간 한 반장은 문 앞에 서 있는 두 사람을 보았다.

"아니?"

그들을 확인한 한 반장의 마음속에서 벅찬 감동까지 일어나려 하고 있었다.

한 반장은 눈앞에서 정신없이 밥을 먹고 있는 두 사람을 보며 연신 미소를 띠고 있었다.

예전에는 저렇게 걸신들린 사람처럼 많이 먹으면 이래저래 부담이 됐는데 지금은 아무래도 좋았다.

아니, 많이 먹고 힘내서 영애에게까지 영향을 끼칠지도 모르는 이 묘한 사건을 빨리 해결해 주기를 바라고 있었다.

밥을 몇 그릇이나 비우고 나서야 트림까지 거하게 한 노승은 후식으로 나온 사과 한 조각을 집으며 입을 열었다.

"그래, 최면술사를 왜 찾아가려 한다고?"

"지금 벌어지고 있는 일에 대해 좀 들으셨나요?"

"보시다시피 막 하산하는 길이라서 잘 모르겠는걸."

"예……. 일이 어떻게 된 거냐 하면……."

한 반장은 처음 자살 사건이 일어났을 때부터 있었던 일을 자세히 설명해 주었다. 물론 헷갈리지 않도록 딸인 영애에 관련된 이야기는 빼고 설명했다. 노승은 간간이 질문을 던지며 차분히 설명을 들었다.

한 반장의 얘기가 막 끝났을 때 노승은 한 반장의 안색을 살피며 질문을 했다.

"그런데 얼굴이 왜 이리 안 좋은가?"

"……."

노승의 예리한 지적을 받자 순간 약해지는 모습을 보이며 한 반장은 말을 이었다.

"사실 지금 벌어지고 있는 이 끔찍하고도 요상한 일들이 잘못하면 저에게도 일어날 것 같아서요."

"엥? 그게 무슨 말인가?"

"사실은 제 딸아이도 자살한 아이들의 경우와 같이 가출을 했었거든요. 그런데……."

한 반장은 이번엔 딸의 이야기를 중심으로 다시 한 번 이야기를 했다.

만약 영애도 자살한 다른 사람들과 같은 경우라면 구할 수 있는 시간이 얼마 남지 않은 것 같다는 말을 끝으로 이야기를 끝냈을 때 노승의 얼굴은 심각한 표정으로 바뀌어 있었다.

"음… 그게 사실이라면 정말 큰일이로군."

"예. 그런데 딸아이가 무슨 이유인지 자기가 있었다는 단식원에 대해 말을 안 하네요. 그 단식원을 찾는 것이 급선무인 것 같은데……."

"뭔가 우리가 모르는 까닭이 있겠지. 그나저나 아까 최면술사 이야기는 뭔가?"

"예. 가만 생각해 보니 최면으로 사람을 조종할 수 있다는 생각이 들어서 혹시 이 모든 것이 못된 최면술사의 수작이 아닐까 하는 의심이 들어 탐문 수사를 나가려던 참이었어요."

"쓸데없는 짓! 아직 최면은 거기까지 발전하지 못했지. 지금도 최면을 범죄에 악용하려는 사람들에 의해 끊임없이 연구 중이긴 한데 아직은 과거의 기억을 없애거나 전생을 떠올리는 것 정도만 가능하지. 물론 지난번 새벽 2시에 찾아오는 여귀 사건 때 같이 간간이 자신의 지시를 따르도록 하는 경우는 존재하지만, 미래를 자기 뜻대로 완벽히 통제할 수 있는 최면술사는 아직 국내에, 아니, 세계 어느 곳에도 거의 없어. 영적인 힘을 가지고 있으면 모를까."

"그래요?"

한 반장은 힘없이 중얼거렸다. 최면술사를 찾아서 단서를 찾겠다고 한 것은 역시 잘못 짚은 일이었다.

작은 가능성에라도 매달리려다가 실망하는 한 반장을 안쓰럽게 쳐다보던 노승이 말을 꺼냈다.

"사실 짚이는 구석이 있지."

"옛?"

한 반장은 고개를 번쩍 들었다.

"오면서 관할 경찰서에 신고하긴 했는데, 우리가 수양하던 곳에서 자살한 사내가 있었지."

"그래요? 어떻게 그런 산중에서?"

"글쎄, 그게 의문이긴 한데……. 뭐, 죽을 자리를 미리 봐둔 건지 뭔진 몰라도 우리가 수양하던 동굴 앞에 있는 절벽에서 뛰어내렸지. 그런데 이상한 점은 그 사내의 죽은 형태가 한 반장님이 방금 말한 자살한 사람들과 일치한다는 거야."

"예? 어떤 점에서요?"

"자살한 사람들의 몸이 폭사했다고 하지 않았나?"

"예."

"마치 몸 안에서 뭐가 터져 나간 것 같고?"

"예!"

"그 사람도 마찬가지야. 절벽 아래로 내려가 보니 그 사람도 똑같은 모습으로 죽어 있었지."

"그래요?"

"그것뿐만 아니라 우린 아주 중요한 장면을 보았지. 그때는 무심코 넘겼는데 자네 말을 듣다 보니 그게 이 사건을 푸는 데 핵심적인 단서가 될 것 같은데……."

"엣? 뭔데요?"

"자살하기 위해 몸을 던진 사내가 추락하는 동안 사내의 몸에서 뭔가 이상한 것이 튀어나왔지."

"뭔가 이상한 것이라뇨?"

"확실하진 않지만 아귀 같았어."

"예? 아귀요?"

"그래, 미친 듯이 먹는, 아니, 먹어야 하는 운명을 지닌 아귀!"

"헉! 아귀가 실제로 존재하는 것이었군요? 저는 사람들이 만들어낸 허상인 줄 알았는데……."

"음… 내가 전에도 말했지만 사람들의 입에서 회자되는 것치고 실제로 존재하지 않는 것은 없다고 봐야 하네. 아귀는 종종 인간 세상에 모습을 드러내는 악귀 중 하나지."

"그런데 왜 아귀가 사람 뱃속에서 튀어나와요? 그것도 자살하는 사람 뱃속에서?"

한 반장의 질문에 노승은 그것만은 모르겠다는 듯 고개를 저었다.

"출산한 거 아닌가요?"

갑자기 들려온 소리에 두 사람은 고개를 돌렸다. 만해가 당당한 포즈로 앞에 떡하니 서 있었다. 혼월천검을 옆에 차고 있는 모습은 나름대로 폼이 났다.

"쯧쯧. 만해야, 너는 출산을 배로 하냐? 그것도 풍선처럼 터져 가면서?"

"그런가요?"

"그래. 세상에 단 하나뿐인 명검을 옆에 찼는데 이제 생각 좀 하고 말을 하도록 하여라."

만해에게 따끔한 말을 해준 뒤 노승은 다시 한 반장과 이야기를 나누었다.

"아귀가 왜 사람의 뱃속에서 튀어나오는지 알 수는 없지만 산속에서 걱정했던 일이 벌써 벌어지고 있는 것 같으니 마음이 편치 않군. 아귀가 벌써 득세를 하다니……."

"무슨 걱정을……?"

"아귀는 결코 세상에 혼자 나오지 않아. 동료들과 같이 나오지. 떼로 나오는 통에 그들이 한번 인간계를 휩쓸고 가면 바로 재앙이 닥쳐오지. 역사상 전염병이 돌았던지 심한 흉년이 들었던 해는 모두 아귀들이 득세를 한 해로 전해지고 있지."

"그래요? 그렇다면 생각보다 더욱 큰일이네요?"

"그렇지! 빨리 조치를 취해야겠어! 공지에겐 연락을 해보았나?"

"예. 그런데 중국에 출장 중이시라고 하더라고요."

"그래? 음… 공지도 스케일이 커졌군, 중국에도 진출을 하고. 그 친구도 한류열풍에 한몫하는 건가?"

"그건 좀 힘들지 않을까요? 아무래도 연세도 있고 노래도 못하고 얼굴도 좀……."

"아니, 지금 무슨 말씀들을 하고 계신 거예요?"

삼천포로 빠진 이야기를 듣다 못한 만해가 앞으로 나섰다.

"아귀든 최면술사든 지금 빨리 그 흉수를 밝혀야죠! 지금 이 시간에도 죄없는 사람들이 뛰어내리고 있잖아요. 그런데 한가하게 밥이나 먹으면서 한류열풍에 대해서나 토론할 때예요?"

갑작스러운 열변에 노승과 한 반장은 놀라 만해를 바라보았다.

만해는 얼굴이 상기된 채 두 사람을 보고 있었다. 그런 만해를 보던 노승은 조용히 입을 열었다.

"그래, 네 말이 옳다. 다 옳은데 그 혼월천검에서 손을 떼고 말하렴. 속 보인다."

만해는 한 손으로 검 손잡이를 잡고 있었다.

빨리 싸우고 싶어, 아니, 빨리 검을 휘두르고 싶어 안달이 난 초보 무사 같은 자세였다.

마음을 들켜 버린 것 같아 만해가 쑥스럽게 머리를 긁는 사이 식당 문이 거칠게 열리며 마 형사가 뛰어들어 왔다.

"한 반장님! 따님이 찾아오셨는데요?"

"뭐?"

한 반장은 상기된 얼굴로 노승을 한 번 본 뒤 밖으로 뛰쳐나갔다. 그 뒤를 노승과 만해가 따르고 있었다.

"영애야, 여기 웬일이냐?"

사무실로 급하게 뛰어들어 간 한 반장의 목소리에 영애는 뒤를 돌아 보았다.

영애의 얼굴에 눈물 자국이 그대로 묻어나 있었다.

영애는 한 반장을 보자마자 달려와 품에 안겼다.

"영애야! 영애야! 왜 그래? 응?"

한 반장이 걱정스러운 목소리로 물었으나 영애는 대답 대신 고개를 흔들며 한참을 안겨 있었다. 흐느껴 우는 소리만이 사무실을 채우고 있었다.

얼마의 시간이 흘렀을까. 울음소리가 점점 잦아지면서 홀쩍거리던 영애는 아빠의 얼굴을 보며 입을 열었다.

"아빠, 나도 죽는 거야?"

난데없는 영애의 말에 한 반장의 가슴이 쿵 내려앉았다.

자신도 혹시나 하는 불안감을 가지고 있었지만 막상 당사자인 영애의 입에서 이런 얘기를 들으니 그 막연함이 현실적으로 다가온 것이다.

"나도 죽는 거야?"

영애가 다시 한 번 물었다.

한 반장은 고개를 세차게 흔들며 부정했다.

"아니야. 왜 그런 생각을 해! 너는 절대 죽지 않아."

그러나 영애는 믿을 수 없다는 표정으로 말했다.

"내 중학교 친구인 선영이도 아까 죽었대, 옥상에서 떨어져서. 걔도 자살이래. 근데 아빠, 선영이 자살 같은 거 할 아이 아니야! 이건… 이건… 다 그 단식원 때문이야!"

"……!"

드디어 영애의 입에서 단식원이라는 말이 튀어나왔다.

"단식원이라니?"

노승이 영애 뒤로 다가가며 물었다. 나름대로 부드러운 목소리였는데 노승의 복장이 영애에게 경계심만 심어주었는지 그녀는 본 척 만 척하며 아빠를 바라보았다.

"흑… 아빠, 선영이 어떡해?"

한 반장은 아무 말 없이 영애의 등만 두드려 줄 뿐이었다.

영애는 한 반장의 품에 안겨서 한참을 위로받다가 고개를 똑바로 들었다.

"나 다 말할까? 가출해서 어디에서 뭘 했는지?"

뜻밖의 영애의 말에 한 반장은 조심스레 대답했다.

"그럴래?"

"사실 이거 말하면 다시 뚱뚱해진다고 해서 겁이 났는데…….''

"다시 뚱뚱해진다고?"

"응. 약속 안 지키면 예전처럼 뚱뚱하게 된다고 했어. 아니, 그보다 더 심한 비만 환자로 만들어 버리겠다고 했어."

"누가?"

"내가 있던 단식원에 있는 원장 아저씨가."

"그래서 말도 못하고 있었던 거야? 그게 겁나서?"

한 반장이 어이없는 목소리로 묻자 영애는 울상을 지며 말했다.

"그게 얼마나 무서운데, 다시 뚱뚱하게 변하는 것이. 아빤 모를 거야."

영애는 생각조차 하기 싫은지 몸까지 떨며 말했다.

뚱뚱했을 때 어지간히 놀림을 받은 것 같았다. 노승과 만해는 그것을 보며 한숨을 쉬었다.

개개인의 개성이나 특성은 무시한 채 날씬한 것만 강요하는 사회가 약간의 육체적 문제를 치명적인 것으로 바꾸어놓은 것이나 마찬가지기 때문이다.

"그랬구나. 그런데 그 단식원이 어디야?"

"……."

그 말에 영애는 또 말이 없어졌다. 다시 고민이 되는 듯했다.

그러나 잠시 후 결심한 듯 입을 열었다.

"충북 진천에 있는 단식원이야. 친구들 사이에 쉬쉬거리며 소문이 나서 지금도 가출해서 거기 있는 친구가 많은데…….''

"그래? 거기 다시 찾아갈 수 있겠어?"

영애는 고개를 끄덕였다. 여전히 불안한 눈치였으나 막상 말하고 나니 속이 시원한지 아까보다는 표정이 훨씬 밝아 진 듯 보였다.

서로 마주 보는 한 형사 일행과 노승은 눈이 반짝거렸다.

드디어 확실한 증거를 잡은 것이다.

두 시간을 넘게 달려 도착한 단식원은 산중턱에 자리 잡고 있었다.

금방이라도 비가 올 것 같은 잔뜩 흐린 날씨라서인지 건물 자체도 을씨년스럽게 느껴졌다.

건물 밖 현수막에는 딱 한 문장이 쓰여 있었다.

날씬한 몸매를 원하십니까?

"저기야!"

영애는 손으로 그 건물을 가리켰다.

노승 일행은 차에서 내려 건물로 다가갔다. 노승은 가까이 가면 갈수록 음산한 기운을 느낄 수 있었다. 만해 역시 느꼈는지 혼월천검에 손을 얹고 있었다. 언제라도 검을 뽑을 수 있는 자세였다.

'가만, 저놈 저거 검에다가 손 얹고 있는 거에 재미 붙인 거 아니야?'

언제라도 검을 뽑을 수 있는 자세를 갖춘 만해를 삐딱한 시선으로 보던 노승은 품 안의 문방사우를 만지며 약간 초라해지는 자신을 느꼈다.

'청출어람(靑出於藍)이라더니……'

어쨌든 제자가 자신보다 나아서 나쁠 것은 없었다.

단식원에 다다른 한 반장은 일행에게 눈짓을 하더니 초인종도 누르지 않고 문이 확 열어젖히며 안으로 뛰어들어 갔다.

나머지 일행도 동시에 덮쳤다.

"엥?"

그러나 일행이 안에서 발견한 것은 넓은 실내 곳곳에서 널브러져 있는 수련생들의 모습뿐이었다. 얼마나 굶었는지 눈가가 시커먼 사람들이 낯선 침입자들을 바라보고 있었던 것이다.

엄청난 것을 기대한 건 아니지만 혹시라도 어떤 증거를 잡을까 기대했던 한 반장 일행의 얼굴에 실망감이 스쳐 지나갔다.

"어떻게 오셨죠?"

뒤에서 굵은 남자의 목소리가 들렸다.

일제히 뒤를 돌아보니 붉은색 추리닝을 입은 한 남자가 서 있었다.

"아, 서울에서 내려온 경찰입니다."

신분증을 보여주며 한 반장이 말했다. 경찰이라는 말에 사내는 순간 찔끔하는 것 같았으나 이내 정상을 되찾았다.

"그런데 여기는 왜……?"

"그보다… 여기 관계자 되십니까?"

"제가 원장인데요."

"그래요? 몇 가지 질문을 합시다."

스릉―

한 반장이 사내와 우호적인 대화를 나누려는 찰나 만해가 검을 뽑았다.

그 모습을 본 노승은 정색하며 만해를 말렸다.

"만해야, 시도 때도 없이 검을 뽑으면 어떡하느냐! 빨리 집어넣어라!"

그러나 만해는 날카로운 눈길로 원장을 바라보며 검을 곤추세웠다.

"제 뜻이 아니에요. 저 사람을 보자 검이 웅웅거리며 울었어요."

"뭐?"

노승의 표정이 바뀌더니 원장을 바라보았다.

그러고 보니 원장이라는 사내의 몸에서 뭔가 심상치 않은 기운이 느껴졌다. 안으로 잘 갈무리되어 있었으나 영적인 기운이 희미하게 느껴진 것이다.

"당신, 정체가 뭐지?"

날카로운 목소리로 노승이 원장에게 추궁했다.

"예? 왜 절……?"

원장은 갑작스럽게 변한 노승과 검을 들고 자신을 경계하고 있는 만해의 모습에 겁이 나서인지 말을 더듬기 시작했다.

"정체가 뭐냐니까?"

노승의 서릿발 같은 추궁에 사내의 얼굴이 실룩거리기 시작했다.

"알 것 없어!"

원장이라는 사내의 입에서도 험한 소리가 나오기 시작했다. 이상한 점은 목소리가 입에서 나오는 것이 아니라 몸 안에서 공명해서 나오는 소리처럼 들려오고 있는 듯 느껴졌다.

만해의 예리한 청각이 금세 분간을 했다. 혼월천검을 배에다가 겨누고 외쳤다.

"나와라!"

한 반장은 난데없는 만해의 행동에 의아해했지만 말리진 않았다. 한 반장이 보기에도 원장의 태도는 정상이 아니었던 것이다.

만해는 다시 한 번 소리쳤다.

"안에 있는 거 다 안다! 나와라!"

원장의 얼굴이 갑자기 일그러지기 시작했다.

고통을 참는 듯한 표정이 계속되더니 동시에 원장의 뱃가죽이 움찔거리며 기형적으로 팽창하기 시작했다.

"무슨 일이죠?"

한 반장이 노승을 보며 물었지만 노승은 긴장한 표정으로 원장을 바라볼 뿐 뭐라고 답을 해주지 않았다.

파앗!

순간 원장의 뱃가죽이 터지더니 안에서 뭔가가 튀어나왔다.

"잡아!"

노승은 큰 소리로 외치며 튀어나온 뭔가를 향해 몸을 날렸다. 뒤에 남은 원장의 육신은 자살한 사람들과 같이 폭사된 형태로 찢어진 채 힘없이 땅으로 쓰러졌다.

튀어나온 물체는 단식원 안을 마구 휘젓고 있었다.

"저, 저게 뭐야?"

마 형사가 질린 목소리로 외쳤다. 박 형사는 쓰러진 사내의 몸을 잡고 생사 유무를 파악하고 있었다.

노승이 정신없이 휘젓는 물체를 향해 외쳤다.

"거기 서라! 이 아귀야!!"

아귀라는 말에 놀랐는지 물체는 딱 섰다.

그제야 일행은 비로소 그 물체를 정확히 볼 수 있었다.

"으… 저게 뭐야?"

마 형사의 질린 듯한 목소리가 들려왔다.

그도 그럴 것이 새파란 몸을 하고 농구공 두 개를 합쳐 놓은 듯한 커다란 머리에 그 머리를 받치고 있는 목은 바늘같이 얇은 체형의 묘한 생명체가 그르렁거리며 일행을 보고 있었던 것이다.

특이한 것은 단춧구멍같이 작은 눈을 가지고 있으면서도 입은 그 큰 얼굴의 반 이상을 차지하고 있었다.

"음…… 역시 아귀였군."

노승이 혼자 중얼거렸다.

"해치울까요?"

만해가 검을 들고 아귀를 노려보며 물었다. 그런 만해를 보며 노승은 호통을 쳤다.

"너 이놈! 언제부터 악귀들을 보면 일단 죽이고 보자라는 식으로 나갔느냐!"

"……."

"좋은 무기를 가졌으면 그만한 수양도 따라야 하는 법! 함부로 그 검을 휘두르지 말아야 한다. 그 검이 쓰일 일은 따로 있기에 네 손에 들어온 것일 테니!"

"예……."

갑작스런 노승의 호통에 만해는 풀이 죽어 검을 든 손을 내렸다.

그런 만해를 보며 노승은 아귀를 향해 말했다.

"오랜만에 인간 세상에 내려온 아귀구나."

의외로 다정한 목소리였다.

아귀는 사나운 얼굴을 하고 있다가 노승의 목소리에 당황했는지 어리둥절한 모습을 보였다.

그때 한 반장이 앞으로 나섰다.

"네가 사람들을 자살로 몰고 간 그 흉수구나! 말해 봐라! 사람들이 왜 여기만 거쳐 가면 두 달 후에 자살하는 것이지?"

잠시 풀어졌던 아귀의 표정이 한 반장의 커다란 목소리에 다시 경계의 자세로 돌아갔다.

"어허, 아귀는 그렇게 다루면 안 되지."

노승이 그런 한 반장을 제지했다.

"왜요?"

"아귀는 지옥계에 있는 놈이 맞지만 그리 사악한 놈은 아니야. 저놈의 인생은 오직 먹을 것만 찾아다니게 되어 있어. 먹을 것을 쫓다가 본의 아니게 나쁜 일을 하는 것이지 고의로 나쁜 짓을 하는 놈은 아니야."

"제 딸은요?"

한 반장은 애가 타 물었다.

"가만있어 보게, 내 다 짐작 가는 구석이 있으니."

노승은 다시 아귀를 보며 말을 했다.

"사랑하는 아귀가 있지?"

그 말에 아귀는 흠칫 놀라는 기색이더니 고개를 끄덕였다.

"어디 있나?"

그러나 아귀는 가는 목을 흔들며 고개를 저었다. 가르쳐 주지 않겠다는 뜻이었다.

"해 끼치지 않을 테니 이리 와보게."

그러나 아귀는 가까이 오지 않았다. 아귀의 눈이 갑자기 공포에 질린 눈으로 바뀌었다.

이상한 기분에 아귀의 시선을 따라 본 노승은 자신의 뒤에서 어느새 검을 뽑아 아귀를 노려보고 있는 만해를 보았다.

"만해야, 검 집어넣으라니까!"

"저놈이 도망가면 어떡해요?"

"도망 못 갈 이유가 있으니 빨리 검을 집어넣어."

만해가 툴툴거리며 검을 집어넣는 것을 본 노승은 아귀에게 천천히 다가갔다.

아귀는 노승이 다가오는 것을 보고 생긴 거답지 않게 겁에 질리고 당황하는 모습이었으나 도망가지 않고 그 자리에 가만히 있었다.

아귀 앞에 선 노승은 아귀에게 물었다.

"자, 네 짝이 어디 있지?"

그 말에 아귀는 단춧구멍 같은 눈을 크게 떴다. 어지간히 놀란 눈치였다.

"해치지 않을 테니 안내해 줘."

잠시 움직이지 않은 채 그런 노승을 살피던 아귀는 앞장서 어디론가 향했다.

단식원 뒤편에 있는 작은 방이었다. 그 방문을 연 아귀의 뒤를 따라 방 안을 보던 노승의 눈이 휘둥그레졌다. 노승을 뒤따라온 일행도 깜짝 놀랐다.

방 안에는 앞에 있던 아귀만한 커다란 아귀 하나와 함께 손바닥만한 아귀들이 우글거리고 있었기 때문이다. 안에 있던 아귀는 갑작스런 사람들의 방문에 놀라는 눈치였다.

"음… 내 이럴 줄 알았어. 역시 자네들은 지옥계에서 떠밀려온 아귀들이지?"

아귀는 다시 고개를 끄덕였다.

일행은 노승과 아귀의 대화가 뭘 의미하는 건지 몰라 눈만 끔벅이며 보고 있었다.

"그런데 말을 정말 못하나? 대화가 가능한 걸로 알고 있는데?"

노승의 지적에 아귀는 단춧구멍 같은 눈을 굴리며 잠시 고민하는 눈치더니 결심한 듯 입을 열었다.

"우리에 대해 잘 알고 있군."

"그렇지. 자네들이 그리 사악한 존재가 아니라는 것도. 단지 저주받은 존재일 뿐."

"휴우… 저주! 저주! 이 지겨운 저주를 어떻게 풀 수 있을까?"

일행은 입을 열자마자 유창하게 말을 하는 아귀를 보며 놀란 눈으로 쳐다보고 있었다.

"그렇다고 야반도주를 하면 쓰나."

"헉! 어떻게 그걸?!"

"놀라기는. 몇백 년마다 한 번씩은 그런 일이 생기는걸. 자네들은 지옥계의 로미오와 줄리엣인 셈이지."

"우리 전에도 우리와 비슷한 경우가 있었나 보군."

"그렇지. 역사는 반복되는 법이니까. 금지된 사랑을 하는 커플은 인간계에서나 지옥계에서나 있는 법이지. 그리고 그것이 네 차례가 됐을 뿐이고."

"우리 전에 이곳에 왔던 조상들은 어찌 되었지?"

"알다시피 너희들이 별 생각 없이 하는 행동에 인간들은 엄청난 고통을 받거든. 그러다 보니 퇴마력을 지닌 사람들이 벌인 아귀 소탕 작전에 모두 소멸되고 말았지. 뭐, 워낙 오래된 이야기들이고 나도 들은 이야기니 정확한 건 아니야."

"그렇군."

둘이 주고받는 대화가 무슨 말인지 알 수 없어 답답해하던 한 반장이 앞으로 나섰다.

"도대체 무슨 말을 하는 겁니까? 저 많은 아귀들은 뭐고, 그리고 우리 딸은 어떻게 되는 거예요?"

그러자 노승이 한 반장을 바라보았다.

"숙주를 찾았으니 뭐 어렵지 않게 해결될 걸세. 여기 이 친구가 모든 일을 일으킨 장본인이야. 뭐, 나쁜 의도는 아니었고 저기 있는 아기 아귀들을 살리기 위한 방법에 불과했어."

"예? 그게 무슨 말씀이시죠?"

"이들은 사랑이라는 것이 존재해서는 안 되는 지옥계에서 사랑을 나누다가 징계를 받게 되자 야반도주를 한 커플이야. 저기 저 방 안에서 우리는 쳐다보는 악귀가 암놈, 아니, 여자 아귀이지. 그런데 도망칠 곳은 뻔하잖아. 천상으로 갈 수는 없고. 그렇다면 인간계밖에 더 있나? 그래서 이곳에 왔는데 덜컥 아기를 가진 거지. 사실 아기를 가진 것은 별문제가 안 되는데 이들의 입과 목을 보게. 저주받은 입과 목이지. 입은 동굴 입구만한데 목구멍은 바늘 구멍이라서 음식을 먹는 데 상당한 어려움이 따르게 되어 있지."

"그런데요?"

"그게 지옥계에서는 이들을 위한 특별 기구가 있어서 먹고 지내는 데 별문제가 없지만 인간계는 그런 게 있을 리가 없지. 그래서 이들 부부가 궁여지책으로 생각해 낸 것이 인간들의 몸을 빌리는 것이었을 거야. 맞지?"

노승은 옆에 있는 아귀에게 확인까지 받아가며 말을 했다.

아귀는 고개를 끄덕였다. 그리고 입을 열었다.

"지옥계에는 우리 아기들을 위한 특별 깔때기가 있어서 음식을 먹는데 별문제가 없었는데 사랑의 도피처로 이곳에 내려와 보니 방법이 없더군. 아기들은 자꾸 태어나는데…… 우린 한번 아기들을 낳으면 그야말로 쏟아내거든. 마치 물고기들이 알을 낳듯이 말이야. 지금도 계속 출산 중이야."

"헉!"

일행이 고개를 돌려보자 여자 아귀의 몸에서 작은 아귀가 또 태어나고 있었다.

"그래서 생각해 낸 것이 인간의 몸에 기생해서 먹이는 거였어. 인간을 숙주로 삼아 그 안에 들어가 있으면 인간들이 먹는 것이 고스란히 우리에게 오거든. 그러려면 잘 먹는 사람이 필요했고. 그래서 단식원을 차려놓고 뚱뚱한 사람들을 꼬이게 한 건데… 그래서 어느 정도 클 때까지만 인간들의 도움을 받으려고 한 건데… 이놈들이 두 달까지만 크면 답답하다고 뛰쳐나오는 통에……."

아귀는 미안한 듯 고개를 숙였다.

그제야 일행은 사건의 전모를 알 수 있었다.

아귀들은 자신들의 아기 아귀들을 먹여줄 사람이 필요했던 것이고 뚱뚱한 사람들은 자신들이 먹는 것을 살로 남기지 않고 가져갈 뭔가가 필요했던 것이다. 윈윈 전략이었다.

아귀의 예상은 맞아떨어져 이 단식원에 와서 살이 빠진 사람들에 대한 얘기를 들었고 그런 입소문이 퍼져 갈수록 사람들은 많아지고 그에 따라 뱃속에 아귀를 품고 사는 사람들이 점차 증가하게 된 것이다. 그리고 두 달 후에는 답답함을 참지 못한 아귀들의 탈출로 인해 배가 터지게 된 것이고.

아귀의 말에 맞춰 추리해 가던 한 반장은 뭔가 이상한 점을 발견했다.

한 반장은 아귀에게 질문을 했다.

"그런데 왜 사람들은 자살하면서 터져 버린 걸까?"

"간단한 문제지. 우리 아기들의 머리도 나를 닮아 그렇게 나쁜 것이 아니니까. 어차피 배가 그렇게 터지면 인간들은 살 수도 없을 테니 완벽한 증거 인멸을 노렸겠지. 일을 복잡하게 만들고 싶지 않았던 것이지."

"그랬군."

수긍하면서도 한 반장은 마음속에서 불안한 뭔가가 스멀스멀 피어오르는 것을 느꼈다.

"저, 그럼… 우리 딸도 지금 배 안에 아기 아귀가 있다는 얘기인데 좀 빼줄 수 있나?"

"그러지."

"정말인가?"

흔쾌히 대답하는 아귀를 보며 한 반장은 쾌재를 불렀다.

"우리도 우리 아기들이 자신을 먹여주었던 사람들을 죽게 하는 것을 보고 마음이 편치 않았어. 아무리 앞뒤 안 가리고 먹는 아귀라지만 그런 배은망덕한 짓은 좀……. 그래서 최근에 나오는 아기들에게는 힘들더라도 이것으로 먹을 것을 넣어주고 있지."

아귀는 조그마한 주사기를 들어 보였다. 그 안에는 뭔지 알 수 없는 액체가 들어 있었다.

"그랬군. 그럼 지금 배 안에 아기 아귀들을 가진 사람들은 어떻게 하지?"

노승이 문자 아귀는 별거 아니라는 듯 웃으며 말했다. 얼굴 생긴 것이 특이하고 입이 크니 웃음도 거대해 보였다.

"아기들과 나는 영체로 묶여 있기 때문에 일시적으로 통제가 가능하지. 지금이라도 나와서 이곳으로 오게 할 수 있어."

"그럼 빨리 처리해 주게나."

한 반장이 애원하듯이 말했다. 그러자 아귀는 고개를 끄덕이더니 눈을 감았다.

사실 워낙 작아서 감았는지 뜬 건지 분간이 잘 안 됐지만 말이다.

차에 혼자 남겨진 영애는 불안한 시선으로 단식원을 바라보고 있었다.

순간 안에서 뭔가 울컥하는 기운이 느껴지더니 불덩어리 하나가 치솟아오르는 느낌을 받았다.

"우웨엑!"

토하듯이 잔뜩 벌린 영애의 입에서 뭔가가 툭 튀어나왔다.

동시에 울컥하는 기분도 불덩어리 같은 기분도 모두 씻은 듯이 사라졌다.

"어?"

정신을 차린 뒤 자신의 입에서 나온 것을 본 영애는 방긋 미소를 지었다. 머리가 커다란 악동 인형같이 묘하게 생긴 뭔가가 자신을 바라보고 있었다.

"어머, 귀여워라."

취향이 독특한 영애는 손을 내밀어 그것을 손에 들었다.

잠시 후 차에서 내린 영애가 손에 아기 아귀를 들고 일행이 있는 곳에 도착하자 한 반장이 뛰어나와 그녀를 안았다.

"다 해결됐다. 이제 걱정 안 해도 돼!"

한 반장과 같이 일하면서 저렇게 기뻐하는 모습은 처음이라는 박 형사의 말을 들으며 일행은 그 모습을 흐뭇하게 지켜보았다.

잠시 후 노승은 아귀가 있는 곳으로 걸어가더니 주사기를 들었다. 그리고 아기 아귀의 입을 벌리더니 그 가느다란 목으로 먹을 것을 넣어주기 시작했다.

노승의 뜻을 알아차린 일행도 노승과 똑같은 행동을 하기 시작했다.

아귀는 충혈된 눈을 하고 부인 아귀를 바라보았다. 언젠가는 떠나야 할 곳이지만 인간이라는 존재를 알게 되어 행복한 눈치였다.

하나하나 주사기로 먹을 것을 제공하던 노승은 아직도 검에 손을 대고 있는 만해를 보며 말했다.

"어때? 평화롭게 해결되지 않았느냐? 검은 아무 때나 쓰는 법이 아니다."

"예. 하지만 수련한 시간이 아까운 것은 사실이네요."

"허…… 언젠간 그 검을 제대로 쓸 날이 올 것이다. 그리고 그날은 그리 머지않았어!"

손가락으로 날을 꼽아보던 노승은 엄숙한 표정으로 고개를 끄덕였다.

〈5권으로 이어집니다〉

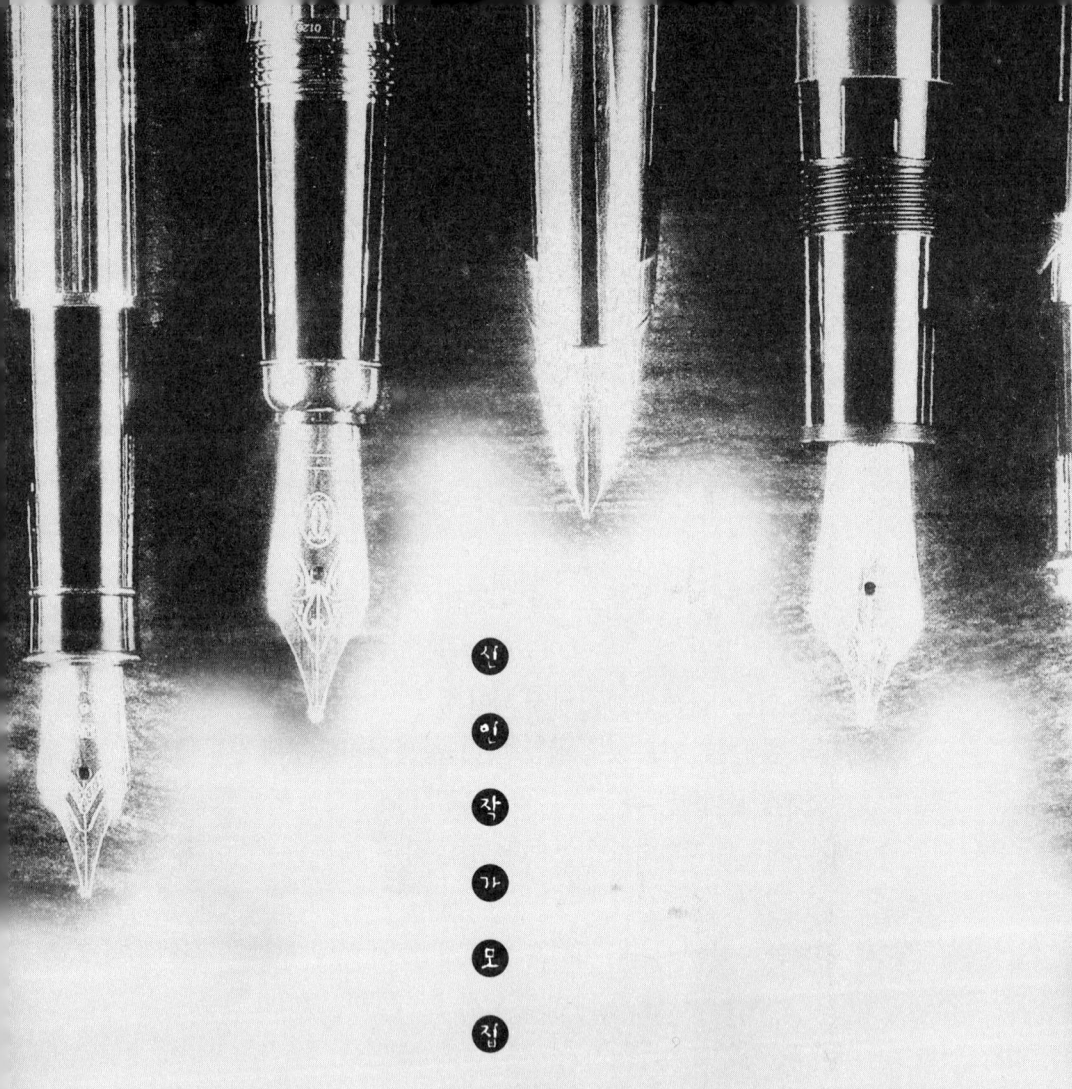